PU SONGLING　TONGHUA

# 蒲松龄童话

（下册）

谭元亨　编

中山大学出版社
·广州·

版权所有　翻印必究

## 图书在版编目（CIP）数据

蒲松龄童话：全二册 / 谭元亨编 . — 广州：中山大学出版社，2022.3
　　ISBN 978-7-306-07446-1

　Ⅰ.①蒲… Ⅱ.①谭… Ⅲ.①童话—作品集—中国—当代 Ⅳ.①I287.7

中国版本图书馆CIP数据核字（2022）第031409号

| | |
|---|---|
| 出 版 人： | 王天琪 |
| 策划编辑： | 吕肖剑 |
| 责任编辑： | 吕肖剑 |
| 封面设计： | 林绵华 |
| 责任校对： | 林梅清 |
| 责任技编： | 靳晓虹 |
| 出版发行： | 中山大学出版社 |
| 电　　话： | 编辑部020-84110771，84110283，84113349，84110779 |
| | 发行部020-84111998，84111981，84111160 |
| 地　　址： | 广州市新港西路135号 |
| 邮　　编： | 510275　　　　传　真：020-84036565 |
| 网　　址： | http：//www.zsup.com.cn　　E-mail：zdcbs@mail.sysu.edu.cn |
| 印 刷 者： | 广州一龙印刷有限公司 |
| 规　　格： | 787 mm×960 mm　17.25印张　535千字 |
| 版次印次： | 2022年3月第1版　2022年3月第1次印刷 |
| 定　　价： | 98.00元（上下册） |

如发现本书因印装质量影响阅读，请与出版社发行部联系调换

目 录

## 下 册

### 十一、地府里的童话
布客延寿（《布客》）/ 245
代理阎王（《李伯言》）/ 249
鬼仙王兰（《王兰》）/ 253
还阳的珠儿（《珠儿》）/ 257
帮人捕鱼的鬼（《王六郎》）/ 262

### 十二、狐鬼的故事
下棋上瘾的鬼（《棋鬼》）/ 267
馋嘴的灰狐（《农人》）/ 271

### 十三、亲情童话
宫叔叔埋的石子（《宫梦弼》）/ 275
商家兄弟（《二商》）/ 282
异母兄弟（《张诚》）/ 288

### 十四、感恩的童话
生死情义（《纫针》）/ 297
恻隐之心（《小梅》）/ 304
大力将军（《大力将军》）/ 311
打抱不平（《崔猛》）/ 316

### 十五、侠义的童话
游侠丁前溪（《丁前溪》）/ 322
侠义的大王（《王者》）/ 327

倩女幽魂之燕赤霞（《聂小倩》）/ 333
侠女辛十四娘（《辛十四娘》）/ 341

### 十六、勇敢的童话
蟒口奇遇（《斫蟒》）/ 352
不怕鬼的人（《捉鬼射狐》）/ 356
于公破妖术（《妖术》）/ 362
大战水怪（《汪士秀》）/ 367
小秀才吓跑大妖怪（《秀才驱怪》）/ 371
阴间告状的席方平（《席方平》）/ 376

### 十七、自满的童话
剑侠佟客（《佟客》）/ 383
手下留情（《武技》）/ 387
山外有山（《老饕》）/ 392

### 十八、寓言童话
文魁星降临（《魁星》）/ 398
崂山道士（《崂山道士》）/ 402
神奇的赌符（《赌符》）/ 408
长翅膀的牛（《牛飞》）/ 413
不用量斗的人家（《张不量》）/ 415

### 十九、诺言的童话
私心的代价（《牛癀》）/ 419

隐身术（《单道士》）/ 422
前世是"饿鬼"（《饿鬼》）/ 428
一念之差（《河间生》）/ 433

## 二十、应考的童话
嗅得出的文章好坏（《司文郎》）/ 439

地府告鬼王（《考弊司》）/ 448
张飞巡考（《于去恶》）/ 452
考场恶作剧的狐狸（《王子安》）/ 459

无意中留下的童话巨著（代后记）/ 463

# 十一、地府里的童话

布客延寿　　　　　　　　　（《布客》）
代理阎王　　　　　　　　　（《李伯言》）
鬼仙王兰　　　　　　　　　（《王兰》）
还阳的珠儿　　　　　　　　（《珠儿》）
帮人捕鱼的鬼　　　　　　　（《王六郎》）

## 布客延寿

在长清县这个地方，有一个人，他长期以贩布为生。也不知他叫什么名字，就姑且称他为"布客"吧。

有一次布客到泰安县去做生意，听说有个江湖术士精通看星相、算命理，于是他便去找这个术士，求术士为他看相算命，借此问问此行会不会给他带来什么好运，又会不会遇上什么灾祸之类。

那个术士替他看了看相，又掐指推算了一番，说道："你呀，看你脸上有乌云密布，近来运数大大不妙，可能会性命不保，还是赶快回去为好！"

这一番话说得布客心里十分害怕，生意也不做了，立即打点行李，把银两全数装入袋中，向南走上回家的路。

他一个人在路上走着走着，途中遇到一个穿着短衫的人，看他的衣着像是衙门里做事的差人。两人搭讪了两句便混熟了，渐渐情投意合起来，于是结伴而行。一路上，他俩一起进店里饮茶吃饭，一起借客栈投宿，连睡也睡在一起。

这短衣人对布客也很客气，在一次闲谈中，布客问短衣人道："老兄，你要去哪里呀？"

短衣人神秘地笑笑说："我呀，我打算去长清，到那里有一件公事要办。"

布客又问："老兄，你到底是什么人呀？"

短衣人又笑笑，也不答话，只是取出了一件公文，让布客自己看。布客接过一看，不看不知道，一看吓了一大跳，这公文是要被抓的人的名单。第一个名字，正是他。

布客十分害怕，他胆战心惊地问短衣人："老兄，我到底犯了什么罪？非要抓我不可！"

短衣人这才说真话："我其实是泰山之南、蒿里鬼府的鬼差，在城隍所辖的东四司当差。因为你的阳寿已尽，所以才派我来捉你回蒿里鬼府。

布客知道蒿里就是泰山的阴间，到那里去，也就意味着死。不禁害怕得

哭了起来。跪在地上求那鬼差："大哥，求求你救救我！"

鬼差叹了一声："唉！兄弟，对不起呀！我帮不了你呀，这可是冥司生死簿中注定的。阎王爷的命令，我怎敢违抗呀？只是公文的名单上人数众多，逐个逐个地去捉来，所费时日很多。这样吧，我所能做的也就这么多了。你赶快回去，处理了后事，我到最后才来找你，也算报答你我知遇之恩。我这已经是很够朋友的了，你看怎样？"

布客也没办法，只好赶紧回家去。可是走到河边，来时的那条桥已经断了，行人只好卷起裤脚，涉水过河。鬼差便对布客说："兄弟，你反正是个快死的人，钱是一文也带不进棺材的。你这么多的钱，不如拿一部分出来建桥。虽然这样会费些时日，但对于兄弟你来说，未必不是一件好事呀！"

布客心想鬼差说得有道理。于是拿出一些钱来，捐资建桥。

回到家中，布客的妻子看见丈夫风尘仆仆地归来，心里自然很高兴。但她看布客什么生意也没做，心里感到有点不对劲。接过钱袋，掂了掂，觉得轻了很多，再看看丈夫愁眉苦脸的，于是再三询问布客发生了什么事情。

布客只好将路上所遇到的事，一五一十地告诉了妻子，并让妻子为他准备后事。妻子听了，心里十分害怕，但也很理解布客，她劝布客说："钱财不过身外物，建了桥，即使是人死了，大家也会记得你。"

过了几天，桥建好了。通桥的那天，大家又是敲锣打鼓，放鞭炮，又是

剪彩,很是热闹。可布客这时心里却忐忑不安,总计算着鬼差什么时候出现。但过了好些日子,还不见那鬼差来抓他。他心里不禁怀疑起来,会不会根本就没那回事儿,是那家伙编的瞎话吓唬他的。

可就在这一天夜里,他还没睡,那鬼差阴森森地出现了。他对布客说:"我没来,是因为忙着回去把你建桥的事向城隍做了汇报,这才惊动阎王那里。阎王说单凭捐资建桥造福乡民这一事,就可以延长寿命,所以让城隍把你的名字从这公文上划掉了。"

布客一听,高兴得不得了,便连忙把老婆叫醒,大声地嚷着:"老婆,老婆,这回我不用死了,是大哥让我建桥,阎王表扬了我,赐我寿命。还不快快过来见过大哥!"

等夫妻俩从房间里出来,早就不见了鬼差。于是布客和老婆跪在地上,向北面跪拜,感谢鬼差大哥的大恩大德。

以后,布客又一次经过泰山,记起他那位鬼差大哥帮他延寿的恩德,便备了香烛纸钱,水酒、三牲、蔬果作祭品,声泪俱下地呼着鬼差的名字祭拜他,说是要报答他。

可是从山上下来,刚回到客栈休息,忽见得那位鬼差大哥急匆匆地赶来见他。一看见他就说:"哎呀,老弟呀!你这下可把我害苦了哇!你在山上祭拜我的时候,正好冥司巡视路过此地,你这么大声一嚷嚷,岂不是让他什么都知道了吗？幸而我找别的话题打岔，他才没留意你说些什么，这件事才没有露出马脚。不然，不光是你要去掉性命，我也会因此被打入地狱受那无尽的苦役。"

布客连声向这位鬼差大哥致歉，送他出去。走了几步，鬼差对布客说："以后你千万不要再到这里来了，如果你在北边真有事要路过的话，也请你绕道别处，不要走过这里。稍微走远些路，万万不可路过。谨记！谨记！"交代完，那鬼差大哥扬长而去，一眨眼就不见了。

以后，布客即便是去泰安县做生意，也不敢路经泰山了，自己掉了性命事小，连累了鬼差大哥受苦，良心上怎么说得过去呀！

（本故事改编自《布客》）

## 代理阎王

山东沂水，有一个书生很出名。

他出名不为别的，是因为好讲直话、讲真话，什么都直言不讳，肝胆照人；要是遇到什么不平事，天王老子都不怕，直言上谏，视死如归。就凭这个，人人都服他、敬他。

他的大名，就叫李伯言。

可是祸从天降，有一天他得了暴病，躺在床上，奄奄一息。家里人赶紧为他抓药、煎药，喂他服药。可他却不肯吃药，说："我的病不是药草所能治得好的。阴曹地府里如今少了个阎王爷，要我去暂时代理一下，我得去了。"

末了，又特地叮嘱道："我死了之后，千万别把我的遗体埋掉，一定要耐心等候，我会复活的。"说罢便咽了气。

家里人不敢埋他，只是觉得奇怪，他这敢说敢为的名声，居然连阴间也知道了？

李伯言这边一闭眼，那边便忙碌起来了。

大家没看到的是，从阴间来的一群侍从，牵来了马，让他骑了上去，立即把他带进了阎罗殿。阴间的宫殿宏大宽敞，只是有些阴惨惨的，整日见不到阳光。李伯言尚未多想，侍从们便捧来了阎王的龙袍与王冠，让他立即登了位。

那些大臣、宰相、差役，也都毕恭毕敬地侍候着，听从他的吩咐。

龙案上，各种各样的文书、案卷，纷纭杂沓，显然，已堆积了不少日子。难怪要火烧火燎地把李伯言请来当"代理阎王"，好审结积案。

李伯言拿起了第一宗案子的文件，仔细地查看。

这案子陈述的是，江南某某，其一生玩弄良家女子八十二人。审理的结果是，这人流氓成性、色胆包天。证据确凿，无可推诿。按照阴司的法律，处"炮烙"的刑罚。

接着，李伯言又审理另一起案子。

这次审理的案犯是他的同乡，姓王。这王某的婢女的父亲，状告他强占民女。

李伯言搔搔头皮，因为，此人与他不仅是同乡，而且还有亲戚关系，是不那么好打发的。

案子是这样的：一天，有一个人来卖女儿，这王某见来人言语猥琐、吞吞吐吐，明明知道所卖之女来路不明，却贪价钱便宜买下了。

没想到，王某干下了坏事，竟很快得暴病死了，这也是个报应吧。

第二天，他的一位朋友周先生刚出门，竟在路上见到了王某。周先生知道他已经死了，所见的一定是鬼，于是赶紧逃回家中，躲进书房里。谁知王某仍紧跟不舍，追进了书房。

周先生吓坏了，忙问："你想干什么？"

王某的鬼魂说："我是来麻烦你的，请你到阴司为我作个证。"

周先生惊愕地问："是什么事须作证？"

王某的鬼魂说："我的婢女，是我实打实花钱买来的，现在，我被人诬告了。这件事，是你亲眼所见的，只有找你去说句公道话。别无他求。"

周先生一听，是叫他去做伪证，因此，他不敢应承，坚决拒绝了。

王某的鬼魂走出了门，仍悻悻地说："这事只怕就由不得你了。"

没几天，周先生果然也死了。于是，两个人一同进了阎罗殿，去接受阎王爷——李伯言的审问。

李伯言一见王某，心想，这算不了大事，犯不着那么铁面无私，毕竟亲戚一场，不如从轻发落算了，便准备袒护王某。

谁知念头还没转过来，大殿上"蓬"地起了大火。火焰直冲好几丈高，

缭绕着大梁立栋,烧得愈来愈邪乎,热气直逼李伯言,令他感到了一阵阵的灼痛。眼看火就要烧到身边了,四面八方都是火,躲也没地方躲。李伯言吓得站了起来,一时间手足无措……

这时,一位在旁做文书的官吏赶紧上前,对他说:"这阴曹地府,可不与人世间一样,一点自私、徇私枉法的念头都是不能容忍的。你赶紧打消徇私的念头,这火自然就熄灭了。"

好在李伯言平日公正耿直,立刻打消了徇私的念头,殿上的大火也奇迹般地灭掉了。

再度审案时,王某与原告——婢女的父亲争论了很久,各不相让,都说自己有理。于是便召周先生前来作证,周先生如实说明了真相,证明王某明知婢女来历不明却贪便宜而买下,案件便真相大白了。

李伯言秉公而断,判决如下:王某明知故犯,罪加一等,所以须按律法判决,处以笞刑——也就是打板子。

王某挨过板子之后,便与周先生一道,按原路遣回人间。

就这样,他们俩都在三天之后又重新活过来了。

李伯言一一把案台上的积案做了公正的处理,也赢得了阴司异口同声地称颂:到底没选错人!

积案处理完了,阴司便又用车马把李伯言送回人间。

一路上,李伯言看见了几百个鬼。他们有的断了头,有的缺了腿,奇形怪状,一道趴在地上,苦苦地哀求,哭个不停。

李伯言停下车来，仔细一问，得知他们全都是外地的鬼魂，都很怀念故乡，想回去，却又怕一路上关卡重重难以通行，请求他发上一张路条。

李伯言叹了一口气，说："我不过只代理了三天的阎王，现在已经解除了职务，只怕无能为力了。"

众鬼魂连连叩头，说："南村有一位姓胡的先生，他很快要设道场了，你转告他便行。"

这位胡先生，叫胡水心，与李伯言算得上是莫逆之交了。这天，李伯言的魂魄一回家，人马上就活了过来。胡水心一听说，马上便前来探望。

说到起死回生的奇遇时，李伯言便问："胡先生，你几时做道场呀？"

胡水心大吃一惊，说："自从经过兵荒马乱的日子之后，我全家安然无恙。所以，我同妻子都有一个心愿，做一回道场，感激冥冥之中上苍的关照，超度那些战乱中的亡魂。不过，这事我们从未对人说起过，你是怎么知道的？"

李伯言告诉他，是从阴司返回时，遇到的那些战乱中阵亡的士兵鬼魂说的。

胡水心长叹一声，说："这房里短短一句话，马上就传播到了阴曹地府，想瞒也瞒不住，实在是太可怕了。"

李伯言起死回生后的第二天，能够走动了，便又亲自去了亲戚王某的家中。

这时，王某还因伤重躺在床上，却已回过了气。他一见李伯言，立时肃然起敬，表示："多谢你的关照了。"

李伯言对他说："法律是容不得偏袒的，你现在还好吗？"

王某说："我已经没什么病痛了。只是挨板子留下的伤口有些溃烂化脓。"

过了二十多天，王某伤也好了，但仍看得出是挨板子留下的伤痂。

虽然阴司里的刑罚比人世间严厉得多，追究责任也比人世间严苛，可是不许说情，所以受酷刑的也没有怨言。

（本故事改编自《李伯言》）

## 鬼仙王兰

利津有个叫王兰的人，突然得了一场大病死去了。

阎罗王再三核实，发现王兰本不该死，是鬼卒错抓了，死得冤枉。于是下令说："王兰还未到死的时候，快快让他回到人间做人。"但是他的尸体已经腐烂，无法变回完整的人了。那鬼卒害怕因此被阎王问罪，就悄悄地对王兰说："人死了做鬼是要受苦的，由鬼变成仙就可以享福了。你何必再活回去做人呢，就做仙好了。"

王兰认为鬼卒讲得有道理，就静静地听着。

鬼卒又说："这样吧，这一带有一只狐狸，已修炼多年，炼成了金丹。这种金丹能让你的阴魂不会散去，而且可以长久存在。你只要心里想做什么，都可以如愿。你愿意这样吗？"

王兰点头同意了。

鬼卒把王兰领到一间大院里。这间大院实在大，楼阁高耸、气势不凡，但没有人在这里居住。只有一只狐狸在明亮的月光下抬起头望着天空。它一呼气，便有一粒金丹从口中射出，直冲上云霄；一吸气，那金丹就又回到口中。就这一呼一吸，反复不停，天空也划出一道道彩色的弧形。鬼卒躲在狐狸身边，等狐狸将金丹吐出来时，他便将金丹抢走给王兰吞下。狐狸见金丹被抢走了，大吃一惊，想把它夺回来，见对方是两个鬼，恐怕斗不过他们，只得愤恨地离开了。

王兰和鬼卒分别后，回到家里。他的老婆和孩子见到死去的王兰又回来了，以为见了鬼，都惊慌不已。王兰便把事情的经过讲述了一番，大家这才慢慢地走过来和他见面。

从此，王兰在家里，一切和往日一样。王兰的朋友老张知道了这件事后，特意来看望他。彼此问寒问暖之后，王兰对老张说："你和我都穷得要命，现在我有办法可以致富，你想同我一起去干吗？"老张答应了。

王兰说："我会不用药把病人医治好，也不用占卜就能知道人的生死吉凶。可是我一出现，认识我的人都会感到害怕。所以我想了个办法，就是把

我的阴魂附在你的身上,你同意吗?"老张答应了。

就这样,老张当天就启程到山西境内。他们遇见一个很富有的人,这人的女儿得了病,成天昏迷不省人事,吃了许多药都不见效。老张来到他的家里,对那富翁说自己可以治好他的女儿。富翁只有这么一个女儿,平日里视作掌上明珠。女儿病了,他发誓说,谁把女儿医好了,酬谢千金。

老张说先看看病人,富翁把他领到女儿的房间。女儿睡在那里,什么也不知道。王兰附在老张身上偷偷地对老张说:"这女子是失了魂,我可以把她的魂找回来。"老张听了,心中有数了,便对富翁说:"你的女儿虽然已经病危,但我可以救活她。"富翁问:"你打算用什么药呢?"老张说:"不必用药,你女儿的魂离开了身体,我已经派神仙去找了。"

过了一阵子,王兰对老张说:"这女子的魂已经找到了。"老张立即请富翁再次把他领到女儿房里。老张用手轻轻地碰了碰女子的身体。女子伸了伸腰便醒过来了。富翁十分高兴,问女儿到底是怎么回事?女儿说:"我在花园里看见一位少年用弹弓打鸟,还有几个人牵着几匹骏马尾随着那位少年。我就避开,却被挡住了去路。少年想教我打弹弓,我便教训了他几句。他就把我捉上了马,笑着对我说:'你不要害羞,我喜欢和你在一起玩。'走到山里,

十一、地府里的童话

一路上我又哭又骂,那少年生气了,就把我推下马去。我想回家,又不认识路。好在刚才有一个人,牵着我的手,很快就飞回家了。"富翁听了女儿的叙述惊喜万分,果然拿出千两银子作为报酬,并把老张留在家里住。第二天,老张向富翁告别,富翁不知道他把那么多钱藏在什么地方,觉得奇怪,又准备了厚礼送给他。

几天以后,老张在郊外遇到一个叫贺才的同乡。贺才是个贪吃好赌之徒,家里一贫如洗。他听说老张有法术,并且发了财,特地来找他。王兰叫老张送些小钱给这个姓贺的,叫他回家。但贺才本性难移,继续贪吃滥赌,没几天就把钱花光了,又来找老张。王兰早就知道贺才是个什么样的人,对老张说:"贺才这个人不好相处,不能做朋友,只能给点钱让他回家去,不然将会出事的。"

隔了一天,贺才果然又来了,并且要和老张住在一起。老张说:"我早就知道你会再来找我。你成天赌钱,饮得烂醉,我哪里有钱填你那个无底洞呢?如果你把这些坏习惯改了,我可以送给你一百两银子。"贺才一听很高兴,马上答应一定改。老张把身上的钱给了他。

贺才这下更不得了,他有了钱,更加狂饮滥赌、挥金如土。县里的巡捕怀疑他的钱来路不明,把他抓起来拷打。贺才受刑不过,供出是老张给的钱,巡捕又把老张抓了起来。贺才带领公差去抓老张时死在路上,但他的魂魄依然记得老张，他找到老张，便附在老张身上，同王兰相遇。一天，张、王、贺三人聚在一起饮酒时，贺才大醉，胡言乱语发疯地大叫大喊。这时巡捕御史经过这里，听到他的声音便来捉人。

巡捕御史把老张也抓了起来。老张把实情讲了出来。那御史听后大怒，对老张下了重刑，还禀报给神灵。当夜御史做了个梦，见到一个穿金甲的人来宣布说："王兰的死是无辜的，现在变成鬼仙了。他行医救人积德，不能认为他是妖魅，现委任他做清道使。贺才作恶多端，已被关在铁围山上。老张是没有罪的，应当释放。"

御史醒来后，按照梦里金甲人所说的去办理。老张被释放还家后，口袋里还有几百两银子。他把一半银子送给王兰的家人。从此，王兰家的日子也一天天好起来。

（本故事改编自《王兰》）

# 还阳的珠儿

常州有个人叫李化,他家里有许多田产,生活挺富裕的。使他感到苦恼的是,五十岁了还没有个儿子。

他只有一个女儿,取名叫小惠。这小惠容貌美丽、性情可爱,老两口视她为掌上明珠,倍加爱护。但是天公不作美,小惠十四岁时突然得了重病死了。从此家中冷冷清清,一天到晚都毫无生气,李化感到生活没有什么乐趣了。

后来,老天可怜李化,夫人又给他生了个儿子。这儿子成了李化的命根子。他给这孩子取了个名字叫珠儿。

珠儿渐渐地长大了。他长得非常魁梧、健硕,但是有些痴呆,傻头傻脑的。五六岁时,还分不清五谷,说话结结巴巴,老半天也不知道他在讲什么。但李化太爱这个儿子了,全然忘记了儿子这些缺陷。在他的眼里,珠儿是完美可爱的。

有一次，有一个瞎了一只眼的和尚来化缘。这和尚能够知道别人隐秘的事，大家觉得他料事如神，对他十分敬重。甚至有人说，这和尚有本事让你生，让你死，使你遭祸，助你得福。因此，他来化缘的时候，指定你给几十、几百，乃至上千两银子，你就得按数送给他，谁也不敢违抗。

一天，他来到李家，开口就要一百两银子。李化一听皱紧了眉头，一百两银子？哪来一百两银子呢？他越想越感到为难。他试着提出给十两，和尚不答应；加到三十两，和尚仍然摇头。

"一百两银子，缺一文都不行。"和尚声色俱厉地说。

李化气得七窍生烟，把钱收回去，望也不望他就走开了。

和尚也很恼火，说："你这样做，不要后悔！"

过了一会儿，珠儿感到头疼，在床上翻来滚去，脸色惨白，像快要死的样子。李化见儿子忽然变成这样，心想，一定是和尚作的法。他很害怕，便带着八十两银子去向和尚求救。

和尚笑了笑说："你能拿这么多银子实在不容易，但是我有什么办法救你的儿子呢？"

无奈李化只得回家去。

珠儿就这样死掉了。李化哭得非常伤心，于是到官府状告了那和尚。官府派人把和尚抓起来审问。问来问去，问不出什么来。用鞭子打他，像打在皮革上一样，他一点也不痛。又命人搜他的身，发现他藏着许多奇怪的东西：两具小木人，一副小棺材，还有五面五色小旗。县官大怒，准备把和尚砍头，和尚这下害怕了，把自己做的事讲了出来。但县官怕和尚妖言惑众，下令把他砍了头。

李化回到家的时候，已是黄昏。他和妻子坐在床上说话。这时忽然进来一个小孩，小孩边走边说："阿爹，你为何走得那么急，我拼命追也追不上你。"

李化看这孩子七八岁的样子，正要问个明白，竟见他飘飘忽忽，或隐或现，好像一团不散的雾随风来去。

转眼间，小孩爬上床来，李化忙把他推下床去，落地却一点声音都没有。小孩一边惊奇地问："阿爹你为什么要推我呢？"一边又爬了上床。

李化和妻子被吓得发颤，慌忙走出房门。那小孩紧跟在他们后面，"阿爹阿妈"地叫个不停。

"你到底想干什么呀！"李化惊恐地问。

小孩说："我是苏州人，姓詹，我六岁那年父母双亡，被嫂嫂赶到外祖

## 十一、地府里的童话

父家去。我在门外做游戏时,不小心被和尚施乐妖术迷住,被他杀死在桑树下。从此,他强迫我为他做事。我含冤被困在九泉,无法逃脱。幸好阿爹你把我救了出来,我今生今世愿做你的儿子。"

李化说:"人和鬼是不同的,我和你在一起要怎样生活呢?"

小孩说:"很简单,你只要打扫一间空房,安排一个床铺,每天给我盛一碗冷粥就可以了。"

李化答应了小孩的请求。

小孩每天早上起来在房里房外进进出出,像生活在自己的家里一样。

一天,小孩听到李化的夫人在哭自己死去的珠儿,就问:"你的珠儿死去几天了?"

"七天。"李化的夫人答道。

"天气寒冷,我想那尸体还未腐烂。你挖出来试试,如果还未损坏,我可以救活他。"小孩说。

李化听了很高兴,同小孩一起去了珠儿的坟地。掘开坟,开棺一看,珠儿尸体的躯壳还好。李化忍不住伤心落泪,回头却不见了那小孩。李化心中很奇怪,就让人把珠儿的尸体搬回家里,并安置在床上。不一会儿,珠儿的眼睛开始转动。又过一会儿,珠儿会叫"喝水"了。水拿来了,他便咕噜噜地喝下去,接着出了一身汗,竟然站了起来,可以在地上行走了。

全家人高兴极了。他们见到珠儿复活后变得聪明伶俐,全然没有过去的痴呆样了。不过一到晚上,他又直挺挺地躺在床上,毫无气息,大家以为他又死了,可等到第二天早上,珠儿又似做梦般地清醒起来。大家觉得很奇怪,问他到底是怎么回事。

珠儿说:"过去在妖和尚那里,还有另外一个小孩,叫哥子,昨天追阿爹不上,现在在地下被姜员外收作义子了。他每天夜里都来邀我去做游戏,早上再用白马把我送回来。"

母亲问:"在阴司见到惠姐没有?"他答道:"下次我专门打听打听吧!"

过了两三天,他对母亲说:"我打听到惠姐的消息了。她在阴司过得很好,嫁给了楚江王的小儿子。天天穿金戴银,出门前呼后拥。"母亲说:"她为什么不回家看看呢?"他答道:"人死了以后,就与骨肉无关了。如果有人把前生讲给她听,她才能想起来。昨天我已经托姜员外帮忙,找机会见到了惠姐。惠姐让我坐在她的珊瑚床上,我告诉她父母很挂念她。她好像在做梦,迷迷糊糊的样子。我说:'姐姐你在人世的时候,喜欢绣并蒂莲花。有一次剪刀刺着指头,血流在绫子上,姐就刺绣成赤水云,如今母亲还把它挂在床头的墙壁上。姐姐忘记了吗？'她听了很难过，说：'等我告诉夫君，回家看看母亲。'"

终于有一天，他对母亲说："姐姐就快到了，她带着许多随从。要多准备一些酒水！"

过了一会儿，他说姐姐到了。他把长几搬到中堂，说："姐姐，请坐，别太伤心了。"可其他人却什么也没看到。珠儿领着家人在门外洒酒、烧纸钱。等了一下，他回头对大家说，让随从们暂时离开。姐姐想起她往年所盖的绿被子，上面被烛花烧了一个豆子大的孔儿。母亲忙说："那绿被还在。"说着马上打开箱子拿出来。珠儿说："姐姐要我铺在她原来的闺房里，她很疲倦，要休息一下，明天再和母亲讲话。"邻居赵家的女儿，过去和小惠相好，这天夜里，她梦见了小惠，小惠的音容笑貌和过去一样。小惠含笑说："我已变成鬼了，虽和父母相见，却如隔千里。我想借妹子去与家人说说话，请不要害怕。"

天亮的时候，赵女正与母亲谈起这件事，忽然仆倒在地上，过了许久才醒过来。她面向赵母说："小惠和婶婶分手几年，婶婶头上已有了白发。"赵母以为女儿发疯了。赵女神态自若，转身出了门。赵母紧紧跟着她来到李化家。只见赵女抱住李母，一边痛哭，一边说："我昨天回家太累了，来不及同母亲说话，做女儿的不孝，有劳父母挂念，自己感到非常罪过。"母亲这才醒悟过来，也抱着她号啕大哭，哽咽着说："听说你已经做了贵夫人，我心里感到安慰了。你到了王爷的家，怎么出来的呢？"赵女说："楚江王儿子和我感情很好，公公婆婆都爱我。"小惠生前时常用手撑着下颏，赵女现在说话的神情、动作，和她生前一模一样。

不久，珠儿进来报告说："接姐姐的随从人员到了。"于是赵女起身，流着泪和母亲拜别，随后仆倒在地，过了一会儿才醒过来，神态已复原样。

时间过得真快，一晃几个月过去了。李化忽然得了重病，吃了许多药也不见效。珠儿说："这病恐怕无法救了。有两个鬼立在床头，一个手执铁杖，一个挽着四五尺长的麻绳。我日夜哀求，他们都不肯离去。"母亲大哭一场，商量着去准备李化的后事。夜色来临，珠儿走进来说："杂人全部都要离开，姐夫要来探望阿爹了。"过了一会儿，他突然鼓掌大笑起来。母亲问他为什么这样。他说："我笑这两个鬼，一听说姐夫要来就躲到床下去了，像缩头乌龟一样。"

又过了一会，只见他向着空中说了许多寒暄的话，然后高兴地拍着手说："姐夫走了，那两个鬼也被锁在马鞍上带走了。阿爹的病很快就会好。姐夫还说,他将禀告他父亲,为阿爹阿妈延寿十年。"全家人一听都高兴得跳了起来。

　　李化聘请老师教珠儿读书。珠儿很聪慧,读书又勤奋,十八岁就考中了秀才,但还是会经常讲一些阴司的事。附近有闹鬼的人家,他就去指出鬼在什么地方作恶,然后用火去烧他,使这家人转危为安。但后来珠儿得了一场大病,浑身青一块、紫一块。他自己说因为他泄漏了鬼神的秘密,所以受到了处罚。

　　从此以后,他再也不讲阴司的事了。

(本故事改编自《珠儿》)

## 帮人捕鱼的鬼

淄川城北郊外有一个姓许的打鱼人。他每天夜里都喜欢带着酒到河上,一边饮酒一边捕鱼。

饮酒的时候,他常常把酒洒在水中,口中念念有词地祷告说:"喂,河里的落水鬼们呀,请你们也来同我一起饮一杯吧。"这样一来,姓许的打鱼人每次都能捕到满满一大筐鱼。

一天夜里,许某正在独自饮酒。有一位少年来到他的身边,走来走去,不肯离开。许某对少年说:"你来和我一同饮酒好吗?"那少年很高兴,坐下来和他一起饮酒。

很奇怪,这一夜许某却一条鱼也没有捕到,许某很失望。那位少年起身说:"请让我到下游去为你赶鱼吧!"少年说完就到下游去赶鱼。一会儿,他回来高兴地对许某说:"你听,鱼大批大批地游来了。"许某仔细地听了听,果然,他听到鱼群在水中"唧唧呷呷"的声音。许某连忙把网收起来,居然

网到几条一尺多长的鱼。许某不知有多高兴，连声感谢那位少年，并要送鱼给少年。少年不肯要，还诚恳地说："我每次都饮你的好酒。我做的是一件很小的事情，哪里需要你这样感谢我呢？如果你不嫌弃我，今后我可以为你多做点儿事情。"

许某望着眼前这位诚挚的少年，更感激了，说："少年，我今天夜里初次同你饮酒，你为什么说多次饮我的酒呢？假如你肯来同我一起饮酒，一起捕鱼，我当然愿意。"许某问少年的姓名字号，少年说："我姓王，没有字，你就叫我王六郎好了。"说完就离去了。

第二天许某把捕到的鱼拿出去卖，得了不少的钱。他照例买了酒拿到河边来。少年早就在那儿等候了。他们很高兴地饮酒，彼此喝了几杯后，少年又下河去为许某赶鱼。

一来二去，大约过了半年。这天夜里，那少年忽然对许某说："自从认识你以来，我们之间比兄弟还要亲热，可是我们不久就要分手了。"他说这些话时，神情懊丧，显得十分难过。许某吃惊地问他为什么这样子？他的话是什么意思。少年欲语又停，如是几次。终于忍不住了，便说："我是只鬼呀！因为平生喜欢饮酒，越饮越多，醉醺醺地跌下水被淹死了，到如今已有好几年了。以往你捕的鱼比别人的多，这都是我在暗中帮助你。我想借此酬谢你用酒款待我的好意。明天，我所犯的罪惩罚期已到，将有人来替代我，我可以到别的地方投胎了。今夜，我们将是最后一次一起饮酒，思前想后，我的心里很难过。"

许某刚开始的时候有点儿害怕，但他们在一起接触多了，时间一长，也不觉得恐惧了，眼看就要离别，心中有一种悲凉的感觉。

他斟满一杯酒送到少年跟前，说："六郎，你喝酒吧！分手虽然让我们伤心。但是你终于渡过了劫难，是件好事，让我为你祝贺！"边说边畅饮起来。许某一边喝酒，一边问道："你要投生了，你的替身是谁？"六郎说："老兄明天可以在河边察看，中午时分有个女子来过河，若她失足落水死了，她就是我的替身。"两人频频举杯，一直饮到鸡叫的时候才流着泪告别了。

第二天，许某在河边等着。果然，他看见有个妇女抱着一个婴儿，一到河边就把婴儿抛在岸上，自己便投下河去。婴儿蹬着脚扬着手，不停地哭。妇人在水里挣扎着，一会儿沉下去，一会儿又浮起来，最后，她全身湿漉漉地又爬上了岸。她坐下来休息了一下，便抱着孩子走了。

当那妇人投下水时，许某不忍心看着她死去，想跳下河里救她，但一想到这是六郎的替身，只好打消这个念头。后来见那妇人上了岸，又有点怀疑六郎的话不够灵验。

黑夜又到了,许某到老地方捕鱼。那少年又来了,对许某说:"我们又可以聚在一起了,并且不用讲分别的话了。"许某问他为什么这样说。六郎回答说:"那位妇人本可以做我的替身,但是我见她带着个孩子很可怜,为什么代替我一个人要送掉两条人命呢?所以我放弃了这次机会。以后也不知什么时候才会有人来替代我了,也许你我之间的缘分未尽吧。"许某听了很激动,感叹地说:"老弟呀,难得你有一颗仁慈的心,你会感动老天爷的。"就这样,他俩又开始同过去一样,可以相聚在一起饮酒了。

几天过去了,六郎又来向许某告别,许某以为他又找到了新的替身。六郎连忙解释说:"不是!不是!上次我的一片好心,果然被天帝知道了,他委派我任招远县邬镇土地神,明天就要上任。你如果还记得我们之间的旧情,今后可以去看望我,千万不要因彼此相隔太远而把我忘记了。"许某一听非常高兴,连声说:"可喜可贺,可喜可贺。我一定去探望你。但是人与神怎么能相通呢?"六郎安慰他说:"这你就不必担心了,只管去吧。"到离开那天,六郎又再三叮嘱他。

许某一回到家就想着收拾行装去招远看六郎。他的老婆笑着说:"两地相距几百里远,就算你找到了那个地方,你怎么去和泥塑的土地神对话呢?"许某没有听从老婆的劝告,终于到了招远。他向当地居民打听,真的有个地方叫邬镇。

他找到了邬镇,住进了客栈,又问老板土地祠在哪里?老板不禁大惊,问:"客人你姓许吗?"许某说:"我是姓许的,你怎么知道呀?"客栈老板不再答话,匆匆忙忙地跑了出去。过了一会儿,他看到有男人抱着孩子,女人在门外探头张望,后面陆陆续续来的人已围成一堵墙。

许某看到这种情形十分惊讶。围着他的人告诉他说:"早几天,我们都梦见土地神对我们说:'我的老朋友许某,最近会从淄川来,大家可以帮助他筹一点盘缠。'我们在这里恭候已有好些时候了。"

许某也感到很奇怪,特地找到了土地祠并拜祭,祷告说:"六郎,我们自从分别以后,我做梦都想见到你,想到你。这次我听你的话从很远的地方来,多谢你向这边的父老乡亲托梦说我来了,这使我万分感激。我感到惭愧的是没有带什么好东西来敬奉给你。只有一杯薄酒,如果你不嫌弃,就像当初我们在河边一样把这杯酒饮了吧。"说完,他焚化纸钱。忽然有一股旋风从神位吹过来,过了好一会才散去。

到夜里,许某做梦,终于梦见六郎。这六郎穿得整整齐齐,和往常大不

十一、地府里的童话

一样。他对许某说:"多谢你来,这使我欢喜得流下了眼泪。但是自从我当了土地神,有自己的职责,不便现身和你会面。虽然近在眼前,却如同相隔千里一样,我不免心情难过。这里的百姓会送给你一些微薄的礼物,那是一点心意,你就收下吧。等你启程回去时,我再来送你。"

许某在这里住了几天,就要回家去了。大家依依不舍地挽留他,早晚都有人宴请他,一天之内,就有好几家争着做东。大家争先恐后地送礼物给他,转眼间,行李袋都装满了。启程时男女老幼都前来为他送行。

许某激动地走出村子。忽然,刮起了一股旋风,呼啦啦地相随了十几里路。许某心领意会,再三行礼,说:"六郎,请你珍重!你就不要再送我了。你的心地好,仁慈仁爱,一定为一方造福,这用不着老朋友多讲了。"风在许某身边盘旋许久,前来送行的人都感到十分奇怪。

许某回到家里,此后家里的日子渐渐富足起来,再也用不着夜里摸黑去捕鱼了。后来,遇见招远的人,许某向他们打听土地的情况,问起土地祠的事,都说土地神很灵验,而且有求必应。

(本故事改编自《王六郎》)

# 十二、狐鬼的故事

下棋上瘾的鬼　　　　　　　　　　　（《棋鬼》）
馋嘴的灰狐　　　　　　　　　　　　（《农人》）

## 下棋上瘾的鬼

梁公曾经做过大官,是扬州的督同将军。

后来他不做官了,回到家乡闲居。没事就带上一壶酒、一盘棋子,和老友们一道郊游,在山林间逍遥自在。

这一年的九月九重阳节,他约了一些朋友爬山登高。他正和朋友下着棋,忽然有一书生走来,这人站在旁边看他们下棋。他们一直下着棋,这人也一直在看,久久不愿离去。梁公看了他一眼,只觉得这书生有些寒酸,又消瘦,衣服缝缝补补,上面有很多补丁。不过,尽管他样子贫穷,但他的态度却十分温顺文雅,很有文人雅士的风度。因此梁公对他也以礼相待。看他老站着,便说:"先生,请坐吧!"书生也很客气,点点头谢过了,也就坐在一旁,仍旧看梁公和朋友下棋,而且表现得十分谦恭。

和朋友下过了几盘,梁公指着棋对书生说:"先生,想必你也一定很喜欢下棋吧?我们来一盘怎么样?"

书生连连地拱手，称道："不敢，不敢，大人面前，小的怎敢呀！"

梁公拉起他的手，"来，来，下两盘玩玩嘛。"

书生推却不过，这才和梁公下起棋来。不一会，梁公举起一子，大声叫道："将军！"书生看看自己的棋局，大惊失色，说："输了输了，让你将死了！"又连连拍打自己的脑袋，骂自己真是笨蛋。这样，连下了几盘都输给梁公。看他表面上很惭愧，但其实心里很不服气。

梁公为书生斟了一杯酒，让他喝，他竟赌气不肯喝，只是拉这个拉那个陪他下棋。这样从早上一直下到太阳下山。

下得正高兴，这书生为了一个棋子竟与对手争吵起来。忽然，书生站起身来，惊惧地立于一旁，神色有点凄惨，像是有很不顺心的事发生。过了一会，他向梁公屈膝跪倒在地，大声向梁公喊："梁公呀！你要救救我！"

梁公以为是为了败棋而向他求救，慌忙将他扶起，说："下棋不过玩玩罢了，不至于这么认真吧！"

书生说："不，只是希望梁公吩咐你手下的饲马官，不要用绳子绑我的头颈。"

梁公觉得奇怪，于是又问："我早就不当官了。哪有什么饲马官，你说他叫什么名字？"

书生说："就是那个叫马成的饲马官。"

他这才想起的确有一个叫马成的替他养过马。但是，在十多天前这马成已不知去向，于是梁公说："这马成呀，我也找不着他，连他的消息也没有！"

书生告诉梁公说："这个马成在十多天前到了阴间，在阴曹地府当了一名鬼差，专门按着生死簿里的名单抓人。"

梁公听了很感诧异，半信半疑的，连忙派人回去看看，那个马成有没有在家。很快，回来的人报告说那个马成在家里已经昏睡了三天，到现在还没有醒来。于是，梁公就朝着马成家的方向，吆喝道："马成，你听了。这位先生是我的棋友，你对他要客气点，不得无礼！"当梁公回过头来看那书生，见那书生无端端地已消失了。梁公对着那缕幽幽的青烟，长长地叹了一口气："唉！先生，你原来是鬼呀！"

又过了一天，马成醒了过来。梁公立即叫他来，当面问他："你真的到了阴曹地府，去做抓人魂魄的鬼卒？"

马成点点头："是呀，这是阎罗王的差使，我也没办法。"

于是梁公问他："你可知道昨日你抓的那个书生到底是什么人？"

马成答道:"我听到了老爷的吩咐,所以客客气气地,没有用链条锁住他的头颈。只是锁住他的双手去见阎王爷。老爷的吩咐,我怎敢违抗呀!"马成以为梁公责备他对书生不敬。

梁公说:"我是说这个人是怎么回事,年纪轻轻的就要带他去见阎王?"

于是,马成就把书生的身世告诉了梁公。

原来那书生是湖北襄阳一带的人,他并无什么特别嗜好,唯独嗜好下棋,不务正业,因此百万家财也被他耗尽了。他的父亲看着儿子一门心思在下棋上,学业尽废,心中十分忧虑。就把他关在书房里,逼迫他读书。但是,父亲每次关他,他都爬墙逃走。逃出去后,他又去找他的棋友,整天沉迷在棋盘里。他父亲打他骂他,什么办法都用过,都阻止不了他去下棋。阎王认为他不听父亲教导,就是不孝,因此就减短了他的寿命。罚他进十八层地狱中的饿鬼狱受苦,到现在已经满七年了。刚好碰上泰山的东岳凤楼建成完工,东岳大帝府往各地发了文件,征集文人为这座楼撰写碑记。

阎王把书生从狱中提了出来,对他说:"本王看中你的文才,也是给你一次改过自新的机会,让你去替东岳大帝撰写这篇碑记。如果写得好,你就可以为自己赎罪。本王恩赦你,让你去人间投胎,不用再下地狱受苦了。你明白吗?"

那书生千恩万谢,表示愿意去完成这件差事。岂料书生傻乎乎地赶路,路过这座山,正遇着梁公和朋友在下棋,一看到下棋,他的是嗜棋的痴性又

发作了，光顾着看下棋，把正事给忘掉了。

那一边，东岳大帝已经接到阎罗王的回文，说是派了一个书生来撰写碑记，某日就可以到了。可是这一天，都不见书生来。心里不由得火冒三丈，以为是阎罗王耍弄他。于是派官员往地府向阎王兴师问罪。

阎王听了，气得嘴里呼呼直响，直把胡子也吹得翘了起来。瞪起那双阴阳眼，一眼就瞥见这小子正与梁公在下棋。于是把梁公的养马人马成的魂魄从梦中勾来。

马成就这样不明不白昏睡了几日，飘飘然来到了地府。听说是阎王爷宣他，他便诚惶诚恐地跪在殿下。原来是阎王调遣他务必把这小子捉拿归案。后来听到老爷吩咐，知道这小子是老爷的棋友，怠慢不得，所以这才不敢用绳索捆绑他的头颈。

梁公又问马成："那么，我这朋友现在的情况怎样了？"

马成摇摇头说："回老爷的话，现在这位仁兄情况不妙。他仍旧让阎王打回饿鬼狱，由鬼卒严加看管。失去这次投胎的机会，就永远不得超生了，也就是永远做不了人，要永远在地狱做饿鬼，无休无止地受苦。"

梁公很感惋惜地叹道："唉！一种癖好竟会这么误人呀！"

（本故事改编自《棋鬼》）

## 馋嘴的灰狐

从前,有一个农人在北山山脚下种地。他一大早就下地,直到天黑才收工回家。午间他的妻子常用陶罐装着饭菜到田头送饭。她怕农人吃不饱,常常会多装一些。农人吃饱了,就把陶罐放在田埂上,傍晚收工时才带回家。他一直都是这样做的。

可是后来,一连几天到了傍晚收工时,农人发现午间吃不完的饭菜,却没有了。

"是谁偷吃了呢?"农人想弄个明白。这天他吃完了午饭,便带着锄头,潜伏在田埂旁边的土堆后面,不动声色地守候着。

到了下午,只见一只灰色的狐狸蹑着前爪偷偷地来到田埂,它四下张望,又四处嗅嗅,见没有可疑的动静,便爬到陶罐前,把头伸入罐中大口大口地吃起来。

就在这时,农人也蹑手蹑脚走到狐狸身后,举起锄头,打在狐狸身上。

狐狸大吃一惊，转身想逃。可是那陶罐却紧紧套在狐狸头上，怎么也挣不脱。狐狸乱窜乱撞摔了一跤，才把陶罐摔破露出头来。狐狸转头一看，看见农人举起锄头打来，"嗥"的一声翻过山头飞也似的逃走了。

从此，农人午间吃不完的剩饭剩菜再也不会不见了。

过了几年，南山村也发生了闹狐狸的怪事。

南山村有一个姓黄的富贵人家，他有一个女儿叫平儿。平儿生得漂亮，引得很多年轻人向黄家求婚，黄家的人总是挑三拣四地谈不成。这姑娘却被一个狐狸精给迷惑住了。那狐狸精扰得平儿不得休息，日渐消瘦。

黄家没有办法，便请道士来家画符念咒，驱赶狐狸精。道士来到黄家，点起香烛，烧了黄符，念动咒语，不但没有赶走狐狸精，反而被狐狸精装神弄鬼地吓跑了。道士没有办法，便去请和尚。哪知道，和尚也同样被狐狸精吓得狼狈而逃。狐狸精对平儿说："那些和尚道士念咒语、烧黄符对我根本没有作用。"

平儿问："那你怕什么呢？"

狐狸精有点骄傲地说："怕什么？我什么都不怕！"

平儿又说："我不信，难道你从小到大就没有怕过？"

狐狸精想了想，才说："这倒不是。几年前，我在北山山脚下田地里，偷吃一个罐子里的剩饭剩菜。想不到被一个头戴大苇笠、手拿曲柄兵器的人追打，差一点把我杀死，到现在我想起来还挺害怕的。"

平儿听了心想："好你个狐狸精，你也有害怕的。"

于是平儿把狐狸精害怕的事偷偷地告诉了她父亲。

可是到哪去找那个头戴大苇笠的人呢？

恰巧黄家的仆人路过北山，偶然向当地的农人谈起这件事。那农人吃惊地说："这和我当年在北山脚下的田里遇上的事正好相符，莫非是被我打跑那只狐狸跑到你家主人家兴妖作怪了？"

那仆人听了觉得很奇怪，就回去告诉了主人。

主人听说后高兴地说："太好了！太好了！终于找到对付狐狸精的人了。"他立即派仆人去请那农人来驱赶狐狸精。

农人笑着说："过去我是打跑过一只狐狸。而现在在你家的不一定就是那只狐狸呀。再说，它能在你家兴妖作怪，连和尚道士也驱赶不了它，难道还怕我这么一个平常的农人吗？"

仆人再三请求。农人没有办法，打扮成那天追打狐狸时的样子，头戴大苇笠，手里拿着锄头来到黄家，走进平儿的房间。他站在房间中央，把锄头

十二、狐鬼的故事

用力往地下一顿,高声地喝道:"我天天找你找不到。原来你躲在这里害人。好吧,今天又碰上了我,不杀掉你决不罢休。"话音刚落,就听见房间角落里传来狐狸精的哀求声:"请别……别杀我……别杀我!"农人又大声喝道:"再不走,我就不客气了!"接着又用锄头把地板敲得咚咚的响。

突然,从房角卷起一阵风,夹带着沙石向屋子外面扬去。狐狸精逃走了。

从此之后,黄家再也没有出过闹狐狸精的事了。

(本故事改编自《农人》)

# 十三、亲情童话

宫叔叔埋的石子　　　　　　　　　（《宫梦弼》）
商家兄弟　　　　　　　　　　　　（《二商》）
异母兄弟　　　　　　　　　　　　（《张诚》）

# 宫叔叔埋的石子

"宫叔叔,快来!快进屋里埋石子玩!"

说话的是一个年约十岁的男孩子,叫柳和。这时,他正在屋里向屋外的男子喊着。这个男子正是他口中的宫叔叔——宫梦弼。

"哎,来了!"宫梦弼边答应边跑进屋里。他手里拿着一些石子和柳和一起掀起屋子里地面砌的砖块,把石子埋在下面,再把地砖按原样盖好,假装做着埋金子的游戏。一大一小两个人倒也玩得挺开心,屋子里充满了笑声。

这柳家的主人叫柳芳华,也就是柳和的父亲,是河北保定县里数一数二的大财主,富甲一方的大户人家。他不贪财,也不守财,是十分慷慨好客。柳芳华家里长年有不少的食客。食客就是长期在他家吃住而不用付钱的人。除了食客外,凡是有求于他的,他都尽量去帮助,是个有求必应的人。这样一来,认识柳芳华的人,都向他借过钱,但是也很少有人归还。

不过,也有例外。就说这个从陕西来的朋友宫梦弼,他就从来没有向柳

家借过钱，也从来没有提出过什么请求，甚至柳芳华主动拿钱给他，他也不要，深得柳芳华的敬重，待他就像亲兄弟一般。

宫梦弼并不长住柳家，每次来柳家只住一年，便又回陕西去了。

宫梦弼很喜欢与柳和一起玩。他们玩埋石子的游戏，柳家后院的五座房子，几乎全都被他俩埋遍了。人们都讥笑宫梦弼的行为幼稚像个小孩。对别人的讥笑，宫梦弼却不以为然，不在意、不理会，仍然和柳和一起玩。

柳家虽然有很多财富，但也经不起食客长年累月地吃喝挥霍。日子一长，财产日减，渐渐满足不了食客的需求，有些食客就离去了。柳芳华到了晚年，家境衰落到只能靠变卖田地来招待客人。而柳和自小受父亲的影响，学着父亲结交了一帮朋友，花钱也如流水。

那年，柳芳华一病不起。为了医病，家里的田产都已变卖完了。柳芳华眼见家业衰败到了这种难堪的境地，一口气咽不过来，死了。

然而，此时柳和竟拿不出钱来替父亲办丧事。从前那些在柳家吃喝的食客早已走光了，只有宫梦弼没有走。

柳和没有法子，只好向宫叔叔哭诉。宫梦弼二话不说自掏腰包，为柳芳华买棺木置坟地，丧事办得十分体面。

柳芳华死后，柳和根本不懂得料理家务，常常顾得东来，又忘了西，家事弄得一塌糊涂。宫梦弼见状，便帮柳和料理。于是，柳和也就将家里的大小事务，都托付给宫梦弼。

宫梦弼每次外出办理事回来，衣袖里总是装了一些石子、瓦片之类的东西，进到屋里就把它扔到墙角。这些石子、瓦片有什么用，柳和不知道，宫梦弼也不说，但也不让人把它们收拾清理掉。

柳和的日子越来越穷困了。他向宫梦弼诉苦，说家里太穷了，没有钱什么事也做不成。

宫梦弼劝他说："柳和呀，你从小就过着饭来张口、衣来伸手的舒服日子，不知道过苦日子的难处。现在就是给你一千两金子，用不了多久你也会花光的。一个男子汉穷一点并不可怕，怕的是不能自立啊！"

过了不久，宫梦弼要回陕西老家了。柳和流着眼泪，请求他早些回来，看着柳和难过的样子，宫梦弼只好点头答应。

宫梦弼走了之后，柳和不会持家过日子，家里越发穷了，常常揭不开锅。柳和天天盼望宫梦弼回来。哪里知道，宫梦弼这一走，竟然杳如黄鹤，毫无音信。

柳和长大了，也该成亲了。柳和的母亲记起，柳芳华在世的时候，为柳和与无极县的黄家定了亲，也是个大户人家，便打算叫柳和去黄家迎亲。但是，黄家听说柳芳华去世后，柳家一落千丈，穷得揭不开锅，便有悔亲之意，不想把女儿嫁到柳家去。

当柳和到了无极县黄家时，黄家听说他衣衫破旧，像个穷叫花子，便吩咐守门人不让他进门。并且让他回去筹二百两银子作为礼金，否则从此就断绝这门亲事。

门没进，水没喝。柳和想到自己竟然落到这个境地，不禁放声大哭，晕倒在地。

黄家对门的刘老太，为人心地善良。她见柳和哭得可怜，晕倒在地，便走过去扶起柳和，带回自己家中。让他吃了一顿饭，还给了他一些银子作为路费，又说了一些劝慰的话，让柳和回家去。

柳和回到家后，母亲得知黄家悔亲，非常气愤，但也没有别的法子。她想起过去很多食客都求助借过他们家的钱，而且也都没有归还过。俗话说，穷人思旧债，能让他们归还些许也好啊。于是，就让柳和去找其中几家比较有钱的人，向他们求助。

柳和说："过去和我们家交往的人，哪个不是贪图我们家钱财的。名义上是说借，实际就是取。况且过去父亲借钱给别人，从来都没有借据，凭什么让别人还你钱。"柳和长长地叹了一口气，又说："现在我们家落到这种地步，哪里还有人看得起我们。还不是和黄家一样，连门也不让进。"

柳母也叹了口气说："现在是没有办法的办法，也许还有人肯照顾我们呢！"

柳母坚持让柳和去试试，柳和不想让母亲失望，硬着头皮一连跑了二十多天，找了数十个过去借过钱的人家，也没有讨回一分钱。倒是有一个以演戏为生的李四，听说柳家的困难，实在过意不去，便赠给柳和一两银子。

事情到了这个地步，柳和母子两人痛哭了一场。他们感到世态如此炎凉，从此也就放弃了讨债的念头。

就在这时，无极县黄家的女儿听到父亲因柳家贫穷，断绝了亲事，心中大大的不满。后来，又听说父亲要把她嫁到别的有钱的人家，心中就更怨恨了。她流着眼泪对父亲说："柳家不是生来就穷的呀，当初你把我许配给柳家时，柳家也不是现在这个样子的呀？如今柳家穷了你就悔婚，你们这样太无情无义了。"黄父说："一个穷小子，难道你还舍不得吗？"黄父再三劝解训导女儿，可是黄姑娘就是不改变自己的主意，还表示非柳家不嫁。黄父见女儿这般执拗，心中十分气恼，高声斥骂女儿。他早也骂，晚也骂，可是黄姑娘也安然不放在心上。

就在黄家父女僵持不下时，黄家突然遭到强盗打劫。家中钱财被一劫而空。和柳家一样，黄家也一贫如洗，过起了穷困的生活。

有一个商人，听说黄家姑娘生得漂亮，愿意拿出五十两银子作彩礼，娶黄姑娘做妻子。穷怕了的黄父，听见有五十两银子，也不和女儿商量就一口答应了。

商人交过钱后，就等着选日子把黄姑娘娶过门了。

黄姑娘听到消息后，心中十分怨恨父亲的无情无义。她不甘心嫁给那个商人，决定离家出走。有一天天黑后，她便用锅灰涂污面孔，穿上破旧衣服，扮成乞丐，连夜逃出家门，决定到保定寻找柳和。

黄姑娘逃出家门后，日间沿途讨乞，夜间露宿郊野，真是尝尽千辛万苦。她花了两个多月的时间，才来到保定。

当黄姑娘找到柳家门口时，柳母还以为是来讨乞的。正想叫她走开时，突然听见那人叫她一声："柳夫人！"柳母一惊，忙问："你认识我？"黄姑娘声音嘶哑哭着说："柳夫人，我是无极县黄家的女儿啊！"柳夫人大吃一惊，连忙拉着她的手让她进屋。拂去她头上的尘土，仔细看看她，心酸地说："孩子啊！你怎么弄成这个样子啊？"黄姑娘哭着将父亲逼婚，她连夜出逃的事一一告诉了柳母。柳母听了抱着黄姑娘两人大哭起来。柳和既同情黄姑娘的遭遇，痛恨黄父的无情无义，又佩服黄姑娘不避艰险前来相投的勇气，便诚恳地对黄姑娘说："你就留下来吧，我定不会亏待你的。"

柳母帮黄姑娘盥洗沐浴，让她住下来。后来，黄姑娘和柳和成了亲。日子虽然清贫，但一家三口的生活充满了祥和、温暖。

这天，黄姑娘走进一间空置的房子。只见这间房子屋角挂满蜘蛛网，桌子上积满灰尘，真是又脏又乱。她想把它打扫打扫。当她刚把扫帚向屋角一扫，突然发现屋角有不少闪闪发光的东西。她拾起一看，不禁大声叫了起来："天呀！"柳和听见她的叫声，急忙走进房子。黄姑娘赶快把拾到的东西交给他："你看这是什么？"柳和一看，也高兴地喊了起来："银子！银子！我们有银子了！"他们从屋角地面上拾到的是宫梦弼原先抛的石头、瓦片，现在竟然变成白花花的银子了。他们连忙边扫边拾，不一会儿，他们竟拾到了一大堆银子。

柳和想："这些银子是哪里来的呢？是天上掉下来的？"

突然，他一拍脑袋，兴奋地说："对了！这一定是宫叔叔！是他留下的银子！"转身对着一脸迷惘的黄姑娘说："过去，宫叔叔每次从外面回来，他

总要把一些东西扔到屋角,也不让人打扫。想不到他扔下的都是银子。眼前这些银子一定是他扔下的。"说完,柳和又记起了,小时候和宫叔叔埋石子的事,不禁高声叫道:"对!屋里还有!"便拿起铁锹,动手翻起地砖。黄姑娘虽然不明白,但看见柳和兴奋的样子,也急忙动起手来。当他们掀起地砖,扫去砖下面一层薄薄的泥土时两人都同声欢呼起来。柳母听到他们的欢呼,也急忙忙跑过来,一看,也不禁哈哈大笑。原来,柳和小时候和宫叔叔埋下的石子,现在全变成了白晃晃的银子。

立时,他们又成了有钱人。柳和高高兴兴地赎回了家产,又过起昔日富贵的日子来。

不过,柳和经历过那段艰苦辛酸的日子之后懂事了。他懂得一个人一定要自立。宫叔叔走前对他说过:"一个男子穷一点并不可怕,怕的是不能自立。"柳和对母亲、妻子说:"我如果不能自立,就太对不起宫叔叔了。"

从此柳和发奋读书,三年之后,他考中了举人。

柳和学业有成。但是他没有忘记那年他去黄家求亲的痛苦遭遇;更不会忘记黄家对门的刘老太,她在他极为困难时给予他帮助,他要好好地报答刘老太。他携带了很多银子,带着仆人乘着马车,来到刘老太的家。

人们看见来刘老太家的客人穿着华丽,还有一群仆人前呼后拥,气势非凡,感到十分惊奇。这消息一时间传遍了无极县城。人们奔走相告,蜂拥着前来看热闹。有人认出那位客人是保定柳家少爷，有人说这贵人还是对门原来的女婿。有人说当初刘老太做了好事，应该有好报。也有人说黄家当初爱富嫌贫，无情无义，还逼走了女儿，现在也该有个报应了。

是呀，黄家应该受到报应。

自从逼走了女儿，那商人逼着黄父交还那五十两银子。黄家就越发穷了，穷得有上餐没下顿的揭不开锅了。如今听说柳和成了贵人，而自己的女儿又不见了，黄父心中又愧又悔。他只好躲在家中，闭门不出。

柳和用车子接刘老太回保定小住。刘老太十分高兴。

当刘老太看见那位穿金戴银、衣饰华丽，像天仙一般美丽的女主人，就是自己对门黄家的女儿时，她几乎不敢相认。黄姑娘向刘老太问起自己的父母。刘老太将黄家的穷困生活告诉黄姑娘，黄姑娘无限伤感。黄姑娘请刘老太回无极后代她向父母问好。一连数日，主人热情款待刘老太，并为她做了新衣，让人把她送回家。刘老太回到无极县后，向黄家述说了他家女儿的消息。他们都惊呆了。黄父想起过去逼得女儿出走，让她受尽千辛万苦，感到又伤心又难过，心里实在悔恨。刘老太劝他们去投靠女儿。黄父感到很为难，去吧，无脸见女婿，不去吧，穷日子又实在难挨。后来，想来想去，又实在受不了饥寒，便让黄母先去找女儿再说。

黄母担心女儿不肯见自己，便央求刘老太和她一起去。刘老太也怕黄母到了柳家尴尬，便答应同去。两个老太太来到柳家，刚好柳和外出。她们请看门人通报，得到允许后被请入内。她们经过一重又一重的大门后，才进入女主人的住房。

黄母看见女儿身穿绮罗，头戴珠翠，大小丫鬟两旁侍候，好不气派。回想自己这样落魄，黄母心中无限伤感。当着众仆人的面，她不敢直接认女儿，女儿也不直接明说。她们只是说些家乡琐事。到了晚上，黄姑娘把两位老太太安置在一间十分舒适的房间里。

到了第三天，黄姑娘支使开了丫鬟仆人，让黄母单独入房相见。黄母哭着向女儿认错，并诉说家中的困苦，再三请求女儿原谅。女儿也难过地说："母亲，别说了！我们母女还有什么说不过去的话吗？我只担心您女婿那口怨气至今还未消呢，您安心再住些日子，我找个机会对他说说。"

可是，这个机会还没有找到，意外的事情就发生了。那天，母女俩坐在一起说话。柳和突然推门进来，看见黄母和妻子坐在一起，顿时发起怒来："哪里来的乡下婆子，竟敢和我的妻子坐在一起。来人，把她赶出去。"

其实，柳和早就认出了黄母，只是假装发怒，想让她难堪罢了。

刘老太急忙上前解释说："这是我的老乡，是我请她来的，她不懂规矩，请不要见怪。"说着，把黄母带走了。

黄母觉得难堪，对不起女儿，便要告辞回家。黄姑娘偷偷拿了二十两银子给黄母说："也好，您先回家，以后我再慢慢想法子。"

于是，两个老太太回到无极，此后再无音信。

又过了两年，黄姑娘多次对柳和说起想念父母的话，并且说："当年，我父亲嫌贫爱富，冷落了你是不对的。但说到底他们也是我的父母，父母生育之恩是不能忘记的啊！"

这柳和呢，以前受辱的怨气，随着日子久了也早已消失了。于是，他命人把黄氏夫妇请到家里，向黄母道歉说："那年，您老人家来了也没有明说，多有得罪，真的对不起。"黄父说："要说对不起的话，我们才是真的对不起你！哎，那年，也怪我被金钱迷住了心窍啊。"

柳和安顿两位老人住下，给他们做了新衣服，让他们打扮光鲜，又用好酒好肉款待他们。

两位老人住了半年，终究感到心里有愧，便要告别女儿和女婿回到无极老家。女儿、女婿见留不住，便备好车马，又给了他们一百两银子送他们回家，说："以后遇到困难，记得写信告知。"

这一切，若不是宫梦弼埋了神奇石子，也就不会有后续这神奇的故事了，不是吗？

（本故事改编自《宫梦弼》）

# 商家兄弟

从前，在山东莒县，有一户姓商的人家。这家人有两兄弟，大的精于理财，小的武功高强。后来，各自成了家，原先的房子就一分为二，兄弟俩隔着墙住，成了邻居。

有一年，闹了灾荒，赤地千里，饿殍遍地，一场大灾荒，不知夺去了多少人的性命。当弟弟的，本就疏于理财，加上遇到灾年，连三餐都维持不下去了。后来，三餐并作两餐，还是不行。

这天，太阳快到头顶了，家里的灶眼还是冷冰冰的，没米下锅。弟弟饿着肚子走来走去，却想不出法子来。他的妻子对他说："还是去求下大哥吧，毕竟是亲兄弟呀。"

弟弟摇摇头，说："去也没用。大哥要是可怜我们穷到这般地步，早就该为我们设身处地考虑了。"

妻子坚持要他去走一趟："不管怎样，走一趟试试也好。"

弟弟很无奈，只好打发儿子去了。

去了没多久，儿子便回来了，一看，两手空空，什么也没讨到。妻子心有不甘，详细问儿子："大伯对你怎样了？说了些什么？为什么不肯帮助我们……"

儿子回答说："大伯有不忍之色，但踌躇着，看着大伯母，等大伯母发话……"

"那大伯母又是怎么说的？"

"大伯母对我说：'兄弟分家了，各人管各家的饭，谁还能顾得上别人呀！'"

听到儿子转述的这番话，当商老二与妻子相对无言。良久，才拿定主意，把家中残破的缸缸还有床铺，当掉换取少许的糠秕，勉强充饥，活了下来。

大灾之年，山上有几个强盗，见商老大家中仍那么富足，有吃有喝的，于是便打了他的主意，趁月黑风高之夜，爬墙进了他的家。商老大夫妇被惊醒了，赶紧敲起脸盆大声求救："来强盗了！救命呀！救命！"

左邻右舍平日都受够了这家人的气。心想，看你平时这么吝啬，这下子也有求人的时候呀？所以，没有一个人去救援他。

商老大的老婆只好向当弟弟的商老二呼救了："老弟，老二，快救救你大哥吧！"

老二听到大嫂的疾呼，便要冲出门去救援，却被他妻子拦住了。

他妻子大声回应大嫂，说："兄弟分家了，各人管各自的祸福，谁还顾得上别人呀！"

嫂子一听弟媳套了她以前打发侄子的话，也无话可说了。

没多久，强盗撬开了他家的大门，冲了进来，把他们两人抓了起来，殴打他们，逼他们把钱财交出来。

两人鬼哭狼嚎，凄厉异常。

商老二听到叫声后心如刀割，到底忍不住了，说："他们固然不讲兄弟情义，可我又怎能坐视兄长被人害死而不去搭救呢？"

于是，他带上儿子，爬过了围墙，来到兄长的院中，大声疾呼各方救援。

商老二父子本来就武艺高强，勇猛过人。乡里早已闻名，连强盗也有几分惧怕他们。他们一叫，强盗也就不敢作恶了，虽没抢得钱财，也只能赶紧逃跑了。

商老二父子俩冲进屋里。只见商老大夫妇的两条腿都被打断了，连忙把他们扶到床上。安顿好他俩后把吓得四散奔逃的婢女仆人们召集回来，让他们好好照看主人，这才回家去。

商老大虽说受了伤，可钱财没受损失，念及弟弟的救命之恩，就对老婆说："今天，我们保住了这么多财物，全是靠弟弟的救助，我们应当分一些给他家。"

老婆却一句话顶了回来："你如果有位真正的好兄弟，我们就不会受这样的苦了。"

商老大给噎住了。

没多久，弟弟商老二家又断了粮，家中已没有什么东西可变卖的了。不过，他却安慰妻儿，说："上回，我们帮了大哥，他会有回报的。"

然而，一天又一天过去了，哪有一点要回报的动静呢？当妻子的实在是等不及了——一家人要饭吃呀！便打发儿子拿上米袋子，上大伯家去借点粮食。可儿子回来时米袋子里仅有一斗小米。妻子生气了，心想宁愿饿死，也不要你这一把米吃，便对儿子说："给我送回去！"

儿子为难地看着父亲。

　　商老二只好好言抚慰自己的妻子："算了，算了，一口就是一口，总比没有的好，我们另想办法吧。"

　　又过了两个月，更是家徒四壁，一家人都饿得无法支持下去了。商老二同妻子商量："事到如今，我们已经没有任何办法谋生了。只剩下一条路，把房子卖了。我想，要卖，不如卖给哥哥。哥哥可能怕我走到别的地方，不能像上次那样帮他，说不定不会要我的房契，反而还给些救济呢。就算真正收下了房契，房子能卖十多两银子，我们也能活下去了。"

　　妻子听了，觉得有道理，便打发儿子把房契带上，去找大伯了。商老大见侄子来了，不忍收下房契——平日，他做生意，也是很讲信义的，从不占人家一分便宜，更何况弟弟呢？于是，他对老婆讲了这事，并且说："不管弟弟讲不讲仁义，可说到底，他还是我的手足呀。如果他真的搬走了，我们在这里更是孤立无援，不如退回房契，并给他们一点救济为好。"

　　他老婆却把眼一瞪说："你说得不对，他说要走，分明是要挟我们。如果照你说的办，那就正好中了他们的奸计。难道这人世间，没有兄弟的都会死光么？我们把墙筑高些，同样可以自保。我看，不如收下他们的房契，随他们搬到哪去。我们呢，反而可以扩大自己的宅院，过得更舒服。"

　　两口子商定后，便把弟弟商老二叫来。商老二听老大一说，不由得怔住了——这不仅是买下了我的房子，还要赶我走哇！可当初也是自己说了卖房子的，一言既出，驷马难追。他一咬牙，在房契末尾处签上了名字。

　　商老大也就把卖房钱付给了他。

回到家,妻子问起,他原原本本地说了。

妻子叹了口气说:"没想到当兄长的这么绝情。也好,他恩断义绝,我们也就断了这份妄想,住上几天,找到便宜的地方,我们就走。"

可没料到,第二天,大嫂便领来了一批泥水匠,把两家院墙打通了。

第三天,就来问他们几时搬走。

第四天,便说:"再不走,你们就得付租金了。"

第五天,更是说要把两户合一,进行大整修——一句话,就是叫他们马上搬走。

好在老二很快在邻村找了一个凋敝的小茅棚,很快便搬走了。

商老二一走,当日打家劫舍的强盗很快便得了消息,认为机会来了。墙修高了有什么用呢?梯子搭上去就行,所以高墙根本就挡不住打定主意要冲进来的盗贼。这天,强盗不费吹灰之力,便越过了院墙,奋力撞开了商老大住宅的大门,冲进了室内。

商老大夫妇叫天天不应,叫地地不灵,吓得魂不附体,唯有束手被擒。

强盗在外部有接应,也就慢慢地折磨他们,各种各样的酷刑都用上了,直打得他们鬼哭狼嚎。

"说,你家的钱财放在什么地方了?"

商老大痛得死去活来,不得已,把收藏银两、布帛的地方一一说了出来。

强盗立即搜刮一空。"还有没有?你是要钱,还是要命?"于是,几个隐秘的地方,也被交代出来了。

这样,才停止了鞭抽棒打。

商老大已是奄奄一息了，却好歹留下了一条命。

强盗快天亮时才撤走，而且在村中吆喝了一通："商老大开仓济贫啊！大家快去分粮呀！"

荒年时家家都揭不开锅。一听有粮食分，大家都从床上一跃而起。有的带上口袋，有的挑上米箩，没容器的，把两条裤腿头儿上一扎，也可以装上几斗米呢。人们边装食，还边骂："这黑心的，村里饿死了这么些人。他家还囤积了这么多的粮食，实在是伤天害理！"

商老大的老婆没怎么伤着，跪在仓前，求大家不要拿走他家的粮食，可有谁听？

"滚一边去！你们家见死不救，活该有这么一天！"

没多久，粮食便全被分光了。

第二天，弟弟商老二听过路的人说起这事，便赶紧跑去看望兄长。可他到达之时，商老大已经神志不清了，一句话也说不出，只是张大了嘴巴，不知是悔还是恨。末了，张开了眼睛，看到了弟弟，却只是痛苦地在席子上乱抓一气，没多久，腿一蹬就死了。

人命关天，商老二气愤不过，立即赶到了县府，击鼓告状。可是，为首的强盗，得了大笔银两，早就不知逃到什么地方去了，再通缉也抓不到。至于抢粮的，有百十号人，全是村里的穷苦人家，法不责众，官府也无可奈何。

商老大死了之后，留下一个五岁的儿子。家里被抢劫后，一贫如洗。这孩子没吃的，便经常独自跑到叔叔家中来，几天也不回去。商老二夫妻要送他回家，他也不说话，只会不停地哭。

商老二的妻子还记得过去老大家的不是，总是不给这侄儿好脸色看："有什么好哭的，谁要你爹妈作孽！"

商老二劝说她："当父亲的不仁不义，孩子又有什么罪过呀？于是到外边买上几个饼子，亲自送这孩子回家。过了几天，他又避开妻子，偷偷地背上一斗小米给嫂子。让她喂养侄儿——虽说自己家中也很拮据。

从此之后，商老二每过一段时间，便去关照一回。

直到几年后嫂子把房子卖了，又把农田卖了，有了一笔钱，能自给自足了，他才没有再去了。

没多少年，又遇上了大饥荒，路上倒毙了不少逃荒的人——都是被饿死的。

这时，商老二家中已添丁加口，已经没有能力去照顾别人了。而商老大的孩子，已经长到十五岁了，身体很瘦弱，也没有力气干活。商老二见他可怜，便让他跟着自己的儿子一道提着篮子去街上卖烧饼，以勉强维持生计。好歹算是有个照应吧。

这天晚上，商老二入睡，朦朦胧胧，见到自己的哥哥商老大来了。只见他满脸悲戚，惨然地说道："我真不该让老婆的鬼话迷住了心窍，有负于兄弟的情义，落个这样的下场。没想到弟弟还不计前嫌，让我更是无地自容，羞愧万分。你嫂子卖掉了旧宅，现在还没有租出去，仍空着，你快去租下住进去。在屋后边有一蓬乱草，下边藏了窖银子，你赶紧挖出来，一家子便能小康了。就让我那孱弱的儿子跟着你过吧。至于那长舌妇，我已经恨透她了，你就更不要管了。"

商老大说完，就不见了。

商老二一惊，坐了起来，这才明白是一场梦，却觉得很是奇怪。他赶紧找了后来的房主，以很高的租金租下了老大原来的住房，住了进去。

住进去后，趁着夜深没人注意，便连夜挖开了蓬草，果然发现一个地窖。走进去，真的找到了五百两银子。这让他感慨万千，原来，哥哥在世时，也防着嫂子，留下了这么一笔钱，死后，却托梦给了自己。

有了五百两银子，也就不再叫侄儿上街做卖烧饼的小买卖了，而是让他们在城里开了个店铺，做起了生意。

侄儿大概得了父亲的遗传，很会做生意，记账也好，算账也好，从来不出一点儿差错。而且做人非常诚实，连一文钱的收支，都告诉叔叔。商老二也就愈发钟爱这位侄儿。

有一天，侄儿哭着要求叔叔给母亲一些小米糊口，他家里已揭不开锅了。

商老二妻子却不想给，犯得着可怜这长舌妇么？商老二却说："她毕竟是侄儿的母亲，难得侄儿一片孝心，我这是奖赏孩子孝心的。"妻子也就不说话了。

从此以后，商老二便按月给侄儿开支一笔钱粮，让他带回家给母亲。

几年之后，商老二家发达起来了。这时，商老大的老婆病死了，而商老二年纪也大了。于是，他便同侄儿分开过日子，把家产分了一半给侄子。

商老二的为人从此有口皆碑。

（本故事改编自《二商》）

# 异母兄弟

明朝末年,清兵入关,山东兵荒马乱,老百姓纷纷逃亡。

有一户姓张的人家,妻子被北方来的士兵抢走了,剩下丈夫一个人,流亡到了河南。不久,硝烟散尽,社会稳定下来了,他由于常上河南,最后,也就在河南安家落户了。

他在河南又娶了个妻子,就这样,他成了半个河南人。生了个儿子,取名为讷,即张讷。哪料到,这个妻子生下张讷后不久便过世了。后来,他又娶了一个姓牛的妻子,再生了个儿子,取名为诚。

这位姓牛的后娘,脾气很坏、生性凶悍。对前妻的儿子张讷十分嫉恨,简直把他当牛做马驱使。有时给他吃残羹剩饭,甚至让他吃野菜野草。这还不够,还强令他上山砍柴,每天都得砍上一担挑回来。否则,不是用恶言恶语辱骂,就是用鞭子抽打,直打得遍体鳞伤、痛不堪言。

可对自己的亲生儿子张诚就完全不同了。她不仅暗暗留下好吃的东西给亲生儿子,而且还送他上私塾,让他自小读书识礼。张诚渐渐长大了、懂事了,为人十分友善、温顺。他看不惯母亲整日虐待同父异母的兄长,更不忍心让兄长吃苦遭罪,于是,暗地里常常劝说母亲。但母亲又哪里听得进去。

有一天,张讷进山砍柴,正遇上狂风暴雨,只好躲到山岩下避雨。这雨下了整整一天。待雨停了,天色也晚了。他早上出来就没吃什么东西,这会儿更饿得肚皮贴脊梁,勉强背着不多的柴,艰难地下了山,回到家里。

后娘见他柴砍得少,很是生气,大怒之下,竟不让他吃晚饭。张讷又饿又累,心里似火烧的一样,回到房里,倒在床上,僵硬得一动也不动。

这时,张诚从私塾放学回来,见哥哥躺在床上,脸色发黄,很是不安。忙走上前去摇摇他的胳膊,关心地问:"你是不是病了?"

张讷有气无力地说:"不是病,是饿的。"

张诚好生奇怪:"怎么会饿成这样?"

张讷只好告诉他,因为下雨柴打少了,后娘发脾气了,不给饭吃。

张诚听了,心里很是难过,脸上发青,愀然而去。过了好一阵,他才转来，解开衣扣，从怀里掏出了几张大饼，让哥哥吃。

张讷问他大饼从哪来的——后娘管得很紧，饭桌上、厨房里休想拿得到食品。

张诚摇摇头，小声地说："我从仓库里偷拿了一些面粉，请邻居的婶子做成大饼，你只管吃就是，别说什么了。"

张讷饿坏了，狼吞虎咽，很快便把饼吃光了，令张诚看了很伤心。张讷吃完饼后，劝弟弟道："以后千万不可以再这么做了。万一泄漏出去，要连累你的。至于我，一天吃一顿饭，总是饿不死的。"

张诚黯然地说："你身子这么单薄，哪有力气砍柴，倘若有什么闪失，唉……"

他没有说完，便扭过了脸，忍住没让泪水掉下来。

第二天，张讷又如平日一样，一早便上山砍柴去了。

张诚吃过早饭，也偷偷地上了山，找到了正在砍柴的哥哥。张讷一见他，大吃一惊："你来干什么？"张诚恳切地说："来帮你把砍下的柴收拾好。"张讷又问："是谁叫你来的？"张诚则说："是我自己来的。"

张讷摇摇头，劝说道："不要说你不会砍柴，就算会砍也是不可以的。"他一再催促弟弟赶快回去。张诚就是不听，竟自己动手，用手并脚一道把柴折断，一边帮助哥哥，一边说："明天，我一定带上斧头来。"

张讷走了过来，发现他手指已经划破，鞋子也穿了孔，一时心里很是难受。张讷虽说在家中忍辱负重，却也性子刚烈，便猛地把斧子横在了自己的脖子上，大声道："你要是再不回去，我马上就用斧头砍断自己的脖子！"

张诚不得已，只好下山了。张讷还不放心，把他一直送到半路，这才回来继续砍柴。

傍晚时分，他挑上一担柴下山，想想仍然放心不下，他绕道上了私塾，找到了私塾的先生。说："我弟弟张诚年纪还小，还请你严加管教，千万别让他贪玩上山，山里边豺狼虎豹很多，太危险了。"

先生说："可不，今天上午，就不知道他到哪里去了，上学迟到，我已经训斥过他了。"

张讷挑柴回到家，见到了弟弟，便说："怎么样，你不听我的话，挨先生的骂了吧？"张诚却笑了笑说："没有的事。"

到了第二天，张诚果然把斧头抱在怀里，又偷偷上了山。张讷一见他，吓坏了，忙说："我早就劝你不要来了，你怎么又来了？"张诚装作没听见，挥动起斧子，砍得更快了，很快就汗流满面。直到砍足了一捆，才一声不吭，悄悄地走了。

回到私塾里,先生又要训斥他。这回,他不得不说了实话,说母亲苛待兄长,每日要他砍满担柴。兄长体弱,总是完不成,自己一早便去帮他,所以才迟到了。先生听罢,叹了一口气,摸摸他的头,说:"难得你一片好心。"从此以后,也就不再阻止张诚上山去帮哥哥砍柴了。

上山砍柴,村上的人总是成群结队的,提防野兽袭击。张讷对老师说的话,一点不假,不料真是不幸而言中。

这一天,大家在山上砍柴,忽然草丛中卷起一股狂风,睁眼一看,竟是一只吊睛白额大老虎扑了过来,所有人都吓得趴在了地下。老虎竟一下子咬住了张诚,叼着他就走。张讷这下子急了,立即拔腿就追。老虎叼着人,跑得不快。张讷追到老虎的身后,奋力用手中的斧子砍了过去,砍中了老虎的后胯。他满以为老虎受了伤就会把人扔下,谁知这老虎痛起来,竟亡命狂奔,张讷怎么拼命也追不上了。追出了一段路,老虎便没入丛林之中。他追进了丛林,开始还见斑斑血痕,又跟着血痕追,追到后来,血痕不见了。

没有追回弟弟,张讷痛哭失声。当他回到原来砍柴的地方,大家安慰他,有的说这是飞来横祸,没办法的事;有的说老虎负了伤,不一定能把张诚怎样……可愈劝,张讷愈是伤心,大放悲声:"我的弟弟与别人的弟弟不同,更何况他是为我而死的。他不帮我砍柴就不会遇上老虎,他死了,我也不能活了!"

十三、亲情童话

说罢,他立即用斧头来抹自己的脖子。大家赶紧拦住他,可已经迟了,斧头已砍伤了脖子,晃动了几下,张讷便昏死过去了。大家赶紧给他止血,包扎好伤口,把他抬回了家。

后娘一听说自己的亲生儿子被老虎掳走了,这还了得!又哭又骂:"是你杀死了我的儿子,想以抹脖子来搪塞责任么?没那么便宜!"

醒过来的张讷痛不可当,呻吟着说:"母亲……不要恼怒……弟弟死了,我也一定不会活的。"

他躺在床上,痛得晚上也不能合眼。只好白天黑夜都靠在墙壁上,以泪洗面。父亲怕他也死了,常常来到床边,喂他吃一些东西。可被后娘发现了,又跳起脚来骂,骂得更凶了。张讷也就不再吃东西。

三天过去,张讷也断了气。

张家所在的这个村子里,常有来去无常的巫师。张讷断气后,灵魂晃晃悠悠地走了出来,正好与巫师相遇,于是,一肚子苦水向巫师全倒了出来。说完,他便问巫师,是不是在阴间见到了弟弟张诚,巫师说,没有见过呀。

于是,巫师带上张讷,转身往回走。张讷恍恍惚惚,又来到了一个都会,正好见到一个穿黑衫的人,刚刚从城中走出来。巫师拦住了他,问他是否见到张诚。黑衫人从身上背的包中取出一份名册,一一查看,上面写有男男女女上百人,却没一个姓张的。

巫师怀疑名字会不会在另一个名册上。黑衫人非常肯定地说:"这路都归我管,怎么会有差错呢?"可张讷还是不信,硬拉着巫师进了城。

城里边熙熙攘攘,新鬼、老鬼来来往往,当中也有过去相识的。张讷问来问去,都说不知道张诚来了。正在困惑不解之际,忽然之间,所有人都欢腾起来,大声喧闹:"菩萨来了!菩萨来了!"张讷仰起头来,果然见云彩当中有一个神伟的人,通体秀明,光芒四射。他顿时觉得,整个世界都亮堂了起来,阴暗的鬼城也光明剔透。

巫师立即祝贺张讷:"大郎,你真是个有福之人。大慈大悲的菩萨,要几十年才到这阴间地府来一趟,消除所有的苦难。今天实在是太巧了。"巫师说完便拉着张讷跪下。

这时,所有的鬼囚纷纷下跪,合上双掌,一齐念诵:"大慈大悲,救苦救难,菩萨保佑!"诵声惊天动地。

菩萨拂起了手中的杨柳枝,把甘露遍洒下来,细微如尘。很快,尘雾消散,天上的光芒也收敛了,菩萨一下子便不见了。

张讷隐约觉得脖子上沾有了甘露,斧头划开的创口也一点不痛了。巫师连忙又拉着他出了城,往回走。一直把张讷送到了家门口,巫师才告别。

这边,张讷已死去了两天,只是还没有收殓,却突然之间醒了过来,摸摸脖子,伤口竟已经愈合了。于是,他把自己上阴曹地府去寻张诚的事讲了一遍,并且说:"弟弟肯定还在人间,没有死!"

后娘根本就不相信,认为他是捏造谎言用来骗人,反而又把他大骂了一顿。张讷含冤抱屈,一肚子话不知对谁说好,再摸摸脖子,连伤口的疤痕都找不到了,他深信自己所见是实,绝不是做梦,于是挣扎着下了床,跪在父亲面前,哭诉道:"哪怕是穿越人海,走遍天涯,我也要把弟弟找回来。要是找不到的话,我决不回家。父亲只当儿子已经死了吧。"

父亲把他带到空无一人的地方,与他挥泪道别了。

张讷离开了家,每到一处交通要道,他都要打听弟弟的消息。

但他身上已没几个钱了,父亲在他走时偷偷塞给的费用,也很快用完了。

于是,他便一路上行乞。吃的是有一顿没一顿,衣衫褴褛,身上也挂出一道道的血印来。他沿着大路,从河南,经安徽,走运河,走走停停,停停走走,一路上打听弟弟的下落。

风狂雨骤,他就躲在屋檐下过夜;冰封雪冻,他就钻进草堆里御寒;深山老岭,他不是蜷缩在山洞中,便是爬上大树挨过漫长的夜晚;他逢山过山,逢河过河,历尽艰辛,却始终不渝……

一路乞讨,一路打探,过了一年多,终于来到了金陵——也就是如今江苏南京市。这时,他不但衣衫褴褛,而且人也憔悴不堪,已经直不起腰来了,只好在大道上慢慢地乞行着。

忽然,有十几个人骑着马从他身边冲了过去。当中有一位像是当官的,年纪大约有四十多岁吧,强壮的兵卒驾驭着暴烈的骏马,在他前后卫护着、奔驰着。这群人当中,有一位少年,骑了一匹小马驹,走过去后,总是不停地回头来看看张讷。

张讷以为这是位贵族公子,不敢抬头,只顾自己低头走着。

少年突然勒住了马,不走了,待了一会,竟下了马,大声问道:"是我的哥哥吗?"张讷这才抬起头来一看,大喜过望,高兴得张大嘴巴,说不出话来。原来,这少年正是自己千辛万苦要找的弟弟张诚。

他紧紧抓住弟弟的手,又失声痛哭了起来。张诚也眼泪双流,问:"哥哥怎么到了这般地步?"

张讷这才讲起老虎叼走他之后发生的一切,张诚愈听,愈是悲恸。骑马的人也纷纷下来问是怎么回事,听后,立即禀告给当官的知道。当官的马上

让人腾出一匹马来,扶张讷骑了上去,一道回了家。

回家后,张讷才问了个明白。原来,老虎把张诚叼走,也不知跑了多久,跑了多远,张诚才被扔在了路边。说来也巧,一位名叫张别驾的京官,正从京城回金陵老家,刚好从这条路上经过。见张诚文质彬彬的,十分可怜,便扶他起来,喂上几口水,让他清醒过来。一问张诚住在哪里,说是在河南什么地方,离这里已经很远很远了,一下子没法送他回去,只好把他一道带回家了。

到家后,张别驾便为他寻伤药,敷在老虎咬伤的地方,过了一些日子伤就好了。

正好张别驾没有儿子,两人又都姓张,于是张别驾就把张诚认作了儿子。刚才,正是张别驾带着张诚与仆人上郊外游玩。他一五一十把自己的经历告诉了哥哥张讷。

半途中,张别驾进来了,张讷连忙起身,深深地拜谢。张诚又到里间去拿衣服给哥哥换好。张家摆起了酒宴,好让这兄弟俩说话叙旧。

张别驾很关心地问:"你家人在河南,一共有多少人?"

张讷说:"没几个人。父亲原来是山东的,流浪到了河南,便在河南安了家。"

张别驾说:"我也是山东人。你老家是山东什么地方?"

张讷回答道："我曾听父亲说过,在东昌境内。"

张别驾很是吃惊,说："这么说,我们是同乡了。他是什么原因流浪到了河南?"

张讷说："明末,清兵进山东,掳走了母亲。遭此兵灾,父亲失去了家,便到西边做生意,来来往往的多了,就留在河南了。"

张别驾又惊又疑,赶紧问："你父亲叫什么名字?"

张讷把名字一说,张别驾眼都睁圆了,低下头,不知在想什么,又飞快走进了内室。不久,便扶着家中的太夫人——他的母亲出来了。

太夫人问张讷:"你是张炳之的孙子吗?""是的。"听张讷这么说,太夫人大哭了起来,对张别驾说:"这是你的亲弟弟呀!"

张讷、张诚一时丈二和尚摸不着头脑。

太夫人对他们说:"我嫁给你父亲三年,兵荒马乱中,家人冲散了,我被带到了北边,成了黑固山的人,仅半年,便生下了你们这位兄长。又过了半年,黑固山死了,按规矩,你们的兄长补了旗营的缺,升到了别驾。"

这别驾是仅次于州官的官职。

太夫人接着说:"现在,你们的大哥卸任了,我无时无刻不想念山东老家,所以办了出旗的手续,希望重返张家,入到族谱里。可是,一次又一次地派人到山东探访,却一点音讯也没有,怎知道你父亲早已迁到了河南。"

太夫人又掉头对张别驾说:"你把弟弟认作了儿子,太折福了。"

张别驾说:"当时我也问过张诚,他没有说原籍是山东的,想必是年纪小,记不住。"

于是三兄弟按年龄排出了序列:别驾四十一岁,是长兄;张诚才十六岁,最年少;张讷二十二,是老二。张别驾一下子得了两个弟弟,很是高兴。

夜晚,三兄弟抵足而眠,大家把悲欢离合都讲了一遍,一致决定回家找父亲去。

太夫人却有顾虑,因为她听说牛氏很厉害,去了,恐怕不受欢迎。

张别驾说:"能容得下我们,就同住在一起;要不然,便分开住好了。"于是,他立即把房屋卖掉,准备好行装,确定日子西行去河南。

快到河南家里时,张讷、张诚先行一步,好禀告父亲。

自从张讷走了之后,父亲的日子很难过。牛氏脾气暴烈,闹了个家破人亡后,自己也很快就死了。父亲从此孤单一人,形影相吊。忽然见张讷走进屋里,只觉喜从天降,再见到张诚,更大喜过望,高兴得说不出话来,一时涕泪交流。待到得知张别驾母子都回来了,他止住了哭泣,愕然了,既不能喜，亦不能悲，呆呆地木立着。

张别驾进门，叩头拜见父亲。太夫人更把着老头的手，对望着哭个不停。再看随行而来的仆人，里里外外都挤满了，坐也不是，站也不是，不知怎样是好。

张诚见不着母亲，问清缘由，顿时泪如雨下。

别驾拿出一大笔资金，重新修建了住宅，还请来了老师，给两个弟弟授业。

一时间，张家人欢马叫，宅院里热热闹闹，俨然成了当地的名门望族了。

（本故事改编自《张诚》）

# 十四、感恩的童话

生死情义　　　　　　　　　　　（《纫针》）
恻隐之心　　　　　　　　　　　（《小梅》）
大力将军　　　　　　　　　　　（《大力将军》）
打抱不平　　　　　　　　　　　（《崔猛》）

# 生死情义

山东聊城东昌，有一位叫虞小思的人。他是个买卖人，很会做生意。

他的妻子姓夏。有一天，妻子从娘家回来，看见自家门口坐着一对母女，在那里哭得很伤心。她上前问："大婶，什么事这么伤心呀？"大婶就哭着把自己的情况告诉了她。夏氏才知道这位大婶的丈夫叫王心斋，之前是做官的人家。因为家中败落，连吃饭穿衣都成了问题。于是请了人作保向一个姓黄的有钱人借了钱，原想做生意赚点钱。想不到那王心斋带的钱在路上都被贼抢去了，只是人没事，这也算是不幸中的大幸。回到家里，那个姓黄的就来讨债了。连本带利算起来，起码欠他三十两金子。王家实在是还不出，连值钱抵押的东西也没有。

那个姓黄的看见王心斋的女儿长得很漂亮，就想要她做小老婆。于是他找了一媒人把自己的意思说了，要他去王家说亲，如果王家肯的话，那么所欠的钱就折算成一部分礼金，另外再加送二十两金子。

王心斋自己不好作主。就问妻子。他妻子听了很是伤心。哭着说:"我们家虽然穷,但好歹也是曾经做官的,也算是有体面的人家。你也是一个教书先生出身,是个斯文人。怎么可以这样委屈我们的女儿,给人家去做小老婆。何况女儿纫针已经定了亲,是个有了未婚夫的女孩,你怎么可以自作主张呀!"

原来,王心斋与同乡傅孝廉很要好。傅家生的儿子叫阿卯,两家人有意结成亲家,王心斋答应把纫针许配给阿卯。后来,傅孝廉到福建做官。不到一年就死了,他的妻子和孩子也回不了山东、这样两家就断了音讯,所以纫针到了年龄还没有出嫁。

王妻说起这事,王心斋也就没话可说了。不过,王心斋也想不出办法应付那个姓黄的。他问妻子:"既然这样行不通,那你说怎么办好呢?人家可是在等回音。怎么还人家的钱?"

王妻说:"唉!真没办法,只好去找我娘家来的两个弟弟,看他们能不能帮帮忙。"王心斋的妻子姓范,他娘家祖上是在京城里做官的人家,留给两个孙子不少的田产。

第二天,王妻就带上纫针去找她的两个舅舅。可是王氏的两个弟弟任凭姐姐怎么哭,怎么诉苦,只是装聋作哑,不露一点儿帮忙的意思。王妻大失所望,哭得更加伤心,只得两手空空回家了。

正好在虞家的门前休息,被夏氏见着。既然夏氏问起,王妻就边哭边说,把自己不幸遭遇告诉了夏氏,夏氏听了很同情她们母女。再看看纫针长得美,很可爱,更加同情了。于是把她们母女请进了家,并拿出饭菜让母女饱吃一顿。夏氏还安慰她们:"你们母女也不要太伤心了,我会尽力帮助你们的。"王妻还未来得及对夏氏说声谢谢,纫针已经哭得伏在地上了,夏氏更加可怜她了。

夏氏一边计算着,一边对她母女说:"我家虽然有一点积蓄,这三十两黄金不是一个小数目,一下子也难拿得出来。不过,把家里值钱的东西典当一些,也勉强可以凑足这个数。"

母女十分感激夏氏的相助,夏氏与她们的定好三日之后来拿。与她们母女告别后,夏氏就开始为这三十两金子想尽办法。不过,这事她一直没有告诉丈夫。过了三天,这三十两金子没有凑齐。于是她又让人到她娘家去借。这时,王妻又带着纫针来了。夏氏只好把实情告诉她俩,又说好等明天,去娘家借钱的人回来,就会有钱了。

天快要黑了,去娘家借钱的人回来了,于是,夏氏就把凑足的三十两金

## 十四、感恩的童话

用包袱包好了，放在枕头边上。到夜里，有贼挖开了墙洞，钻进了屋子。夏氏发觉了，她偷偷地一看，看见有贼拿着一把刀，样子很凶恶。

她心里很害怕，吓得不敢作声，假装睡着了，那贼走近箱子，本想撬开箱子的锁。可回头一看，看见夏氏的枕边有一个包袱，于是转过身来把它偷走了。

借着油灯的微弱灯光，他解开包袱看了看，就全都放进了自己的大口袋里。那个箱子他也不愿理了，偷了这三十两金就走了。夏氏这才敢起来大喊："捉贼呀！捉贼呀！"可是家中只有一个小婢女，也帮着叫喊左邻右舍，"捉贼呀！捉贼呀！"可是等得邻居们追出来，那贼已经逃得很远了。

没办法追回财物，夏氏想到明日无法向王家母女交代，也无法向自己的丈夫交代，只得对着那盏油灯伤心地哭泣。她看见小婢这时已经睡熟了，一时想不开，用一根带子，挂在梁间上吊自杀了。

天一亮，小婢醒来。发觉夏氏吊死了，吓得大叫："来人呀！来人呀！夫人她上吊了！"人们听到声音赶来，把夏氏解下来时，但夏氏四肢已经冰冷，死去多时了。虞小思听得自己的妻子莫名其妙死了，生意也不做了，连忙赶回来。他问小婢怎么回事，小婢把事情的缘由一五一十都告诉了主人。虞小思只得悲伤地替妻子办丧事。

这时正是夏天，天气很热。可是夏氏的尸体居然不会僵硬，也不会发臭。过了七天，刚下了葬，纫针不知什么时候来的，她伏在夏氏的坟上痛哭。这时，忽然天黑下来，狂风暴雨，闪电雷鸣的。墓也被雷电开了，纫针却被雷震死了。

虞小思得知这消息，马上赶来看个究竟。看见妻子的棺材已被打开，听见妻子躺在里面的呻吟声。虞小思不顾得那么多，马上把妻子抱出了坟墓。不过，他再一看，棺材里还躺着另一个女子，不知她是谁。他望望妻子，夏氏细细地辨认，认出是纫针。虞小思夫妇两人正为这事感到又惊又怕，但见到那王妻范氏赶来，她看到女儿已死，就哭着说："我猜到她会在这里，现在果然在这里，她听说夫人上吊自杀，一天到晚伤心得哭个不停。今晚她对我说过，要到夫人的坟上来哭，我没有答应她。"

夏氏为纫针这么有情有义感动，就与丈夫商量，就将按这原有的坟墓安葬纫针，那位范氏对夏氏表示了感谢，也就告辞走了，虞小思背着妻子也回家了。

范氏回到家中把这事告诉了丈夫王心斋。这时，他们听说村北有一个人在路上被雷劈死了，这人的尸体上写着字，意思是"这人是偷夏氏黄金的贼"。过一阵就听得邻家有女人哭，这才知道被雷劈死的正是她的丈夫马大。

村民们就把这案子告到官府，官府就把这女人抓去审问，把偷去的黄金也查了出来。原来范氏把夏氏为了帮她赎出女儿纫针，而凑的三十两黄金的事向大家说了。而马大这个人是个无赖赌徒，得知这事，就起了贼心要偷夏氏这笔钱。官府就押着马大的老婆到她家中去搜，只搜得二十两。又从马大的尸体上搜得四两，官府就判马大的老婆要偿还所欠的六两。夏氏听得这消息，也很高兴，就将这三十两黄金给了范氏去还债。

纫针下葬后的三天，夜里又忽然又是闪电又是响雷，风刮得很大，又把坟墓掀开了，纫针也活过来了，可她不先回自己的家，却先到夏氏家里去敲门，她是从夏氏的墓里出来，知道夏氏已经活了过来。夏氏被她吓醒，隔着门问她："你是什么人？"

王纫针说："我是纫针呀，虞夫人你真的活转过来啦！"

夏氏得知纫针也真的活转过来，很高兴地开了门，让纫针进来。纫针说："我愿意做夫人的婢女，不想回家去了。"

夏氏说："我可一点也没有用黄金买婢女的意思，你为我哭死，这足以报答我了，你可一点也没有欠我的呀！你不要以为我要你还我什么。"

纫针听了这话，更加感动得哭了，说要认夏氏为母。夏氏说："这可不行，你母亲还在家里为你伤心呢！你还是赶快回到你母亲的身边吧。"

纫针说："我什么都会做，决不会坐着白等着吃的。"

夏氏还是不肯，天一亮，她就马上通知纫针家里，范氏一听女儿活转过来了，也喜出望外，马上赶到虞家来。纫针把自己要认虞夫人为母的事向母亲说，范氏也表示支持，就把纫针留在虞家了。

范氏回家后，夏氏硬是把纫针送回了王家。纫针就天天哭着要见夏氏。王心斋没办法，只好又把纫针又送到虞家，把她送进门后就自己回去了。

夏氏开门见纫针，吃了一惊，问道："你不是回去了吗？怎么又回来？"王心斋只好把纫针茶饭不思，老是哭着要见夏氏母亲的事告诉夏氏。夏氏也只好收下了这个女儿。纫针看见虞小思了，连忙跪下拜见父亲。虞小思正愁没有儿女，看到这孩子这么可爱，心里也十分高兴。

于是，纫针留在虞家，日日勤快地帮着夏氏做家务，缝补浆洗的，样样都行，如果夏氏生病，纫针也会日夜在身边伺候着。如果看见夏氏吃不下饭，她也不吃了，还哭着对人说："如果我母亲万一有什么，那我也不想活了。"直到夏氏的病好了，她的才露出笑容。夏氏听说纫针这么孝顺她，心里也很感动，说："我已经四十岁了，还没有生过儿女，现在有纫针这么一个女儿，

## 十四、感恩的童话

我已经心满意足了。"

夏氏从未生育过，第二年真的生了一个儿子。人人都认为她是做善事多，所谓"善有善报"才有好报的。

就这样过了两年，纫针也长成个大姑娘了。虞小思就与王心斋商量，说，纫针毕竟是你的亲生女儿，不能再照以前的协议。现在她已长大了，她的终身大事，还是由你们亲生父母作主。

王心斋说："既然纫针在你们家，由你们抚养长大了，你们也把她当作亲生女儿。那么她的终身大事，就由你们作主就是了。"

纫针这时已经是大姑娘了，生得是又美丽又贤惠。她亲生父亲这么一说，来提亲的人多得几乎把虞家的门槛也踩烂了。而虞小思两夫妇只想把纫什许配给较富裕的人家。那个逼王家还钱的姓黄有钱人家，也派媒人到虞家提亲了。虞小思认为姓黄的虽然有钱但心肠不好，就坚决不答应。只为纫针选择了家姓冯的人家。

姓冯的人家是这聊城有名的书香世家。冯家的儿子人也聪明，也很有学问，虞小思就把自己的主意告诉王心斋，征求他的意见。可是王心斋外出做生意去了，还没有回家。于是只好自己定了这主意。

那个姓黄的因为被虞小思拒绝了，于是也借口说是做生意，四处寻找王心斋，还真他让在半路上把王心斋给找着了。他安排了的酒菜把王心斋请来，大献殷勤，又是劝酒又是夹菜。姓黄的又说要借钱给他做生意，三杯酒下肚，王心斋把那姓黄的以前怎么逼债的事忘得一干二净，就像被迷了魂似的，一点防范之心也没有了。姓黄的乘机说自己的儿子读书很聪明，说是要为儿子做个媒。王心斋喝了人家的酒就不好意思拒绝了，又想想那姓黄的的确很有钱，纫针嫁过去，会有好日子过的。于是他就满口答应了。

他回来后，就去找虞家商量这事。而虞小思刚刚在昨日接受了冯家的婚约，一听王心斋这么说，心里老大不高兴。于是，他把纫针叫出来，把这事告诉她，要她自己拿定主意。

纫针听说自己亲生父亲要把她许配给黄家，十分生气。她说："这个姓黄的债主，本就是我的仇人，叫我去嫁给仇人，我死也不嫁！"

王心斋听，怎么自己的面子连女儿也不给，觉得很没意思。于是他只好找人告诉姓黄的说纫针已经许配给姓冯的人家了。那姓黄的一听，大发脾气，大叫："纫针她是姓王的，不是姓虞的。凭什么让姓虞的许配姓冯的。更何况我求婚在前，而姓虞的在后。怎么能不守早已约定的婚约呀！"于是姓黄的就把这事告到官府。

官府听了姓黄的陈说，就要把纫针判嫁给黄家。那冯家也有自己的道理，说："王心斋早把女儿托付给虞家了，并且有言在先，以后纫针的婚姻大事也听凭虞家作主，自己也不作干预了。我是有和虞先生订的婚书为证，而黄家的婚约不过是在酒后，和王先生说说而已，并无真凭实据。"

官府听了觉得公说公有理，婆说婆有理，一时定不了案。就说让纫针自己决定。姓黄的听了心就发急了，因为他也知道纫针是绝不愿意嫁到他家的。于是他仗着自己有钱，拿钱向当官的行贿，请求当官的把纫针判他家。这一来，案子拖了一个多月，还迟迟判不下来。

有一天，有位孝廉上京参加大会试经过聊城东昌。

他到了东昌，就派人四处打听王心斋，正巧遇到虞小思。虞小思便问孝廉怎么也认识王心斋，原来这位孝廉姓傅，正是阿卯。他们一家迁到福建，父亲去世后一直留在福建，也就成了福建人，算来已经有十八年了。因为以前曾与王家有婚约，所以一直没有结婚。这次出来，他母亲吩咐他一定打听着王心斋的下落。问一问他家女儿纫针嫁了没有。虞小思一听很高兴，立即把傅阿卯请到家中，把王家和纫针的遭遇都向阿卯讲了。

既然这样，那么阿卯就成了他虞家的女婿了。只是女婿这么远打福建来，无凭无据的，一时还真难以相信。阿卯明白虞小思的意思，他就打开所带的箱子，拿出那张王心斋当时写的允婚书。虞小思把王心斋叫来，由王心斋验过，确认这张婚书真是他亲笔写的，于是皆大欢喜。

当日，官府升堂再审。傅孝廉向官府递了名帖，会见了当官的，这件案也就这么结案了。傅阿卯与王家、虞家约定了婚期，就告别他们继续上京去赶考。

考过了会试，阿卯买了绸缎之类货物回来，还是住在旧时的祖屋，准备选好日子，把纫针娶回来。

会试放榜了，阿卯高中了进士，报子们把喜报报到福建去，阿卯不在；又报到东昌。阿卯在尚书府的复试中又考中了。他被派回原籍做官，这才回家来。不过纫针不愿意到福建去居住，阿卯也因为祖坟在这里，就一个人去福建，把父亲的棺木运回来原籍安葬；同时，也把母亲接回家乡定居。

又过了几年，虞小思也去世了，他儿子才七八岁。纫针把他和夏氏接过来，当自己的弟弟抚养，把他送进学堂，供他读书，也算得上是聊城的富有人家。

蒲松龄写了这篇故事，深有感触地说：听说神龙中也是有游侠的，它帮助善良的人，惩罚邪恶的人。无论要他活还是要他死，都会打雷闪电。这就是所谓的"钱塘破阵舞"。不过，几次打雷，都是为了纫针一个人，是不是这位纫针姑娘就是神龙之女降生到人间了呢？

（本故事改编自《纫针》）

# 恻隐之心

"呜呜……我的儿子啊,你死了,我一个老婆子无依无靠的可怎么办啊!"一个老妇人蓬头垢面地坐在路旁一边数落着,一边痛哭。她哭得声嘶力竭,痛不欲生,听见她哭声的行人,都为她感到悲哀。

这条路上的行人并不多,老妇人的哭声也感动不了多少人,偶尔有个别的行人,俯身安慰她几句,又各自走了。

这时,从远处走来了一个世家子弟。这个世家子弟叫王慕贞,他是蒙阴人,祖上做过大官,后人虽然不做官了,但靠着大笔的家产,生活自然仍旧很富裕。这个王慕贞从小生活在富裕的家庭,生性也就十分慷慨大方,凡事别人遇到困难前来求他,他不管认识不认识,都十分乐意帮助别人解决困难。

王慕贞见老妇人哭得这样凄凉悲切,便走到老妇人面前问道:"老婆婆,你有什么委屈的事不能解决,哭得这样伤心?"

老妇人听见有人问话,便抬起头,边擦眼泪边看了王慕贞一眼,停止了

## 十四、感恩的童话

哭泣说："唉！家门不幸，我丈夫死去多年。只剩下一个儿子和我一起过活。我母子相依为命，已经够凄凉的了。可是最近，我这个不争气的孩子，也不知道他犯了什么法，就快要给官府处决了，呜呜！我真的命苦啊！呜呜！"老妇人说着又哭了起来："我一个老婆子，无依无靠，我可怎么活啊！呜呜！"

王慕贞见老妇人实在哭得可怜，他不忍心了，便说："老婆婆，你先别哭。你那儿子叫什么名字，在哪里被判刑的？你告诉我，或者我可以帮助你，让你儿子回家照顾你。"

老妇人说："我儿子叫王六，案子是蒙阴地方官办的。如果你能够叫官府赦免我儿子的死罪，放他回家，让我有个依靠，我老婆子千多谢万多谢你了。"

王慕贞回到家里，拿出了一大笔钱，到官府去为王六求情。县官见钱眼开，又见是本县的世家子弟来求情，便查阅王六的案卷。发觉王六其实没有犯大罪，只是撞在一个大恶霸手中，那大恶霸买通了办案人员，才被判了死刑的。现在有了王慕贞这么一大笔银子，便改判了案子，免去王六的死罪，关了一段时间，把他释放了。

王六回到家，才知道是王慕贞出钱救了他一命的。他不明白，他和王慕贞非亲非故，互不相识，王慕贞为什么会出钱救他一命？

于是王六找到王慕贞，向王慕贞道谢并且说："我和你并不相识，更非亲非故，你为什么肯出钱救我一命？我太感谢你了。"

王慕贞说："我虽然和你非亲非故，也不认识你。不过，我救你是因为我可怜你母亲孤苦一人、无依无靠。今天，你既然已经回家，你应该好好地孝顺母亲才好。"

王六听了十分惊讶地说："你见到我母亲？啊呀！我母亲已经去世多年了，我哪里还有母亲呀？"

王慕贞也感到奇怪说："这就奇怪了，那老婆婆到底是谁呢？那天，她哭得那么伤心。如果不是你母亲，那么她到底是谁呢？又为什么说她是你的母亲呢？"

他们都很迷惑。

就在这天晚上，老妇人来向王慕贞道谢。王慕贞便把王六说的话告诉她，并说："你是不是他的母亲这件事不要紧，我只是想知道你为什么要救他？"

老妇人听了并不感到奇怪。她平静地回答说："公子，你听我说，我这样做并不是存心欺骗你。其中的事，王六也不知道的。我实话对你说吧，我是东山上的一只狐狸，二十多年前曾经和王六的父亲是好朋友。我是看在情份上才这样做的。我知道你是一个慷慨的人,能够救王六一命的。你不会见我是异类便见怪我吧?"

王慕贞听了,大受感动地说:"也难得你有这份情义……"他想再说下去,可老妇人已经不见了。

事情就这样过去了。王慕贞也都忘记了。不过,后来发生的事情,却叫王慕贞又想起了这个老妇人。

王慕贞有一个富裕祥和的家。妻子李氏生了一个女儿、一个儿子,儿子取名叫保儿。

李氏有一间小房子,是专门用来供奉观音菩萨的。她清早上香,晚上点烛,诚心祷告。家中所有大小事情,她都先向菩萨祷告后再去做的。后来她病了,而且病得不轻,甚至起不了床。虽然王慕贞为她请医求药,但不见好。李氏却认为不是药不好,而是自己对观音菩萨还不够诚心。她干脆搬进供奉观音菩萨的小房子里去住。

王慕贞见妻子这个样子,认为她着了魔。也曾劝过她说,求神拜佛只要诚心就行了,不必老守在菩萨面前的。但李氏听不入耳,依然一意孤行。王慕贞看见她的病日渐沉重,不想再惹她伤心,只好由着她。

李氏独居在小房子内,但有很多时候,王慕贞在房外却听见她在房内和其他人谈话。待到推门入内一看,却除了妻子外又什么人也没有。

李氏病了两年,她的女儿出嫁了。

有一天,李氏把王慕贞叫到床前,握着他的手,恋恋不舍地对他说:"王郎,我们的情分已经完了。两年前我就应该走了。只是我挂记着女儿还没有出嫁,观音菩萨大发慈悲,亲自给药我吃,又叫她的侍女小梅来服侍我,我才活到今天。现在,女儿出嫁了,我的心事也已了结了,我要走了。不过,我还有一件事要拜托你,就是保儿还小,如果你再娶的妻子是凶狠的人,会虐待保儿,保儿就会无依无靠。服侍我的小梅性情温柔,待人和气,人也很漂亮,你答应我,把小梅娶为妻子,我就可以放心走了。"

王慕贞认为李氏的话太荒唐,便说:"你一向都很敬奉观音菩萨的,你要我娶她的侍女为妻子,你就不怕得罪观音菩萨吗?"

李氏说:"你放心,我早已经禀告过观音菩萨,让小梅做你的妻子,菩萨已经答应过我的了。"

王慕贞见李氏病得太沉重,以为她在说呓语,便应道:"好,好,我依你。只是,那个小梅姑娘在哪里呢?"

李氏伸手一指,用十分微弱的声音慢慢地说:"她就,就在屋里。"

可是，王慕贞却什么人也没有看见，正想再问李氏，那李氏却已经双目紧闭，她真的走了。

当天晚上，王慕贞为妻子守灵。屋子里静极了，挂着的白幡随着夜风摇曳摆动。王慕贞忽然听见灵堂帐幔后面传来了隐隐约约的啜泣声，他急忙叫起家人，一起到灵堂后面察看，却看见一个年轻漂亮的女子，穿着素衣白裳站在灵柩前低着头在哭泣。

王慕贞吓了一跳。不过，他很快就镇定下来。他猜想，这个女子一定就是李氏生前说的小梅姑娘了。他便向那女子行了一礼，并说："如果你是小梅姑娘，那就请你出来和大家相见吧！"

那女子果然是小梅姑娘。

小梅红着脸走出帐幔和大家相见后，小梅大方地对王慕贞说："我是受了你妻子李氏生前的嘱托，因此留下来，替她料理她生前未做完的事的。"她又转身对家人们说："我知道有个别人过去是有过错的，现在我也不追究了。我希望大家一条心，把王家的事做好。不要有私心杂念，更不要惹是生非才好。"

小梅为什么说这些话呢？原来，李氏生病之后，没有精神料理家务，仆人中有些便乘机偷懒，爱做不做，有些甚至偷偷摸摸，从中替自己捞便宜。现在，凭空来了个小梅姑娘，仆人们都以为她是观音菩萨派来的，凡事都瞒不过她，都不敢偷懒了。

王家在小梅的料理下，家中的事都井井有条。王慕贞心里实在佩服小梅，有什么事也都先和小梅商量后再做。

王慕贞记起妻子临死前说的话，便向小梅提出要和她成婚。小梅听了大大方方的微微一笑说道："我受人之托，自然不便推辞。只是婚姻大事，不得草率。邻家有一位辞官退休的年伯黄太仆，他德高望重，可以请他来主持我们的婚礼。"

黄太仆是沂水的大官，也是王慕贞的父亲生前的好朋友。王慕贞把事情的经过告诉了黄太仆，请他出来主持婚事。黄太仆听了，感到惊奇，高兴地说："这样好的大喜事，我一定帮忙。"

当黄太仆见过小梅之后，他认为小梅是天仙下凡，当即为小梅置办嫁妆，亲自主持她和王慕贞的婚礼。婚礼办得既隆重又热闹。参加婚礼的人个个都兴高采烈，祝新人白头偕老。

结婚之后，王慕贞依旧把小梅当作仙女看待。小梅私下对他说："你呀，你也太过于谨慎了。你也不想想，天下间哪里会有仙女下嫁到人间来的。"王慕贞笑了。

全家的人也和王慕贞一样，对小梅总是恭恭敬敬的。有时候，大家原本在一起说笑，一见小梅来了，就立即停止说笑。小梅见了，也觉得好笑，也笑着说："你们呀，你们真的以为我是神仙下凡呀？其实呀，我不过是你家主母的表妹，她病中要见我，我便悄悄地来了，哪里是什么神仙呀。"尽管小梅是这么说，但是家里的人还是把她当作神仙一样看待。

过了两年，小梅生下了一个儿子。王慕贞十分高兴，便请黄太仆来家给儿子起个名字。黄太仆抱着孩子笑得合不拢口，他把孩子左端详，右看看。忽然看见孩子的左臂上有粒鲜红的红痣。便给孩子起名为"喜红"。

黄太仆在王家住了三天，人们高兴了三天。

黄太仆刚告辞回家了。王家的门外，忽然来了一辆装饰十分华丽的马车，说是要接小梅回娘家。

人们都感到惊奇，小梅来到王家都好多年了，从来没有听说过她要回娘家，怎么突然间冒出个娘家来？而且娘家来人又不是一般的平民。家人们私下里议论纷纷。但小梅却什么也没有说，抱起孩子上了马车，单单要王慕贞送她一程。

王慕贞没有说什么，他也上了马车。

马车走了二三十里路，来到了一处行人很少的僻静地方，小梅叫车夫停车。她对王慕贞说："王郎啊，我们相处的时间很短，但分别的时候却会很长

## 十四、感恩的童话

很长啊！"

王慕贞大吃一惊，连忙问："小梅，到底发生了什么事情，你快告诉我！"

小梅没有回答，却突然问王慕贞："你知道我是什么人吗？"

王慕贞满心疑惑地摇摇头。

小梅望着他，又问："你还记得很多年以前，你救过一个犯了死罪的人吗？"

王慕贞想了想点头说："记得，是有过那么一回事。"

小梅说："那个在路边哭着求你的老妇人便是我母亲。你为她做了件大好事，她总想报答你的恩情，可一直没有机会。后来，你妻子病了，虔诚供奉观音菩萨。我母亲便假说我是观音菩萨的侍女，前来服侍她。她走了之后，我留下来，为你生了一个儿子。这样才了却了我母亲的心愿。"

"但是！"小梅忧郁地看着王慕贞，心神不安地说："近些日子，我预感到你将要遇到灾难。为了避免我们的儿子受到伤害，我只好暂时把孩子带走。请你相信我。"说完，小梅不等王慕贞说话就登上了马车，临走又回头嘱咐王慕贞说："记住，家里如果有人死了，你一定要在第二天早上，赶到西河柳堤上寻找一个手里提着葵花灯的人，你追上他，求他帮助你避免灾难，你切记切记。"

王慕贞答应后，凄然问小梅："那你什么时候回来？"

小梅说："只要你按照我说的话去做，相见的日子是不会太久的。"说完，马车就像一阵风似的，霎时间就消失了。

小梅一去就是六年。什么消息也没有。

这年夏天，天气骤冷骤热。思乡瘟疫流行，死了不少人。王慕贞的一个婢女不小心也感染了瘟疫死了。王慕贞本来平时十分留心婢女的病情，想不到那天被一个好朋友相约喝酒，他多喝了两杯，竟喝醉了。婢女死后，家人叫醒他，他急忙赶到河西柳堤时，那个手提葵花灯的人早已走远了，他急追急赶。可是太迟了，他没有法子赶上那人，那人已消失了。

王慕贞十分懊丧地回到家中。

王慕贞心情忧郁，没过几天，他也病倒了，接着他就病死了。

王慕贞一死，王家的一些无赖族人，公然抢夺了王家的财产，瓜分了王家的田地，家里的仆人也被迫四处分散各自逃生。保儿也在众人抢夺中受惊吓死了，眼见王家就快被抢光、分光了。

正在这个时候，忽然，王家门前停下了一辆华丽的马车。马车前后簇拥着一大群仆人。仆人打开车帘，从车上走下来一位盛装的女子。那些围着的无赖族人一见她，不禁大吃一惊。原来从马车下来的人正是小梅。她手里还牵着一个小孩，这小孩便是喜红。

小梅见家中被掠一空，早已愤怒满腔。立即命人把守大门，把那些前来掠夺王家财产的无赖族人，一个个看管起来，同时，命人把黄太仆老先生请来。

黄太仆一来，那些无赖族人一个劲喊道："这个小孩不是王家的亲骨肉。王慕贞生前没有这个孩子，王家没有后代了。"

小梅不理睬他们，却对黄太仆说："黄老先生，当初我和王慕贞结婚是您老主婚的。这个孩子叫喜红，这孩子也还是您老起名的。您来看看，这孩子是不是喜红。"黄老先生一面点头说是，一面拉过喜红，捋起孩子的袖子，臂上露出了颜色鲜明的红痣。这时，闻声赶回家里来的原先的仆人见了，都大声欢叫起来："是喜红，这孩子真的是喜红。""喜红回来了。"顿时，王家充满了欢笑声。

那些掠夺了王家财产的无赖族人，不得不将掠去的财产、田地一一归还给王家。

小梅牵着喜红的手，来到黄太仆面前，跪在地上含着眼泪说："黄老先生，我为王郎这个家也算尽到责任了，总算报答了王郎的知遇大恩了。黄老先生，您知道我不是这个世间的人，这个孩子就只有拜托您老人家去照料了。"

黄太仆也感到伤心，但他一口应承说："你放心，只要我还有一口气，我都要为喜红做主的。"

小梅说完，便安排祭品，前去祭奠王慕贞，一去便没有回来。

家人去找时，小梅早已不知去向了。

（本故事改编自《小梅》）

# 大力将军

　　暮春三月，芳草萋萋，群花盛开，天气晴朗，正是踏青的时节，同时又是民间扫墓的日子。每年的清明节，人们都是一家大小上坟扫墓，以表达自己对祖先的怀念。

　　这一年的清明节，浙江有一个书生，名叫查伊璜，他拜祭祖先后，看天色尚早，他便叫家人先行回家。自己只带来了一个仆人，趁着郊外春意正浓，信步漫游，不知不觉地来到一间大寺庙。庙很大，也很庄严，不过庙墙粉饰剥落，看样子是一间古庙。游人不多，上香的人也很少。

　　查伊璜进入到大雄宝殿，看见殿侧安放着一口大铜钟。这口铜钟可不小哩，它比装两石粮食的石瓮还要大。这样大的铜钟，重量自然不小，但是铜钟的表面，却有一处十分光滑，依稀可以见到抚摸的手印，好像经常有人掀动过。查伊璜很感兴趣地细心一看，看见铜钟下面覆盖着一个大竹筐，竹筐里好像装着什么东西。

　　查伊璜觉得奇怪，他从铜钟上的手印推测到必定有人掀起铜钟把东西放进去的。可铜钟这么大，这么重，看来不是一个人掀得起的，而且竹筐里装着什么东西呢？

　　查伊璜在铜钟前仔细琢磨，没有弄明白其中的缘故。这时，他的仆人在走廊上已经安放好食物和酒，前来请他食用。查伊璜便叫仆人去搬动铜钟，看看铜钟下面的竹筐里面装着什么东西。那仆人用尽气力也未能掀动一下。查伊璜叫仆人多找了五六个人来一起掀动铜钟，哪知道，五六个人一起用力扳那铜钟耳，铜钟依然纹丝不动。五六个人喘着气，互相对望着，他们委实搬不动这个铜钟。

　　查伊璜感到更奇怪了。五六个人一起用力都掀不动，那么有谁能轻易掀动它，在它下面放东西呢？

　　查伊璜弄不明白，他边喝酒边等，他想看看是不是有人能够掀动铜钟。

　　查伊璜还没有喝完一盅酒。就看见一个身材魁伟、满脸络须胡、双目有神、穿着褴褛衣衫、脚踏单鞋、肩上扛着一个大袋子的人从庙门进来。看样

子这个人是一个叫花子。

这个叫花子进得庙来,他不管庙里有什么人。只是径直走到铜钟旁,卸下肩上的大袋子,把袋子里的干粮、麦子、玉米等东西取出来堆放在铜钟脚下,然后用右手抓着钟耳,毫不费力地掀起铜钟,用左手把那些干粮、麦子、玉米放入竹筐里。一次放不完,他便放下铜钟,把堆得较远的东西移近铜钟前,又再次掀起铜钟,再把食物放进去。如此掀动三、四次,把食物和粮食全部放好,将铜钟放好,拍拍手就离开了。

查伊璜和仆人都看呆了。仆人伸出舌头惊叹着说:"好大的力气啊!"

正当他们赞叹着、议论着的时候,那叫花子又回来了。这次,他肩上没有背上东西,只是手里多了个水罐,原来他是去取水。叫花子到了铜钟旁,放下水罐,又是右手掀起钟耳,左手到竹筐里取出食物,放进口中吃着,然后右手放下铜钟,取水罐喝水。他掀动铜钟,就和人们掀开木箱盖子似的一点儿也不费力。

查伊璜不等那叫花子吃完食物,就命仆人把他叫到桌子前,同他说话。那叫花子见是贵人招他,倒也规规矩矩地站着。

查伊璜问他:"你有这般好的力气,为什么不去找工做却去乞讨?"

叫花子像是很无奈地说:"唉!我找过了,只是因为我食量大,主家给我吃怕了,没有人敢招呼我,也就没有人敢雇佣我做工。"

## 十四、感恩的童话

"啊!是这样!"查伊璜看着他,帮他想办法,便说:"既然没有人敢请你去做工,以你这般好的身体、好的力气,为什么不去从军,为国家出力?这样,你也不用再去乞讨了。"

叫花子说:"这当然好,我也想过去投军,可是我没有门路,我也不知道到哪里去投军啊!"

查伊璜一想,叫花子说得也对,是得帮他想法子。于是,查伊璜对叫花子说:"这,你不用担心,你先跟我回家,我会安排你的。"

叫花子跟查伊璜回家。查伊璜命仆人给他换了新的衣服和鞋子,有命仆人为他准备好饭食,让他饱餐一顿。叫花子也不客气,坐下进食,他这一餐,仆人在旁计算着,是可以供五六个人吃一顿。

饱餐之后,查伊璜送他五十两银子,并附信一封,让他带到投军的地方。

叫花子接过银子和书信,向查伊璜道谢后走出门外。出了门后他才向仆人打听,这个资助他的贵人是谁。

事情过去了。查伊璜也就忘记了。

时间一晃,过去了十多年。

查伊璜有一个侄儿在福建做知县。同县有一个叫吴六一的将军来拜访他。交谈间,吴六一将军仿佛无意地问知县:"请问查知县,贵家乡有一位查伊璜先生你认识吗?"

知县有点愕然说:"查伊璜先生?认识呀,他是我的本家。"

吴将军问:"查伊璜先生是你家什么人?"

知县见他这样问感到意外,便连忙说:"他是我的叔父。将军和他在什么地方相识?"

吴将军说:"说来话长。简短说吧,他是我的老师。分别已经有十多年了。我很想念他。请你转告他,在他方便的时候请他来我家相见,说我是真心诚意地邀请他的。"

查知县不知道吴六一和查伊璜过去有什么交情,不便拒绝他,只好随口答应了。不过,查知县不明白,查伊璜是一个文人书生,怎么会有一个当将军的学生?

凑巧,查伊璜因事从家乡来到侄儿家。侄儿便把吴将军邀请一事告诉叔父。并问道:"叔父,你什么时候教过一个当将军的学生?"

查伊璜什么也想不起来,他也觉得蹊跷:"是呀,我哪里会有一个当将军的学生呀?"

知县又告诉查伊璜说:"不过,叔父,看样子,那吴将军可不是随随

便说的!"

"是这样!"查伊璜沉思很久,才说:"那就去拜访拜访他吧!"

查伊璜来到将军府。将军府守卫森严,气派可大着哩。查伊璜也不管那么多,将自己的名帖交给守卫送进去,他在府前等候着。

使查伊璜想不到的是,名帖送进去才一会儿。突然,将军府中门大开,一位穿着将军服的人快步走出来,十分恭敬地请他进入大门。查伊璜一面谦让说不敢当,一面打量着这位将军,但是无论查伊璜怎样想,他实在想不起来,他在哪见过这位将军。

查伊璜心想:"大概,这位将军认错人了吧!"

查伊璜疑疑惑惑地进了大门,想不到。二门,三门都是大大打开,像是迎接高官贵宾。那将军呢,同样弯身曲背,十分恭敬地把他迎进了二门、三门。

进入了第四道门,来到大厅。大厅布置得十分豪华,大厅里和两边厢房都有不少年轻的女子在忙碌,搬椅子、卷帘子,忙个不停。

查伊璜以为这是将军家眷住的地方,他不知道是坐下好还是站着好。就在这时,将军向一个少女扬扬手,那少女立刻捧出一套大礼服来,手忙脚乱地替将军换上。接着,将军又一摆手,几个年轻的女子立即将查伊璜安坐在厅堂中间的太师椅上。查伊璜十分惊讶,不知所措时,将军已经像朝拜皇帝似的向他行了大礼。

查伊璜大感意外，他实在弄不明白那将军为什么会对他行大礼，他急忙站了起来。

这时，将军已经换下了大礼服，仆人摆上了酒席。将军让给查伊璜坐在上座，亲自为他倒酒，双手捧给他，笑着问："先生大概记不起十多年前，那个在古庙中掀起铜钟的人了吧？"

查伊璜这才恍然大悟，不禁"啊"的一声，惊喜地笑着说："原来是你！"

两人大笑，同样举杯痛饮。

查伊璜想到当年行乞的叫花子，现今成了大将军，成了国家有用之人，真是人不可以貌相啊。他心里实在痛快，不觉多饮了两杯，他喝醉了。

第二天，查伊璜酒醒时，已经是大白天了。他连忙爬起来，侍女告诉他，将军已经来过三次问候他了。查伊璜心中十分不安，就要告辞回家。哪里知道，将军不但不让他走，还吩咐那些仆人，一定要好好服侍查先生。查伊璜没有法子，只好留下。

奇怪的是，查伊璜留下了，将军并没有陪伴他，只是让他悠闲自在地住下，将军自己却十分忙碌。他将家中所有的男仆、侍女、马匹、牲口，以及所有的衣服、古玩都一一二二、详详细细地开列在册，清点清楚，不容遗漏。查伊璜以为，这些都是将军的家事，不应过问。

查伊璜哪里想到，将军将清查过、登记好的清册，放到查伊璜的面前，诚恳地对他说："我吴某能够有今天，全靠你那年对我的资助。您对我的大恩大德我永远也不会忘记。今天，我所有的家财，连同每一个仆人，每一件东西，我都不应该独自享用。现在，我把这些财产一分为二，一份回报你先生。你一定得收下。"

查伊璜连忙摇头摆手地说："这不行！我无论说什么也不能收下你的东西。"

将军并不回答查伊璜，却把清册上所开列的侍女，男仆一一叫到门外，男仆备好马车，女仆收拾好行装。将军一再嘱咐他们，一定要好好侍奉查先生，并看着仆人们都上了车。将军才恭恭敬敬地请查伊璜也坐上了马车，然后拱手告别。将军一扬手，仆人挥动马鞭，车队便热热闹闹、浩浩荡荡地上路了。

你看，善心善行总是有回报的吧！

（本故事改编自《大力将军》）

## 打抱不平

从前，在一个叫建昌的地方，有一个姓崔的人。他有两个名字：一个叫崔猛，一个叫崔勿猛。两个截然相反的名字，不是过于矛盾了吗？有这样叫的吗？有！这两个名字都是他的老师给他起的。

原来崔猛是一个世家子弟，家中很富有。他从小就性情勇猛刚强，不喜欢念书，只喜欢练拳习武。后来，虽然也入学堂念书，可是他本性难移，还是喜欢动手动脚。如果有同学冒犯了他，他总是拳头对待，非打得对方头破血流不可。老师一次又一次地规劝他，甚至惩罚他，要他改过。他口头应承，过后照旧。老师遂给他起名为崔猛。

虽然这样，老师还是希望他能改过，别老是拳头来拳头去的。又给他起名为崔勿猛。

无论是叫他崔猛也好，叫他崔勿猛也好，他都不在乎。一直到了十六七岁时，他已经练得一身武艺，勇猛无比。有一点，他专好打抱不平，专门惩治豪强。他不怕和恶人结怨仇，也不肯和专门欺压别人的人和解。弱小的人来求他，特别是那些有怨无处诉的人来求他，他都是有求必应，一定为被欺压的人出口气才罢休。这样一来，崔猛的猛出了名，乡亲们十分敬重他，说他是一条好汉子。

崔猛虽然猛，发起怒来没有一个人能劝止他。不过，只要他母亲一出面，他立即怒气全消，服服帖帖听从母亲的劝说。只是有一次，他却把母亲气哭了。

崔猛的邻居，有一个凶狠泼辣的妇人。她经常虐待她的婆婆，不是打就是骂，还常常不准婆婆吃饭，婆婆都快饿死了。做儿子的实在不忍心，偷偷地送点东西给婆婆吃。不巧，刚好被那泼妇撞见，那泼妇不但咒骂自己的丈夫，还一把抢了婆婆手中的食物扔在地下。婆婆放声大哭。

崔猛在隔壁听见了，实在忍不住了，就跳过墙去，把那泼妇痛打一顿，还把泼妇的一只胳膊打断了。事情闹大了，泼妇的家人要把崔猛告到官府。崔母知道后，害怕事情闹糟，便把邻居的儿子叫来，说了很多好话，赔了许

## 十四、感恩的童话

多银子。

　　这件事情大大地伤了崔母的心,她不断地哭泣,不肯吃饭。崔猛害怕极了。他双手举着木棍,跪在母亲面前,请母亲打他,责备他。保证今后不再犯。母亲不肯饶他,还是一个劲地哭。崔猛的妻子见婆婆还不肯理睬崔猛,也就跪在婆婆面前,和丈夫一起苦苦哀求。崔母见媳妇也跪下了,才止住了哭,打了崔猛一顿,用针在他的手臂上刺了一个十字花纹,涂上朱红色,让他永远记住教训。崔猛诚恳地接受了母亲的教导,保证以后不再犯。

　　崔猛的母亲平日喜欢施舍饭食给那些前来化斋的和尚道士,让他们吃饱了才走。这天,有个道士来化斋,在门口遇见崔猛。崔猛平日里见惯母亲喜欢施舍,也就向道士行礼,让他进门。谁知道,那道士并不还礼,却目不转睛地盯着他看。崔猛感到奇怪,正想开口问他,那道士却突然神色庄重地说:"施主脸上有一股凶狠强横的气息,恐怕会有灾难。"道士不等崔猛回答,又看了崔猛一眼继续说:"不过,施主是积善之家,施主不应该受到这种报应的。"

　　崔猛看看手臂上的红十字花纹,记起母亲的话,便诚恳地对道士说:"道长,我也知道自己的脾气很坏,经常惹事。我很想改过,只是总也改不了,只要一遇到不平的事,我就没有法子约束自己。唉!"崔猛叹了一口气又说:"要是我真的改过,也许能逢凶化吉、消灾免祸的吧!"道士笑了笑,说:"你先别问是不是能够消灾免祸,应该先问问你自己是不是能够改掉你的臭脾气。

依我看，只要你痛下决心，狠狠地压制你的脾气，这，我相信你会做到的。"

崔猛请道士进屋饱餐一顿。道士临走时，对崔猛说："世事难料，万一你真的出了事，我先告诉你一个解救的法子。"

崔猛生平不太相信什么消灾免祸的邪说，只是笑了笑不说话。道士见了也笑了说："我知道你不会相信我的话，但是依我看，一个人常常做些对人有好处的事就是积德，这只有好处没有坏处的。"

崔猛止住笑，认真地看着道士说："好吧，我一定听你的。"

道士指着一个刚刚走过崔家门口的少年对崔猛说："这个人不是平凡的人。你去结识他做个朋友，将来对你是大有好处的。"说完告辞走了。

崔猛看那少年，原来是邻居老赵家的儿子，名叫僧哥。老赵是南昌人，前几年南昌闹水灾，逃难过来寄居在这里的，平日里和崔猛也常见面打声招呼的。现在崔猛听道士一说，便邀请老赵来崔家的书馆里教书，给了他很高的报酬，借此帮助赵家渡过难关。崔猛又带僧哥回家见过母亲。崔母见僧哥机警和气，便让他和崔猛结为兄弟。僧哥才十二岁，崔猛便做了哥哥。从此，两家互相往来，十分亲密。

第二年春天开耕的时候，南昌的水灾已过，老赵带领全家回到了南昌，之后，他们便断了音讯。

崔猛那次打伤邻家泼妇之后，崔母对儿子的管教就更严了。她对那些投诉冤情的乡亲都严词拒绝了，不让崔猛过问。可是，后来，崔猛的舅舅死了，他跟着母亲去吊丧，在路上，他又遇见一件他无法控制自己的事。

在路上，崔猛看见一伙人殴打一个被捆绑着的男子。拳头像雨点一样落在那个男子的身上，那男子哭着求饶。那伙人就是不依，仍然打个不停手，围观的人很多，把路都堵死了。

崔猛一打听，才知道：乡里一个大乡绅的儿子看上了一个叫李申——这个被人捆绑着殴打的人的妻子，想霸占她。这个乡绅的儿子平日里就在乡里横行霸道、欺凌乡人。他派人拿钱给李申，要他让出妻子。李申不肯，乡绅的儿子又派人设赌局，诱骗李申参加赌博。李申本来不想赌，禁不住那些人软硬兼施去诱骗他。他不知道是别人设计害他的，他逢赌必输，待他输光了，做庄的主家又借钱给他再赌，再赌再输，不久李申欠了一身债，他无法偿还，乡绅的儿子便迫李申用妻子抵债，还要他立下"无悔书"，李申不干，这伙人便围着他痛打。

崔猛听了，十分气愤，面色都变了。他一手拨开人群正想进入时，崔母看见他又要闹事了，便大喊一声："哎！你想干什么？"崔猛听到母亲一声喊，立即停下了脚步，叹了一口气："唉！"只好作罢。

吊孝回来后，崔猛整天不说话，也不吃饭，夜里也睡不着觉。在床上老是翻来覆去，直到天亮。第二天晚上也是这样睡不着觉，不同的是有时突然开门出外，一会儿回来仍然躺回床上。妻子见他这样，知道他心里有事，不敢问他，更不敢劝他。这样子大约过了三四天。到了第五天夜晚，他半夜出去，过了很久很久才回来，回来后倒在床上睡得很沉。

就在这个晚上，那个乡绅的儿子在睡梦中被人杀死了。

乡绅报了官府。官府怀疑是李申杀的，下令捉住了李申。李申不肯承认杀人，县官下令严刑拷打，李申的皮肉都被打烂了，李申受不了酷刑，只好违心承认了杀人。

李申承认杀人，县官便判了他死刑，只等候上级批准之后就行刑了。

这期间，崔猛的母亲病死了。

崔猛安葬了母亲。办完了丧事，他对妻子说："杀死乡绅儿子的人是我。李申受刑不过违心认了杀人，使我心中不安。我想自首，想到母亲还在世，我不能让她老人家伤心就没有自首。现在母亲不在了，我不能再让李申受屈，我要到官府去自首。"

妻子拉住他，苦苦地哀求他不要去，但是崔猛挣脱了她的手，跑到官府自首。

县官感到愕然，他想不通天下间那里会有人自认杀人的？但是，既然崔猛自己承认杀了人，当然由他顶罪。县官下令释放了李申。

听到被释放，李申并不高兴。他对县官说，杀人的是我，不关崔猛的事。

县官为难了，两个人都争着说是自己杀了人，那到底是哪一个呢？县官没有法子，只好把两个人都关押起来。

李申家里的人责怪李申说："人又不是你杀的，你何苦要替他认罪？"

李申却说："杀死仇人原本就是我应该做的，既然我没有做到，他代我做了。我不能让他为我而死。"

事情经过调查，弄清了杀人的事实。县官认定是崔猛杀了人，定了崔猛死罪，等到秋后处决。李申被释放回家。

这时，从京城来了一个巡视审查案件的赵部郎。赵部郎审阅案件时，在一宗卷子里看到了崔猛的名字。赵部郎暗暗一惊：崔猛是不是我的哥哥呀？他犯了什么罪？怎么被判死刑了呢？赵部郎急忙再认真地仔细地看了卷宗之后，他便提问崔猛。

公堂上，崔猛被提出来。他抬头一看，认出提审官就是僧哥。他不敢相

认,只是把事情的经过原原本本地说了一遍。赵部郎也认出崔猛就是建昌的崔猛,他也不明说,只是静静地听崔猛说完后,点了点头,命人将崔猛送回监狱,当着崔猛的面嘱咐狱卒说:"这不是一般的犯人,他是自动投案,不得虐待他,应该好好照顾他,不得怠慢。"

过了不久,案子批复下来,说崔猛出手打抱不平,误杀了人,并且自动投案可以减轻刑罚,免去死罪,充军云南。

李申听到崔猛充军云南,他也跟着到了云南,来照顾崔猛。

又过了几年,崔猛被赦免,释放回家。

这都是赵部郎帮助的结果。

崔猛回到建昌,李申也跟着来到建昌。他帮崔猛料理家务,经营产业,使崔猛家业得以兴旺。崔猛要给他工钱,他分文不要,他只要崔猛教他武艺,以防别人欺负。崔猛见李申这样,除了教他武术之外,也给他买了田地。崔猛和李申就如同亲兄弟一般。

崔猛经过这次大变故,他也痛改了过去的鲁莽行为,真的成了"崔勿猛"了。

(本故事改编自《崔猛》)

# 十五、侠义的童话

游侠丁前溪　　　　　　　　　（《丁前溪》）
侠义的大王　　　　　　　　　（《王者》）
倩女幽魂之燕赤霞　　　　　　（《聂小倩》）
侠女辛十四娘　　　　　　　　（《辛十四娘》）

# 游侠丁前溪

　　山东诸城县有一位好汉叫丁前溪。他的家里非常富有,金银满柜,谷粮满仓,经常是宾客盈门,来者不拒。他常常行走天下当游侠,路见不平,必拔刀相助。谁有难上门,他也不怕牵连,不仅收容下来,每每还赠送银两。

　　他如此仗义疏财,是因为他一直倾慕两千年前西汉的一位"仁侠"——郭解。郭解就是这样,是常常藏匿官府追捕的绿林好汉,听说什么人欺压百姓,作恶多端,是必挥刀相向,严惩不贷。虽然最后被流放,并遭诬陷被满门抄斩,但两千年来在老百姓心中,他仍是大名鼎鼎的"仁侠",认为他敢为朋友两肋插刀,是效法的榜样。

　　话说这一回,丁前溪也同郭解一样,由于主持正义,得罪了官府,官府派人上门追捕。丁前溪闻讯,赶紧连夜出逃。

　　他往南逃,一口气跑到一百里外的安丘。正遇上滂沱大雨,淋得身上湿透,只好在最近的一处房舍的瓦檐下暂时避一避。眼看着那雨下个不停,而

## 十五、侠义的童话

且越下越紧,似开了口子一样的天河。正是犯愁的时候,有一位少年从屋里走了出来,十分礼貌地说:"先生赶路辛苦了,雨又大,一时走不了,不如进屋喝杯热茶,换身衣服好了。"

丁前溪连连摇头:"不可以的,我是被官府追拿的人,不能牵累你们。"少年却哈哈大笑:"那你更是一条好汉了,快请进吧。"

丁前溪见他这么客气,又看天色已近黄昏,也无法再赶路了,便只好留下来了。少年牵过他的马,拴在马厩里,并抱过一大把草让马吃个饱。

这边,少年又是烧水,又是上茶,招呼十分周到,让丁前溪很是感动。

丁前溪问问少年:"你家贵姓?"少年回答说:"这家的主人姓杨,我是他的内侄。主人喜欢外出交游,这几天正好出去了,家里只有他的娘子在。坦白地说,这个家很穷,不能很好地接待客人,希望你能多多原谅。"丁前溪又问:"你家主人是干什么的?"少年回答道:"家里并没有什么资产,只有做点儿小生意,混一口饭吃罢了。"丁前溪点点头,表示明白了。

这天的晚餐虽说不怎么丰盛,可招待得还是很客气,能吃饱。

第二天,雨还是没有停下来的意思,天阴沉沉的,雷声不绝,看来,一时走不了啦。

那少年一日三餐招待丁前溪,虽然清淡,却仍让他吃得饱饱的。丁前溪虽然吃惯了大鱼大肉,但也没怎么在意。

到了黄昏,少年又忙着铡草,去喂丁前溪骑来的马。丁前溪过去一看,草倒不少,可都是湿淋淋的,有的长,有的短,参差不齐,不由得怪罪道:"这样的草,怎么能用来喂马呢?"

少年一怔,只好说:"真对不起,我不能不实话相告了。家里太穷,没有喂养牲口,所以并无备饲草。刚才是娘子爬上屋顶,把上边盖的茅草揭下了一层,所以,草才这样。"

丁前溪下意识地抬头看了看这茅屋的顶,果然觉得雨声听得更真切了,的确是揭去了一层茅草。他有点过意不去了,可转念又想,也许,他们是想得到一点回报吧,所以才这么做做样子。

一夜过去,风消雨歇,东方朝霞万朵。

丁前溪决定启程了。临走时,掏出一把钱交给少年,可少年怎么也不肯收。

丁前溪说:"家里不归你作主,你把钱送进去好了。"

他硬要少年把钱拿进屋内。可还没上马,少年又跑出来了,仍把钱还给丁前溪,并且说:"娘子讲了,我们并不是靠这个吃饭的。主人经常出门在外,经常身上没有一文钱全靠好心人帮助;客人来到我家,为何要付钱呢?"

丁前溪夸奖道:"难得你们有这么一副侠义心肠。"

上马后,丁前溪又回过头道别:"我是诸城的丁前溪,只要到了诸城,一问,就能找到我。你家主人要是回来,可以告诉他,我请他有空到诸城玩玩,等我躲过了这个风头,很快就会回去的。"

他扬鞭催马走了。

光阴似箭,日月如梭,好几年过去了,彼此都没有什么消息。

这一年,天下大旱,大地龟裂,田里颗粒无收,整个山东半岛,陷入了大饥荒之中。杨家本来就穷,这下子,更是生计无着,苦不堪言。夫妻两人,形影相吊、无计可施、一筹莫展。

娘子不觉随口说:"当年诸城老丁留下过一句话,请你去走走,见个面。不妨去看看吧。"

老杨一听,觉得反正已经无路可走了,既然饭也吃不饱了,出去走走也好。于是,便硬着头皮去碰碰。

安丘至诸城,百把里地,隔天便到了。一到诸城,一打听,果然丁前溪的大名,人人皆知,一问,便有热心人把他带到丁府门前。

丁前溪也早就没事了。

老杨向门房通报了姓名,丁前溪却一下想不起来,不知道是谁。

门房没有让老杨进去。老杨只好说:"当年,丁君有难,大雨中曾在舍下小住过两天,你再去禀告一下。"门房知道主人的脾气,于是又进去通报了一次。

这一说,丁前溪马上就想起了,连声道:"失礼了,失礼了!"

丁前溪匆匆忙忙鞋也未穿好,便来到了门口,一见到老杨,赶紧便行上大礼:"对不起,怠慢了,请多多包涵。"

他热情地将老杨迎进了大宅里。

他见老杨衣衫褴褛,脚后跟也从鞋帮里露了出来——走了这么远的路鞋都磨破了,在冷风中瑟瑟发抖,便立即叫人引进烧了热炕的屋子里,并设宴款待。

一下子,屋子里暖气盈盈,名酒飘香,各式珍肴摆满了桌面。不少珍奇的名菜,老杨见都没见过。丁前溪不住地劝酒、添菜,把他视为上宾。

第二天,丁前溪又请来了裁缝,为老杨量体裁衣。很快,老杨脸上有了血色,身上的衣服也一色簇新,似乎变了另一个人。

老杨深深地感到,丁前溪果然名不虚传,很讲义气,实在是令人感动。

十五、侠义的童话

然而，吃得愈好，穿得愈暖，他心中就愈是不安。可不，家里的人只怕已一顿饱饭也没得吃了。他忧心忡忡，只盼望丁前溪早点发话，多给一些馈赠，好带回去救急。

谁知，一连几天，丁前溪只顾为他设宴、配制衣帽，就是一字不提赠物的事。

他愈发着急，终于沉不住气了。对丁前溪说："实在不敢相瞒，我动身出来时，家里是米不满升，吃不上几天了。而我来到这里，承蒙您的错爱，固然过得很快乐，可妻儿在家中怎样，实在是担心哪。"

丁前溪却说："你不要担忧，你担心的事，我已经为你办好了。请放心在这里多住上几天，我会帮你解决一点盘缠的。"

老杨虽不怎么明白他的活，可也只能多住几天。

之后，丁前溪给了老杨盘缠并送老杨上路回家。

上了路，老杨心焦如焚，不知妻儿怎样了。愈近安丘，他心中愈慌，一合上眼，似乎就看到妻子倒在门口——分明是在等他不及支持不住了，不知是死是活。

谁知道，一进门，却发现妻子穿得整整齐齐，十分光鲜，脸上也红扑扑的，哪有饥馑之色？他惊讶极了，赶紧问是怎么回事。

妻子也奇怪了，说："你不知道么？你去后的第二天，马上就有人推车送来了米和布，堆满了一屋，说是老丁送来的。我还以为是你求老丁的呢……"

老杨感动不已，泪水夺眶而出。

就这样，杨家度过了荒年，而且凭借丁前溪慷慨的赠送，家境也渐渐好转了，往后男耕女织，一家子和乐融融的。

（本故事改编自《丁前溪》）

## 侠义的大王

清朝时候,有一个人在湖南长沙做巡抚。巡抚是省一级的大官。这个人为了保住这个位子,常常要花很多很多银子去孝敬他的顶头上司。他哪里来那么多的银子?于是他就大量贪污受贿,千方百计去搜刮人民的钱财来满足自己的贪欲。这样,百姓可被他害苦了。

有一年,他要把征收到的六十万两银子上交京城。他命令手下一名州佐,一定要在限期内将银子送到。

州佐接到命令,知道时间紧迫,连夜将银子分别装成包裹,装了好几辆车子,带着差人上路了。

六十万两银子,可不是小数目。州佐知道责任重大,松懈不得。他们在路上十分小心,天亮才上路,天没有黑就找客栈住下,整天提心吊胆的。

他们怕出事,可偏偏就出了事。

那天,州佐和差人赶路,中途遇上了大雨。雨泼瓢似的越下越大,他们在黑沉沉的暴雨中紧走慢赶,早已错过了住宿的村子。天黑之后,大雨仍然下个不停。他们又饥又饿,推着车子在暴雨中深一脚、浅一脚地走着,跌倒了又爬起,浑身泥浆,精疲力竭。他们实在走不动了,就站在雨中喘息一下。

州佐无可奈何,正彷徨时,突然,一个响雷,雷声带着闪电在空中炸开,在闪电的光中他们发现路的左侧不远处,有一座村庄。他们精神一振,便急忙朝村庄走去。

到了那儿一看,天,哪里是什么村庄?只不过是一座废了的古庙。

州佐顾不了那么多。命令众差人把车子推进庙中。

古庙太破旧了。庙门早已烂掉,幸亏大殿还可容身。州佐命令差人把车子停放在香案旁边,让大家脱下湿衣服,拧干水分,随便晾一晾。他们又冷又饿,但又找不到柴火,只好席地而坐。他们实在太累了,屁股一着地就全都睡着了。州佐也熬不住了,靠在柱子上便睡着了。

第二天,州佐醒来,天已大亮。他揉揉眼睛叫道:"快起来,该上路了。"差人们听见喊声,很不情愿地爬起来,胡乱穿上昨天晚上脱下的湿衣。

当他们正想整理好车子准备上路时，却同时大叫起来："坏了！车子呢？"

州佐大惊，急忙派人分头四处去找，庙内庙外找了个遍，那六十万两银子，连同车子一起不见了！

州佐吓得出了一身冷汗。众差人也都你看着我，我望着你，他们怎么也不相信，只一个晚上就把银子连同车子都丢掉了。可是千真万确，银子连同车子一起不翼而飞了。

州佐唉声叹气地说："这可怎么办？谁能担当得起这个罪责啊！"众差人也都搓着手，苦着脸说："谁也担当不起啊！"

有一个差人突然冒出来一句："这可是掉脑袋的事啊！"大家听了顿时大惊失色。

州佐说："事情到了这个地步，也没有办法了。只好回去，将实情禀告巡抚，是生是死，由他处置吧！"州佐和差人垂头丧气地回到州府衙门。

巡抚听了州佐的禀告，勃然大怒，大声斥责说："荒唐，六十万两银子，哪里会说不见就不见了。是不是你们串通好了，私自瓜分了，却编了这么个荒唐故事来欺骗本官。"

州佐连连叩头，分辩说："巡抚大人，你就是给我们一个水缸这样大的胆子，我们也不敢欺骗大人。银子确实是在庙中过了一夜就不见了。不信，你大人可以逐个去问差人。"

巡抚逐个审问差人。差人都说，实在是一夜之间失去的。他们在雨中奔波，实在太累了，倒头便睡，醒来银子就不见了。如果有假，任由大人处罚。

巡抚见问不出一个头绪，只好说："既然你们全都这样说，我就限你们在十日之内，替我将银子追回来，到时候追不回来，有你们好受的。"

州佐和差人们没有别的法子。只好再次来到那座荒废了的古庙，四处查访。

他们费了很大力气才找到那座古庙。这时，只见一个相貌奇特、双目失明的算卦先生，坐在庙前石鼓旁边。另一边竖着一块牌子，牌子上面写着：能知过去未来，专门揣测心事。他微微昂起头，捧着水烟袋，跷起二郎腿，一副自得其乐的样子。州佐心里一动，走上前去，问道："先生你能知过去未来，我有一点心事，请先生代我占一卦，可以吗？"

算卦先生听见有人问他，不慌不忙地回答说："可以。不过，你不用占卦，我听到你的声音便已经知道你有什么心事了。"

州佐说："是吗？那你说说我有什么心事？"州佐不太相信。

算卦先生说："你是不是为失掉的银子而来？"

十五、侠义的童话

州佐一愣，和众差人对望了一眼，忙说："先生你说得太对了。我求你能够指引我一条生路。"

算卦先生说："那好，只是你先把失掉银子的经过告诉我。"州佐便把那天晚上丢失银子的过程，一一告诉了算卦先生。

算卦先生听了点点头说："原来是这样。你是不是需要我帮助你们找回那些失掉的银子？"

州佐连忙向算卦先生行了个大礼，连声说："对，太对了，请先生助我一臂之力，帮助我找回那些失掉的银子吧！"

算卦先生答应说："好吧。不过，我走路不太方便，你得找一顶轿子抬我去。"

差人马上找来一顶轿子。算卦先生坐上轿子后说："你们只要照我说的方向走，自然就会知道的了。

差人抬着轿子上路了。算卦先生说往东走，他们便向东走；算卦先生说往西走，他们就掉头向西。将近黄昏，他们来到一个村庄，算卦先生说："今天就在这里住下，明天再走。"他们便住下了。

第二天，他们走了一天。第三天又走了一天。差人们有意见了，私下议论不止，这样无目的地走，走到哪里才是头呀。他们看看州佐，州佐不说话，只是示意，跟着走。

第四天又走了一天。

第五天,他们刚上路不久,就来到了一座大山。大山山势巍峨,山路崎岖,山间古木参天,遮天蔽日。走了半天,才穿过大山,来到山凹间一座古城。

古城里店铺栉次鳞比,一家连着一家,街上行人穿梭不停,真是百业兴旺。他们夹在人群中来到城南的一座广场。算卦先生叫停下轿子,用手往南一指说道:"你们继续往前走,见到有一座门楼朝西的高楼,敲开门,你们自己去问吧!"说完,他向州佐点点头,径自下轿走了。差人还想问什么,他已经在人群中消失了。

州佐安置好众差人后,独自一人按照算卦先生说的方向向前走。没走多久,果然看见一座门楼朝西的高楼。他走上前去,敲了敲漆金的大门。门开了,一个穿着汉代服装的人出来,州佐向他行礼后,说明来意。开门的人说:"这件事一定要见当事人才好说。不过,现在当事人刚巧外出,请你在这里稍候几天。你先跟我来。"

## 十五、侠义的童话

州佐跟着开门人进入门楼后面一间单独的房子里。房间里,卧床被褥都摆设好了。开门人说:"你就住在这里,饮食会有人来招呼你的。"说完,不等州佐回答,掉头就走了。

州佐吃过饭,一个人步出房子,走到房子后面的花园里。只见花园当中,一条小石子砌成的小径蜿蜒地通向一座高高的八角亭。亭子四周松树成行,绿草如茵。州佐走进八角亭,却不禁倒吸了一口冷气。原来亭子间的四面墙壁上挂了几张人皮,微风吹来,一阵阵的血腥气冲入鼻中,州佐感到毛骨悚然。他立即退出亭子,跑回房中,气喘吁吁地坐在床上。"怎么办?"州佐暗自思量,一面自言自语地说:"唉,到了这个地步,把皮留下来自然是死,跑掉也是死,听天由命吧!"

当晚却什么事情也没有发生。

第二天,那个穿汉代衣服的人来到房中,对州佐说:"我的主人回来了。今天你可以去拜见他了。"

州佐跟着那人步出房外。那人骑上骏马,马鞭一扬放马前去,州佐连忙跑步追上去,幸亏不远,就到了威严的衙门。

衙门前的两旁排列着衙役,阵容庄严威武。那人跳下马,对头目说了两句话,那头目一挥手,那人便引着州佐进入衙门,再穿过一道重门,走上一条玉石砌成的石阶,来到王宫。

王宫装饰华丽、气势辉煌。正中的玉石宝座上,坐着一位王爷。王爷头戴王冠,身穿龙袍,朝南坐北,神色威严,颇有王者气派。州佐一见,不敢迟疑,立即趋上前去,拜伏在地。

王爷问:"你是代湖南长沙巡按押解银子的官差吗?"

州佐忙应道:"是的。小人拜见大王。"

王爷说:"你的事我全知道。你失去的银子全都在我这里。你回去告诉你那巡抚,就说银子是我拿了,要他慷慨一点,把银子送给我。"

州佐一听,心想:坏了,这银子是取不回来了。可怎么交差啊!他急得哭起来说:"大王,巡抚给我的限期已经过了,银子取不回去,我是死罪难逃啊!"说着放声大哭。

王爷见州佐哭得伤心,倒笑了,就说:"你先别哭,也不要担心。"他一挥手,就见一个卫士把一个大信封交给州佐。王爷说:"你拿上这个信封,回去交给那个巡抚,你就会平安无事了。"王爷说完摆摆手,让他退下。

州佐不敢再说什么,接过大信封后,叩头告辞。王爷命卫士:"你送他出去!"

那卫士带州佐出了王宫，旁边另一个卫士牵过来一匹马，卫士叫州佐骑上马、坐稳。他一挥鞭，那马长嘶一声，放开四蹄，如风驰电掣。州佐伏在马背上，看看两旁的景物，却不是来时的路，跑了不多时，已经跑出大山，来到古城。州佐跳下马，那马掉头就跑，一下子便无踪无影了。

州佐在古城与众差人会合，回到了湖南长沙。他把几天来的经过禀告巡抚。巡抚见他空手回来，已经十分恼怒，再一听他这么一说，更加怒上加怒，大声斥责道："你真是白日做梦，想得美！来人，把他捆绑了，打入大牢。"

两旁差人应声过来，正欲捆绑，州佐连声大叫："先别绑我，我有信物为证。"说着，拿出一个大信封，呈上给巡抚，并且说："那大王说，大人你看了信就会明白了。"

巡抚刚一打开信封，马上面如土色，连忙摆手说："先别绑他，我自有道理。"又吩咐差人："你们统统出去。"

巡抚没有追究州佐的失责，反而召集手下有关官员，要想法子把失去的银子填补上。

事情总算平安地结束了。

过了不久，巡抚突然得了大病，服药也无效。没有几天就病死了。

巡抚死后，家里的人打开那个大信封一看，才明白巡抚为什么会放了州佐。

原来，大信封里面除了一封信之外，还有一把女人的头发。

信是这样写的："多年来，你贪污受贿，鱼肉平民百姓，令人十分愤恨。你所搜刮来的银子，应该归还平民百姓。这六十万两银子，对你来说，只是区区小数，我已经收存入库了，你也不必追究。失去银子，完全不关州佐的事，不准你对他横加指责。再有，那六十万两银子，你也只能用你贪污受贿的赃款来填补。这两件事如果你不照办，上一次取去你夫人的头发就是一个警告，再不听劝，迟早也会取掉你的脑袋。信中便是你夫人的头发。"

看了信，家人才恍然大悟。前不久的一天夜里，巡抚和夫人一起睡觉，半夜里醒来，发觉夫人一头乌黑漂亮的头发全被人剃得光光的。夫人哭得死去活来，现在人们全明白了。

后来，官府里的人又去寻找那个王爷的住地，却只见高山重重叠叠，荒草丛丛，什么古城、古庙，全都无影无踪了。

（本故事改编自《王者》）

## 倩女幽魂之燕赤霞

浙江有个秀才，名叫宁采臣。他听说省里的学官要来金华主持考试，觉得自己是个秀才，也该参加以求上进。于是，他收拾好书箱行李，也来到金华，准备参加考试。

金华自古以来就是一座繁华的都城。每天南来北去的人多得很。人群里有做生意的，有来游玩的，有过路的……人群川流不息。现在，又多了一场考试，各地来参加考试的秀才、生员都蜂拥而来，弄得客栈、学舍都拥挤不堪，要想找个清静的地方来温习功课可就难了。

宁采臣也很想找个清静的地方复习功课。

这天，他来到城北郊。北郊有座古庙，古庙坐落在古树参天的山脚下。庙里所有的建筑，什么大雄宝殿呀、八角玲珑塔呀，什么钟鼓楼呀、藏经阁呀，都建得庄严而又堂皇。可是，奇怪得很，这座大庙庙门虚掩，里面静悄悄的，看不见旺盛的香火，也听不见和尚的木鱼声。没有香客，也没有人进出。

宁采臣踏进庙门，天井间的荒草长得比人还高，再看殿里，香案上积满灰尘，香炉里早已不见了灰烬。大殿两房的厢房，房门虚掩着。推门一看，房内桌子、椅子、铺褥一应俱全，就是没有人居住。宁采臣转身穿过天井，到了南边空地，空地中有一间小屋，门上挂着新锁，看样子有人住在里面，现在大概外出了。离这小屋不远的地方，还有另外一间小屋，里面也还干净。在这些小屋前面，有一个小湖，湖水清清，地上的绿竹影倒影在水里，和水里飘浮着的红莲相映成趣，四周显得十分清静。宁采臣很喜欢这个地方。他想在这里住下，可是四周没有一个人，他只好站在那里等候主人的归来。

可将近傍晚了，还见不到一个人影儿，他有点失望，正想离开，却看见一个读书人从外面进来，径直来到南边的小屋，开门进去。

宁采臣连忙跟着走过来，向那个读书人施礼道："你是这里的主人吧？"

那读书人还礼说："不，我不是这里的主人。我是在这里借住的。"

宁采臣说："我喜欢这里的清静，也想在这暂时借住，但不知找谁去说。"

那人笑着说:"这里是古庙里的一部分,早就荒芜了,它没有主人,如果你不怕孤单寂寞,可以随时搬进来住,不碍事的。"

宁采臣说:"既然是这样,我也要借住一段时间了。我叫宁采臣,是个考生,以后要向你请教。"

那人说:"请别客气,我叫燕赤霞,我也是暂时借住的。你来了,我有个伴儿,早晚也好谈谈话。"

宁采臣就把对面的屋子稍微打扫一下,铺上干草,安放被褥,就算暂时住下了。

晚上,宁采臣和燕赤霞在月光下聊天。宁采臣听他的口音不像是浙江人。便问道:"先生从何处来?"燕赤霞说:"我本来是陕西人,久在江湖上来往,这次只是路过这里,暂时住住。"宁采臣觉得他为人朴实、爽快,说话诚恳,言谈中有豪侠气,很高兴结识了这个朋友。

夜深了,两人各自回到自己住处。宁采臣在陌生的环境里,久久都不能入睡。寂静中他好像听到北边短墙旁有女人在谈话,像是一家人。他爬起来走到窗前,借着朦胧的月色看见房外短墙那边有一个院子,院子里有一个妇人和一个老太婆在说话。

妇人说:"小倩这孩子为什么到现在还没有来?"

老太婆说:"她快来了。这两天不知道为什么,她好像很不开心,恐怕要发生什么事。"

正说着,过来了一个十七八岁、长得十分标致的少女。老太婆笑着说:"真是说到曹操,曹操就到,幸亏我们没有说你的坏话。"三个人同时笑了,仍然继续谈着,不过谈话声越来越小,听不清了。宁采臣以为这是别人的家眷在谈话,不方便偷听,便自去睡觉了。

宁采臣正欲入睡,门却被打开了。他起身一看,来人正是刚才看见的那个少女。

宁采臣吃了一惊,忙问:"你是谁,你来干什么?"

少女微笑着说:"这样好的月夜,你一个人不觉得寂寞吗?我反正睡不着,特来找你谈谈天不好吗?"她一面说,一面走近前来。

宁采臣连忙退后一步说道:"你别过来。深更半夜,一男一女混在一起,你不怕别人说三道四,我还怕别人说闲话呢。"

那女子说:"不妨事,反正夜深人静,有谁知道呢?"

宁采臣大声说:"为人不做亏心事,你再不走,我就过南屋去喊燕赤霞来。"

十五、侠义的童话

　　女子听见燕赤霞的名字，面色一变，慌慌张张地向后退去。快退到门口时，又走近桌子，将一块黄金放在桌上，看了看宁采臣，转身出门。宁采臣一把抓起黄金扔出门外，大声喝道："快走！"那女子在门外拾起金块，低声嘀咕："你这个人真是铁石心肠！"

　　当夜再没有发生其他的事。

　　第二天早上，宁采臣想把夜间发生的事告诉燕赤霞，却见南边小屋早已上锁，燕赤霞早已外出了。

　　到了下午，有一个考生带着一个仆人住进了东厢房。宁采臣见那考生带有同伴，不方便去打扰人家，也就没有和那考生打招呼。可是晚上半夜时分，宁采臣听见东厢房有一骇人的叫声，片刻之后又沉寂了，宁采臣也不在意。

　　天亮后，宁采臣没有看见那主仆两人出来，他仍然不在意。一直到了午后，仍然不见有人出来。宁采臣感到奇怪，走过去推开门一看，吓了一跳。原来屋里倒卧着两个尸体，主仆两人都死了。宁采臣大着胆子走近尸体，发觉两个人的脚底都流血，流到地面的血早已干涸了。他再留心一看，两个人的脚心都有一个小孔，像是用锥子刺的。血就是从那小孔流出来的。

　　晚上，燕赤霞回来，宁采臣告诉他，东厢房里有人死了。燕赤霞并不觉得奇怪。只是说："大概那屋里闹鬼吧。"

　　夜里，那女子又来了。她不再是笑嘻嘻的了，而是一脸深沉地对宁采臣

335

说：“我见过的人不少，可是像你这样不为利欲动心的，只有你一个。你是诚实的君子，我不敢欺骗你。实话对你说吧。"那女子换了一口气，忧郁地说："我本来是良家女子，叫聂小倩，十八岁那年，我患了一场大病，不幸病死。家里人将我埋葬在这间古庙后面。我是一个弱女子，在阴间受尽夜叉鬼的欺负。他用武力胁逼我去迷惑人，他乘机用锥子刺穿那个被迷惑人的脚心，使之流出血来，让他吮吸受用。我不愿害人，是夜叉鬼逼我做的，我也是受尽欺凌的啊。"那女子长叹一声，继续说："今夜，庙中没有可杀的人了。我担心夜叉鬼会亲自来加害于你！"

宁采臣非常害怕，忙问："那，那我怎么办呢？"

小倩说："你别怕。你只要和南边屋里的燕先生住在一起，夜叉鬼就对你没有办法了。燕先生是一个侠义之人，鬼是不敢靠近他的。"

宁采臣见小倩美丽动人，不太相信她会害人，便好奇地问道："你是怎样迷惑人的？"

小倩不好意思地说："我是以美色来勾引他，如果他上钩来调戏我，夜叉鬼就趁机用锥子刺他的脚心，直到他流出血来，夜叉鬼吸尽他的血，他也就死了。如果他不上当，不来亲近我，我就用鬼骨变成的金子去诱惑他。如果他贪财，这鬼骨金子就会挖去他的心肝让夜叉鬼拿去吃。这些你都是知道的。只因为你是正人君子，不受引诱才不会上当。"说到这里，小倩叹息地说："世间的人不是贪财就是好色，少有不上当的。只有像你这样的君子是例外。"

宁采臣也感叹着说："这真是做人不正直，鬼就会上身。"

小倩叮嘱宁采臣："明天晚上，那夜叉鬼一定会来害你的。你要早做预防，最好和燕先生住在一起。"

小倩临走，突然流着眼泪哀伤地说："我现在掉在苦海中苦苦挣扎，无法上岸。只有你才能救我脱离苦海。如果你愿意帮助我，请你把我的尸骨带回你的家乡安葬，那我就如同再生了。"

宁采臣毅然答应了小倩的请求。他说："你的请求我完全可以做到。只是我不知道你的尸骨现今埋在哪里，怎么找到？"小倩连忙说："请你记住，我的尸骨就埋在这座古庙后面一棵有乌鸦窝的白杨树下。"说完，同宁采臣招招手后就无影无踪了。

第二天傍晚，宁采臣待燕赤霞回来后就对他说，自己晚间太寂寞，今晚上想和他住在一起，两个人好谈谈话。燕赤霞起初不同意，推搪着说自己习惯了一个人独宿。宁采臣不管他，硬把铺盖搬了过来。燕赤霞没有法子，也就同意了。不过，他十分诚恳地叮嘱宁采臣说："我知道你是个正直的人，我佩服你，也相信你，我有些衷心话，本来可以告诉你，只是一时说不清。现在我先明说，希望你不要随便翻看我的包袱和箱子。不然，发生了不好的事情，你我都不利啊。"宁采臣点头应允。

晚上就寝前，燕赤霞把一个旧木箱子放在窗台上，躺下不久，燕赤霞就鼾声如雷了。宁采臣心中有事，在床上辗转反侧难以入睡。他在黑暗中注视着放在窗台上的木箱子，总感到木箱子里面一定放着什么宝贵的东西。

三更时分，寂静极了，没有风，也闷热极了。忽然，窗外出现一个高大的黑影，两只绿色的大眼发出凶狠的绿光。这个黑影慢慢地靠近窗台上的木箱子，伸出毛茸茸的大手，要抢夺木箱子。宁采臣看得毛骨悚然，正想喊醒燕赤霞。突然"嘎"的一声，一道刺眼的白光，从木箱子中直冲而出，向着黑影刺去，"哨"的一下，窗棂断了，白光飞出窗外，转眼间，又飞回来，钻入木箱里。窗外，早已不见了那个令人害怕的黑影。

夜恢复了寂静，仿佛什么事也没发生过。

这时，燕赤霞早已惊觉。他爬起来，打开木箱，取出一把大约有二寸长、韭菜叶子一样宽、白光闪闪的东西。他仔细地两面瞧瞧，又放在鼻子前闻了闻，自言自语道："什么老妖精，这么大胆，居然把我的箱子弄坏了。"

燕赤霞把那闪着白光的东西重新包好，放回箱子里，又重新躺下睡觉。

宁采臣把这些举动看在眼里，感到十分惊奇。他忍不住叫醒燕赤霞，把

自己看到的情形述说一遍，还想看看木箱里面的东西。

燕赤霞见宁采臣已经看见了事情的经过，只好对他说："既然你已经看到了，我也就不瞒你了。我本来就是江湖上的剑客，专好打抱不平，铲除世间的妖魔鬼怪。我听说这里有妖魔鬼怪，早就想把它除掉。刚才，那个鬼怪来了，如果不是窗棂挡了一下，那鬼怪早就被除掉了。不过，它虽然逃脱了，但也受了重创，有好些日子不能害人了。"

宁采臣这时才知道事情的惊险，十分佩服燕赤霞的勇敢。他问木箱子里面是什么东西，燕赤霞微笑着说："那不过是我的一把斩妖剑。"说着从木箱里取出一把雪亮的小剑，递到宁采臣面前说："你闻闻，上面还有一股妖腥气呢。"

早上起来，宁采臣沿着窗子外面查看，窗外的地上除了依稀可见的血迹之外，什么东西也没有。

经过这一夜，宁采臣已经无心应考，他收拾行装，准备回家。

宁采臣向燕赤霞辞行。燕赤霞没有劝解他，也不挽留他，只是设宴为他饯行。饭后，燕赤霞拿出一个破旧的皮袋送给宁采臣说："这是我装过剑的袋子，虽然破旧些，但是你得保管好，将来会有大用场的。"

他们就这样分手了。

宁采臣假托有一个妹妹死后葬在这里，现在要把她带回家。他便按照小倩说的，在庙的后面找到那棵上面有乌鸦窝的白杨树，挖开树下的坟墓，小心地取出小倩的尸骨，把它包装好之后，带回自己的家乡。

宁采臣回到家里，便在自己书房后面的空地上为小倩筑了一个坟墓，把小倩的尸骨埋葬在里面，并祷告说："小倩，我同情你的不幸遭遇，为了帮助你解脱困境，我把你埋葬在我家书房后面，使你靠近我，使你不再孤单，不再受恶鬼的欺凌。"他一面说，一面在坟前洒了一杯酒，又说："一杯水酒，不成敬意，请不要嫌弃。"

埋葬了小倩，宁采臣收回工具，准备回到书房。忽然，他听见后面有人叫他："等一等！我们一起走。"他回头一看，不禁一阵惊喜。原来叫他的竟然是小倩。

小倩十分高兴地笑着对宁采臣说："你真是个守信用的君子，是个好人，我不知道怎样做才能报答你。你让我跟你回去服侍老人吧！"

宁采臣看着眼前这个亭亭玉立的漂亮少女，几乎不相信她是一个女鬼，便应允了她，叫她在书房里等候，待他告诉了母亲之后再把她带去见母亲。

母亲听说儿子竟带了一个女鬼回来，十分惊讶。正想说话时，小倩已经

## 十五、侠义的童话

步履轻盈地走了进来，跪在母亲面前细声说道："我远离父母，孤单一人，受尽了恶人的折磨。多蒙公子帮助我脱离苦海，带我同来，使我有个栖身之地。我不敢有非分之想，只愿意服侍您老人家，好吗？"小倩说话温柔、有礼，惹人喜爱，母亲高兴地答应了。

小倩留下了。宁采臣的家她好像早已住惯了似的，她穿堂入室，下厨做饭，非常熟悉。她的勤劳，大大减轻了母亲做家务的劳累，母亲打心里喜欢小倩了。

到了晚上，小倩不敢留在母亲的房里。她怕惊吓母亲，就到宁采臣的书房陪伴他读书。她自己也读读佛经，夜半才离开。

小倩初来时不吃不喝。半年后，她开始喝些稀粥，渐渐地就和平常人一样吃喝了。日子一久，母亲竟然忘记了她是女鬼，对待她就像对待自己亲生的女儿一样，竟然把她留在自己房里住下了。

日子一天天地过去，他们的日子过得温馨安详。母亲作主，给宁采臣和小倩办了婚事。结婚那天，亲友们高高兴兴地来祝贺，称赞小倩美丽，说她是天仙下凡，没有一个人想到她是个女鬼。小倩很会画画，她画的兰花、梅花特别让人喜欢。很多亲友都来求她画，她也从来不拒绝亲友的请求。得到画的人都很高兴，越发称赞她，说她既美丽，又贤惠，是个好媳妇。母亲就更疼爱小倩了。

宁采臣和小倩就这样过着愉快的日子。但小倩在心里暗暗担心的事终于来了。

一天，小倩坐在窗前前，低头沉思，心事重重。宁采臣觉得奇怪，便问她有什么心事，为什么这样不开心。小倩没有直接回答他，却突然问他："那一年，燕先生送给你的那个剑袋呢？"

宁采臣说："那个剑袋，因为你怕见到它，我把它收藏起来了。你为什么突然想起它？"

小倩说："那时候我怕剑袋，是因为我还是个鬼。现在我和你住在一起，接受人的气息已经很久，我身上的鬼气早已消失了，也就不怕剑袋了。你还是把它挂在床前吧。"稍后，小倩又说："这几天，我老是觉得心跳得厉害，我担心金华那个夜叉鬼会找到这里来。"

宁采臣听她这样说，立即把剑袋找了出来，挂在床前。

就在这天夜里，小倩要宁采臣不要睡觉，说是夜里会有事发生。两人静静地对着灯坐着，没有说话。将近到半夜，房门外突然"扑"的一下，一件东西像一只大鸟张开翅膀从天上扑下来，小倩迅即躲入帐中。宁采臣定睛一看，来的正是金华那个夜叉鬼。它面目狰狞，眼射凶光，张开血盆大口，一副獠牙呲着，吐出血红舌头，伸出大手要抓人。它刚踏入房门，抬头看见剑袋，立即站下来不敢向前。它犹豫片刻，眼睁睁地看看剑袋又看看帐子里的小倩，想上前又不敢，想退又不甘心。它慢慢挨近帐子，突然恶狠狠地伸出爪子去抓剑袋。就在这时，剑袋"砰"的一响，一下膨胀起来，中间裂开一道大口子，"呼"的一声把夜叉鬼一下子吸入袋中，大口子随即合拢。

事情发生得那么突然，转眼一下子就沉寂了，好像什么事没有发生过。宁采臣惊魂未定，他看看那剑袋仍旧挂在床前，好像没有人动过它。

小倩从帐子出来，高兴地拉着宁采臣的手笑着说："好了，没事了。今后也没事了！我们不用再担心了！"

他们打开剑袋一看，剑袋里只有少许清水。

从此之后，小倩也就成了一个真正的人。她和宁采臣过着安定而又幸福的日子。

这个故事，后来改编成了著名的影片《倩女幽魂》，很受观众的喜欢。

（本故事改编自《聂小倩》）

# 侠女辛十四娘

天渐渐暗下来了,田野里耕作的人早已收工回家。牛羊归栏,鸟儿栖巢,四周静悄悄的,夜晚就要来了。

正在这时,在河北广平县城郊的一条石板路上,传来了嘀嘀嗒嗒的蹄声。驴背上坐着一个醉醺醺的书生,东倒西歪的样子。

这个书生姓冯,年纪轻轻但已读了不少书,受到不少人的称赞。他特别嗜酒,喝起酒来就高谈阔论,不知天有多高地有多厚。也因此小有名气,引得亲朋好友,三天两头邀他喝酒,每次他都一醉方休。

现在,他刚从朋友家喝酒归来。

晚风吹来,酒劲儿往上涌,他寻思找个地方歇歇。想起前面有一座早已荒芜的寺院,便赶着驴子朝寺院走去。

快到寺院时,听见庙门咿呀一响,走出来一个身穿大红衣衫的妙龄女子。她抬头看见冯生迎面走来,便马上转身回到寺里。

冯生觉得眼前红光一闪,那女子就不见了,他觉得那女子的背影很熟悉,好像在什么地方见过似的。他立即让驴子停下来,左想右想,好一阵,突然,

他拍拍自己的后脑勺："对了，就是她！"

原来，冯生今天早上出门访友，天还没大亮，路面被露水打湿了。他恐怕驴子滑蹄，便放松缰绳让驴子慢行。走了没多久，就看见前面有一个穿着大红衣衫的姑娘踏着露水前行，旁边还有一个像是婢女的女子搀扶着她。两人的鞋袜、衣衫都给露水打湿了。她那充满活力的身影使冯生眼前一亮："多漂亮的姑娘！"冯生立即喜欢上这个穿着大红衫的姑娘了。

现在再次相遇，冯生欢喜极了，正想追入寺里。突然，他觉得奇怪了，这间早已荒芜了的破败不堪的寺院怎么会有人家？更何况是这么漂亮的姑娘。他想弄个明白，便立即从驴背上跳下来，把驴子系在大门外，走进寺里想看个究竟。

寺院里的确很荒凉，断墙败瓦，荆棘丛生，但是，大殿的台阶上却生满毛茸茸的细草，像铺了一张碧绿的毯子。他正想穿过大殿进去时，却看见一位头发胡子都已斑白的老人。他穿着整洁、步履稳健地走了出来，见了冯生便打着招呼："客人从哪里来，有什么贵干？"

冯生说："对不起，我路过这古寺，想来瞻仰瞻仰，顺便讨杯酒喝。"

"好。好。"老人还没有说完，急于想探个明白的冯生便急切地问："您老人家怎么会住在这里？"

老人说："说来惭愧，我带着家小四处漂流，也四处为家。现在，暂时在这里住住。客人既然光临，我虽然没有酒，但有山茶可以代酒。请进吧！"

老人恭敬地请冯生入内，冯生跟随着老人，转到殿后。

一进殿后，只见面前豁然出现一座标致的院落。院子里种满花草，花径上铺砌着石子，有假山水池，没有一点荒凉的影子。冯生无暇多想，跟着老人踏入厅堂。

厅堂里的窗上挂着帘子，壁上挂着字画，朱红色的桌椅油光闪亮。内房门上的珠帘静静垂着，屋里散发着阵阵幽香。冯生心里十分高兴，乘着酒意径直问道："您贵姓？"

老人说："我姓辛。您呢？"

"我姓冯。"冯生自报家门道，"我是这里小有名气的冯生，还没有结婚。"冯生瞧了老人一眼，老人没有说话，只是听着，冯生便单刀直入地说："我刚才看见一位穿着大红衣衫的姑娘入内，想必是您的女儿了。我听说她还没有许配人家，请原谅我的冒昧，容许我向她求婚，您就成全我吧！"说着，他取过纸笔，写了一首小诗递给老人。

老人知道，冯生是用唐朝裴航的故事来表明心迹。

## 十五、侠义的童话

这个故事意思是,很久以前,裴航向云英姑娘求婚,云英的祖母说,我有神仙给的药,要用玉杵臼去捣,吃了能长生不老,你能用玉杵臼作聘礼,我就把云英嫁给你。

老人看了小诗,微微一笑,说:"容我和她母亲商量一下再说吧。"说完,老人掀起门上的珠帘进入内室。

老人很快出来了,却只和冯生谈今论古,闭口不谈婚嫁的事。冯生忍不住了,便直问老人:"我还不知道您老对我求婚的意见呢?您能不能直白告诉我,好让我解除心中的焦虑。"

老人迟疑了片刻才说:"你是很有才华的人,我很佩服你。关于你说的婚嫁的事,我有一句心里话,实在不方便告诉你。"

"什么话呢,还望您老直说。"

冯生再三请求,老人才说:"我有十九个女儿,现在已经嫁了十二个了……"

老人还没说完,冯生急切地说:"既然您已经嫁了这么多的女儿了,那就把我刚才看见的那个穿大红衣衫的姑娘嫁给我吧!"

老人低声说:"女儿们婚嫁的事都由她们的母亲作主,我从不过问。"

老人没有再说话,两人相对无语。

冯生无望地环顾室内四周,正想再说些什么,却听见内室门帘后一阵柔声细语,好像调侃着什么。冯生借着酒意,起身掀开门帘,大声说:"既然婚姻无望,那就让我见心爱的姑娘一面吧。"一面说着,一面就要进入内室。

内室的几个女子正围着一位老妇人说话。老妇人旁边站着的,正是那个穿着大红衣衫的姑娘。她双手垂肩,一脸害羞的样子。她们听见门帘声都愕然站着,面面相觑。

冯生正欲跨进内室,老人勃然大怒,高声命令仆人:"把这无礼的家伙撵出去。"当即走出两个仆人,双手叉住冯生两个肩膀,硬是把冯生拽出寺外,接着一阵暴风雨似的破砖碎瓦被纷纷掷向冯生。冯生喘息着,伏在地上一动也不敢动。

奇怪的是,暴风雨似的破砖碎瓦竟然没有一片打着冯生。

不知过了多久,冯生抬起头来,天早已黑了,四周静悄悄的。他艰难地爬起身来,却见那驴子仍然站在他身旁。他顾不上周身困倦,跨上驴子往回赶。

此时,冯生也不知往哪里走,他只是任由驴子往前行。

夜色深沉。他依稀踏进一条深邃的溪谷,耳边风声呼啸,远处野狼嗥、枭鸟叫。他不禁心惊胆战，毛骨悚然，酒早已醒了大半，急忙策驴前奔。

走着走着，也不知走了多久，他发现前面黝黑的树林里有几点灯火，在夜空中时明时灭。

"这下好了，前面必定有人家了。"

果然，在他面前出现了一座高楼深宅。这楼房有双龙戏珠的屋脊，琉璃瓦面衬托着红墙，檐前风铃迎风摇曳。冯生感到奇怪，这里哪来的深宅大院？但极度疲惫的他已顾不得多想，跳下驴背，径直上前敲门。

大门嘎的打开，一个老人开门问道："客人从哪里来？"冯生说："我姓冯，是冯云子的孙子，来自广平的书生，夜半迷路来到这里，请让我歇歇可否？"老人说："请您稍候。"

片刻，老人出来，双手一揖，说："请吧。"

冯生跨过门槛，抬头一望，眼前是一座灯火通明、金碧辉煌大厅。陈设华丽，仆人两旁站立。冯生不敢贸然进入大厅，只在厅前石阶静候。片刻，有几个漂亮的婢女扶着一位老太太出来，一面说："郡君来了！"

冯生连忙趋前向老太太行礼。老太太却止住他说："你是冯云子的孙子，那就是我的外孙了，不要过于客气了。我老了，甚少和至亲往来，大家都显得生疏了！"说着，让冯生坐下说话。

冯生说："我自小就失去父亲，跟着祖父过日子。和祖父有交往的长辈，我大都认得，也没有听祖父说起您，我太失礼了，还望您老教导。"

老太太笑着说："是呀，少来往便显得生疏，你不知道也不奇怪，我暂且不说，等会儿你会知道的。对了，你怎么会在深夜里来到这里的？"

冯生便把今天的遭遇向老太太述说一遍。讲到那位漂亮的红衣姑娘，他叹了一口气说，可惜给那家的人赶了出来。

老太太听了微微一笑说："这是件大好事，按道理说，你是大家子弟，名望世族，娶了她也不会辱没她的家庭，这个野狐精怎么这样自高自大。你别担心，我自会成全你的。"

老太太对身旁一个十分伶俐的婢女说："我怎么会不知道辛家有这么漂亮的女儿？"婢女回答说："辛家有十九个姑娘，个个都长得天仙似的，不知道指的是哪一个？"

冯生连忙说："就是那个穿着大红衣衫的姑娘。"婢女笑了说："您果然好眼光，那是辛家十四娘，也是他家最聪慧、最漂亮的一个。今年三月，她还跟她母亲来过这儿。"老太太又笑了："啊，就是穿着大红衫、脚踩莲花瓣高底鞋、施香粉、蒙面纱的那个吗？"她转身对冯生说："我的外孙，你的眼

## 十五、侠义的童话

光真不错啊！"她又对婢女说："派人把十四娘叫来。"

过了不多一会儿，那个穿着大红衣衫的姑娘过来了，她正要弯下腰给老太太叩拜，却给老太太止住了。老太太说："从今以后，你就是我的外孙媳妇了，不必行大礼了。

老太太把十四娘拉近身边，爱抚地掠起她的鬓发，摸摸她的脸蛋，还看了看她的耳环。红衣姑娘瞧见冯生，不好意思地低下头来，只自顾自地玩弄衣襟佩带，显得很不自在。老太太知道她害羞，便又笑着对她说："他是我的外孙。他真心爱你，向你求婚，你怎么能拒绝他，还把他撵走呢？现在，由我做主，为你们主婚，你意思怎样？"

辛十四娘只是低着头，没有说话，直到听见老太太命令婢女为他们准备新房时，她才央告老太太说："郡君，我本人没什么意见的，但他酒后乱言，才被我父亲赶走的，还是让我先禀告父母吧。"老太太说："我为你做媒，还会有错吗？"辛十四娘说："我不是这个意思。我是说，郡君之命，我父母都不敢违抗，只是婚姻大事，不能这么仓促草率成婚，如果这样我就是死也不能奉命，还请郡君见谅。"

老太太听了，哈哈大笑："小姑娘如此有主见，真不愧是我的外孙媳妇啊！"

老太太从辛十四娘的头上拔下一朵金花，交给冯生，要他回家后选定吉日，好迎娶辛十四娘。

天渐渐亮了，雄鸡报晓。冯生告辞老太太后，出门跨上自己那匹驴儿，才走了几步，他又回头想看清那使他充满希望的深宅。

冯生回头一望，哪里还有什么深宅大院？连一般普通的房屋茅舍都没有了。在朦胧的曙色下，看见的只是郁郁苍苍的松林以及野草丛中凌凌乱乱的几堆坟墓。

冯生走下驴背，仔细辨认一块块墓碑，碑上字迹在曙光下依稀可辨，他才知道这里是他祖母的弟弟薛尚书的坟墓。

"难道我真的见鬼了？"冯生并不怕鬼，他心想，遇到了做好事的鬼倒也是奇遇。

但他想知道，辛十四娘是鬼呢，还是狐狸精？

第二天，冯生再次寻访那间寺院。只见殿宇颓废、断墙败瓦，殿前野草丛生，荒凉不堪。既没有僧人，也没有人家。他向附近的人家打听，人们只告诉他，这间寺院荒芜已久，没有人入住，不过，倒是有人常见寺院有狐狸出入。

冯生心想，如果真的得到辛十四娘，哪怕她是狐狸也好啊！

他选定吉日，打扫庭院，等候佳期到来。

到了，佳期到了！这天冯生等呀等呀，一直等到了半夜，还是没有什么动静。他有些失望了。

难道真的是一场梦？他疲惫不堪，和衣靠在床上半睡半醒地躺着。

正迷迷糊糊间，突然，他听见远处传来一阵喧哗声。来不及多想，他急忙趿拉着鞋子跑出门外。门外，人声喧哗，一辆装饰华丽的花轿停在门前，两个婢女正扶着新娘下轿，后面两个仆人抬着一个大扑满（就是装钱的大瓷罐）跟着入屋。

冯生大喜过望，连忙跑过去搀扶着新娘子入屋坐下，屋里屋外的人都兴高采烈地忙这忙那。

虽然没有八音吹奏、鞭炮齐鸣，但是有大红花轿，人们披红挂绿，个个喜气洋洋。

冯生的梦终于实现了。

冯生娶了辛十四娘，当然不会忘记做媒人的老太太。他和辛十四娘虔诚地到墓地拜祭了老太太。回家时，两个婢女捧着两匹贝壳花纹的锦帛来祝贺，辛十四娘说："这是老太太送来的贺礼！"

辛十四娘持家勤俭，纺纱织布都是能手。一有余钱，她就投入她从娘家带来的那个扑满中。她不常见客，有人来访都命人婉言谢绝。她常对冯生说，做人不可恃才傲物，不可轻薄，交友宜审慎。冯生虽然认为她说的有道理，但他本性风流倜傥，遇到高朋好友，兴致一来，非烂醉方休，更别提因为嘲讽别人而招致别人不满。

终于祸事临头了。

广平县里有位楚公子，父亲在朝中做通政使大官，楚公子也爱仗势欺人。

楚公子和冯生是同窗学友，平日里也不乏谈笑风生。他听说冯生娶了一个狐妇，便特地到冯家拜访，想见识见识这位美貌的辛十四娘。可是，辛十四娘不见客，楚公子只有悻悻而归。

第二天，楚公子又特邀冯生去他家赴宴。辛十四娘对冯生说："楚公子来家时，我曾在门帘后窥看，他生得猴眼鹰鼻，相貌凶狠，不是善良之辈，你最好不要和他多来往。"冯生不以为然，但也听从辛十四娘相劝，没有去赴宴。

第二天，楚公子拿着新做的文章来冯生家请冯生提意见。冯生读过楚公子文不对题的文章，完全忘掉了辛十四娘的嘱咐，毫无顾忌地嘲笑楚公子，弄得楚公子面红耳赤，不欢而散。

## 十五、侠义的童话

事后,辛十四娘忧心忡忡地对冯生说:"楚公子豺狼成性,对这种人原就不能开玩笑的,而你还冷嘲热讽,不听我的劝告,终归是要出事的。"

冯生虽然感到惭愧,但仍不把辛十四娘的话放在心上。

这天,学台大人来县里招考秀才,楚公子中了第一名,冯生屈居第二,他心有不满,却无从发泄。

某天,楚公子生日。他再三邀请冯生到家,冯生推辞不掉,只得赴宴。楚公子的生日自然是高朋满座,筵席丰盛,席间觥筹交错,好不热闹。楚公子乘着酒兴,端着杯子对冯生说:"俗话说,考场中不论文,我看这句话是谬论。今次会考我中了头名,就是因为我那篇文章开局比你好罢了。"说完,他哈哈大笑,十分得意。众人跟着交口称赞,说公子果然是个写文章高手。

这时,冯生已经喝了不少酒,微有醉意,听楚公子这么一说,又见他那副得意忘形的样子,不禁又想数落他一番,也就大笑说:"你还以为你的文章做得好才考中第一名的吗?笑话!"此言一出,满座皆惊,楚公子更是气得说不出话来。热热闹闹的场面顿时变得冷清起来。

冯生见状,自知失言,便匆忙告辞回家。

回到家里,冯生把事情的经过告诉了辛十四娘。辛十四娘很不高兴地说:"你真是个轻薄人。你的轻薄,对修养好的人是缺德,对品质很坏的人就会惹祸。看来,你将会大祸临头,我不忍心看到这下场,还是让我离开你吧!"

冯生悔恨不已,流着眼泪苦苦地哀求辛十四娘不要离开他。

辛十四娘见他有悔改之意,诚恳地对他说:"我留下来不难,但你得应允我,从现在起,你要闭门不出,谢绝朋友,不再酗酒,只有这样,你或者可以免去灾祸。"冯生应允了。

可事情并不这么简单,以后发生的事正如辛十四娘所料。

这天,冯生到一个好朋友家吊丧,偏偏又遇见了楚公子,给楚公子强行拉回楚家。楚公子置酒相待,并演奏乐曲助兴。这个冯生原本是个放荡不羁的人,加上这些日子困在家中,确实感到烦闷。而此刻,弦歌在耳,杯酒在手,他哪能不开怀痛饮。他这么一饮,却正中楚公子下怀。

冯公子酩酊大醉,伏在桌子上沉沉睡去。这一睡,便令冯生招来杀身之祸。

这话还得从头说起,原来楚公子多次受冯生的嘲讽,早已怀恨在心,寻机报复,只是无从下手。前天晚上,楚公子的妻子,一个出了名的妒妇,她怀疑手下的婢女勾结楚公子,一怒之下,残酷地把这个婢女毒打致死。人命关天,楚公子正急欲处理好这件事。正巧,遇到冯生,便把冯生强行带回家

中,灌醉了他。

此刻,冯生酩酊大醉,醉卧在房中,正好中了楚公子的毒计。楚公子马上命人把被打死的婢女抬到房中床上,把门关上。

冯生伏在桌上一直睡到五更天,这时酒醒了。他觉得很困倦,便想到床上去睡,昏暗中发觉床上有人。他想推开那人,却感到手上沾满滑腻腻的东西,再一摸,却是一具僵直的身体,浑身是血。他感到不对头便打开门喊叫起来。这一喊,霎时灯火通明,人声嘈杂,楚家仆人蜂拥而入,不问情由,一边大喊"杀了人了",一边把冯生捆得结结实实,送到广平府衙,告他逼奸杀婢。

冯生真是有冤无处诉。

冯生被捆送到广平县衙,在知府面前百口难辩,受到百般拷打,早已皮开肉绽,实在苦不堪言。

辛十四娘听到这惨痛的消息,泪流满面,悲伤地说:"我早已料到会有今天的大祸。"辛十四娘深知这是楚公子一手策划,加害冯生,冯生的冤情一下子是很难昭雪的。她一面打点银两,疏通官府差人照顾冯生,一面暗暗设法营救冯生。

辛十四娘来到狱内,劝冯生暂时招了杀婢之罪,免致再受皮肉之苦。

冯生被屈打成招之后,被判秋后处决。

家人都无限忧愤,可辛十四娘却十分坦然,不以为意。只是把她带来的贴身丫头打发走了,跟着又花钱买来一个十分漂亮的良家姑娘,为她起名叫禄儿。辛十四娘让禄儿跟自己同食同睡，十分爱护她。

时间很快过去，转眼间就快到秋天了。辛十四娘这才忙碌起来，她早出晚归，家人们都不知道她到哪里去了，只知道她有时在无人的地方独自哀伤，只知道她食不甘寝不安，人也消瘦多了。

忽然，有一天，那个被她打发走了的贴身丫头回来了。辛十四娘马上把她带到房中，和她低声细语地交谈着。别人感觉到她们的谈话时而焦急，时而愉快。她们谈完话后，辛十四娘变得脸带笑容，神情轻松，如同平日一样，打理起日常家务来。

家人们都感到诧异。使他们更感奇怪的是那天老仆探监回来说："冯生见死期将至，要求和辛十四娘见最后一面。"老仆说得伤心，辛十四娘却漫不经心，若无其事。家人都说辛十四娘太狠心了。谁都知道，这最后一面是多么宝贵啊！谁知道过了不久，冯生竟然被无罪释放了。

冯生见到辛十四娘真是悲喜交集。冯生十分惭愧地向妻子认错，并且告诉她，自己的冤情不知道为什么让皇帝知道了，是皇帝下圣旨复查才平反释放回家的。

辛十四娘说："你想知道为什么吗？那你去问她好了。"说完，指着站在身旁的贴身丫头，"她才是你的大恩人呢。"

辛十四娘告诉他，当初，她派了贴身丫头进京，打算入宫面向皇帝陈述冤情，却给守卫拦阻未能进入皇宫。后来听说皇帝要到山西巡视，这丫头便预先到了那里，扮作歌妓等候皇帝到来。果然，她有幸得到皇帝召见，皇帝很欣赏她的机灵可爱。她便乘机向皇帝诉说冤情，她自述是冯生的女儿，因为父亲被诬告入狱，屈打成招，家庭离散，才流落到此地的。皇帝很同情她的遭遇，除了赏赐她黄金百两外，还答允为她清洗冤情。于是，楚公子的父亲被革了职，抄了家，冯生也被释放回家。

冯生听了更加百感交集，再三拜谢辛十四娘和那丫头。

自此之后，冯生果然痛改前非，和辛十四娘恩恩爱爱地过日子。

辛十四娘见冯生真心改过了，便对冯生说："我要不是为了我们的感情，我就不会有这么多的烦恼了。你不知道，在你被捕入狱的日子我找遍了你的亲友，请求他们救你，哪知道没有一个肯伸出援助之手，我感到孤单无助，这人世间的人情太冷酷了，世态炎凉使人感到厌倦。我该走了。"

冯生听了痛哭不已，跪在地上求辛十四娘宽恕他，不要离开他。

辛十四娘不得已，便不再提起这件事。

过了几天，辛十四娘突然变得又黄又瘦，又过了一个月，辛十四娘变得形容枯槁。又过了半年，辛十四娘变得目光呆滞，行动迟钝，成了一个十分衰老的老太婆。

辛十四娘一天天变老，冯生却一如当初地十分敬爱她、侍候她。

辛十四娘对冯生说："你看，我已衰老得这个样子，你该让我走了吧？"听了这话，冯生更伤痛地哭着，请求她别再这样说。

辛十四娘长长地叹了口气，不再说话，她病了，连说话的力气也没有了。她不吃不喝，气息奄奄地卧在床上。冯生亲自为她煎汤奉药，像服侍父母般服侍她，还请遍了全城最好的大夫为她看病，可是并不见效，大夫束手无策。

她终于撒手人间。

几天后，辛十四娘的贴身丫头也走了。

过了几年，冯生才娶了禄儿为妻子，一年之后，他们生了一个男孩。

时值年景不好，不是水灾，就是旱灾，生产歉收，家业衰落，几乎无以为生。夫妻相视长叹。忽然，禄儿记起辛十四娘在世时，时常将余钱投入扑满中，这个扑满不知还在不在？

他们连忙搬开杂物一看，还好，扑满还放在角落里，只是铺满尘埃。他们忙把扑满打碎，钱哗啦一声倾泻一地，他们欢喜得跳了起来。禄儿笑着对冯生说："多亏辛十四娘早准备好，太感谢她了。只是她如今不在了，我……"禄儿说不下去了。她泪流满面，非常怀念那死去了的辛十四娘。冯生也十分伤感。

辛十四娘真的死了吗？

时隔多年，冯家的老仆因事到了太华山。在山间遇见了辛十四娘，她骑着一匹青色的骡子，面色红润，依然和在家过日子时的容貌一样，并不见老。在她身后依然是她那个贴身的丫头，同样是青春年少。

辛十四娘看见老仆，便停下骡子问道："冯郎还健康吗？请你代我向他问好，别挂记我，我已经成仙了。"说完就不见了。

（本故事改编自《辛十四娘》）

# 十六、勇敢的童话

| | |
|---|---|
| 蟒口奇遇 | (《斫蟒》) |
| 不怕鬼的人 | (《捉鬼射狐》) |
| 于公破妖术 | (《妖术》) |
| 大战水怪 | (《汪士秀》) |
| 小秀才吓跑大妖怪 | (《秀才驱怪》) |
| 阴间告状的席方平 | (《席方平》) |

# 蟒口奇遇

俗话说,打虎亲兄弟,上阵父子兵。

胡家两兄弟从大蟒口中夺回生命,刚好印证了这么一句谚语。

这两兄弟,就住在胡田村里。顾名思义,这个村子就是因胡姓人家聚居而得名。胡姓的人,自古以来很讲义气,胡氏兄弟,更重骨肉情义。

这两兄弟平日无论是上山砍柴,还是下水摸鱼总是形影不离。当兄长的,平日里更是呵护自己的弟弟,有什么危险的事哥哥总是要抢在前头。弟弟呢,对兄长的敬重,就更不用说了。

这一天,他们又一同上山砍柴。

山里林木茂密,越往里去,越是幽暗。山里人,谁都懂得这样的道理:不可以只砍一个地方的柴,务必到林子最茂密的地方去砍,才不会伤到山林生态。

山林深处,瀑布声声,高大的树冠,直没云端。各色小鸟来回穿梭在树

叶间，不时还有小松鼠猛地一下窜到你的面前，似在拱手，但很快便消失得无影无踪……这样的山林里，可是有过不少的传说，山神爷呀，狐仙呀，干好事的，干坏事的，什么都有。

这回，哥哥又走在前边。

山里很幽深，黑魆魆的一片，片刻间，小鸟不再来了，小松鼠也看不见了，还真有点叫人毛骨悚然呢。

弟弟在右边喊："哥哥，不过去了吧，我们就在这里砍柴好了。"说实话，他隐隐地感到几分恐惧。

哥哥刚开口："没事……"便传来一阵"沙沙"的响声，他的声音便被吞没了。

弟弟只感觉自己被一阵寒风攫住，一抬头，立即看见幽深的林子中，闪现出两盏绿莹莹的灯——这不正是平日说的大蟒的双眼么？他一惊，就想扭头逃命。

可哥哥突然断了的声音分明在告诉他，哥哥已遇上了危险，否则不会失声的，于是，他便又不顾一切地冲了过去。

一冲过去，立即便发现一条大蟒已经张开了血盆大口，把哥哥的头吸了进去，而哥哥的手与脚，还在外边拼命挣扎着。

弟弟一下子火冒三丈，好你个大蟒，竟敢想吞吃我的哥哥，没门，看我的！

弟弟大吼一声："我来了！"

只见他挥舞起了寒光凄凄的大斧，向大蟒的头上砍了过去。能砍柴的斧头，当然十分锋利！一斧头劈了过去，便砍进了蟒头的硬鳞中，顿时，血花与鳞片四溅。但蟒蛇很大，挨了一斧头也没有松口，只是没了力气，不能把口中的人往里吞了。

哥哥的双肩，就卡在了蛇口上。没想到，弟弟把斧头一拔出来，那蟒蛇又回过气来，居然又在继续把哥哥往里吞，一边的肩膀已经全进去了。

弟弟一时不知所措，斧头拔出时，用力太猛，竟然脱了手，要是再弯腰去捡回斧头，没准哥哥就会被蟒蛇全吞进去了。

哥哥从蟒口中传出的呻吟声，让弟弟在情急之下，伸手抓住了哥哥还在蟒口外边的两只脚，使劲地要往外拉。

他想把哥哥上半身从蟒口中扯出来。

那巨蟒吞食的力气也很大，刚刚把这只肩膀扯出来，另一边肩膀又被扯进去了。渐渐地，哥哥的呻吟声也没有了。

这下子弟弟急了，用尽丹田之气，奋力一扯，这下子，两边肩膀又全在外边了。

大蟒被砍伤的口子，正迸出绿色的浆血来，可见那一斧头砍得可不浅。

弟弟用双脚抵住脚下凸出来的树根，一咬牙，再奋力一拉。蟒口又松动了。

再使一把力！

就这样，与大蟒来回了好几个回合，哥哥的脖子出来了，下巴出来了，连嘴也出来了。弟弟使出了最后一口气。这下子，他与哥哥同时往后一仰，倒在了湿漉漉的地上。

再一抬头，大蟒已向另一个方向逃窜了，它分明伤得不轻。

这时，哥哥终于又发出了呻吟声。

弟弟这才发现，从蟒口里夺回的哥哥，耳朵已经没有了，只剩下两个洞；再转过脸，又发现，鼻头上的肉也全没有了，只露出白色的鼻骨……

可还有一口气！

弟弟立即背上气息将尽的哥哥，拼命往回跑，一路上，停不住他鼓励哥哥：坚持住！

山太深，路太滑，弟弟不知扑倒在地上多少回，歇也不歇，一路前行。

路上，停下来十余次，回过气来，又再继续往前走，终于坚持回到了家。

家人赶紧把村里的郎中叫来。

治了半年,哥哥才从病榻上爬起来,却脸上净是斑痕,大大小小,都数不清,耳朵、鼻子所在之处,也只剩下几个洞。可一条命总算是捡回来了。

邻近几十里上百里的地方,把"蟒口奇遇"的故事都传开了。

有人惊叹,农民当中,想不到还会有像这位弟弟如此勇敢、重情义的人。

也有人说,大蟒最后没吞掉哥哥,不是因为负了伤,而是被弟弟舍生忘死的义气所震慑。

这话更令人信服。

(本故事改编自《斫蟒》)

# 不怕鬼的人

提起鬼来,很多人说是有鬼的,而且都怕鬼。但是,怕什么呢,为什么会怕呢,却又没有人说得清。

其实,鬼这种东西,你没有看见过,我也没有看见过。有些学画画的人就说,画画,什么东西最容易画?画鬼!因为没有人见过鬼,画得像不像,也就没有人敢说像或者不像。世间的事,有时就是这么糊里糊涂的。

有人怕鬼,也有人不怕鬼。这个人便是江苏省睢宁县县官的儿子,他叫李著明。

李著明从小人很聪明,很实在。他每做一件事,都首先要弄个明白、想个清楚才去做。他对人也是这样,谁可以交朋友,谁不能深交,他都心里有杆秤。凡是认识他的人,都说他是一个遇事不糊涂的人。

这天,他听说他姐夫的家里闹鬼,就想借机弄个明白,世间到底有鬼呢还是没有?于是他来到新城姐夫的家。

李著明的姐夫叫王季良。他家是新城的富庶人家,祖上都是做大官的。做大官的,自然是家大业大,房子很多。什么厅堂呀,书房呀,闺房呀,卧室呀,以及专供客人留宿的客房呀,都是一间连着一间。除了这些房子之外,当然还有很多亭台楼阁、花园假山、曲径小桥,以及奇花异草等,真是庭院深深。

地方大了,房子多了,相对的就显得人不够多。不少房子没人居住,花园深处没人走动,这些空房空地便成了蛇虫鼠蚁群集的安乐世界了。

空房子久不住,便常常有些异常的现象,其中,园林深处的八角亭,便常常闹鬼。一闹鬼,不但夜晚没有人敢进去,就是白天,也没有人轻易进去。实在有事情要进去,也得约上几个人一起才敢去。

王季良家的八角亭闹鬼的事,人人都知道了。李著明却不以为然。他笑着对人说:"哪里有什么鬼不鬼,都是那些人自己吓自己罢了。我才不信呢,我偏要到那里去住住看。"

一个夏天的夜晚,天气十分闷热,没有风,热空气好像凝固了,一间屋

## 十六、勇敢的童话

子就是一座蒸笼。李著明在王家的书房里坐不住了。他心里想，花园里空气比较清新，也许能够避避暑气，而且花园里的八角亭，自己还没有进去看过。那些到底有没有鬼，黑夜去看就是最好的机会了。他还打算，如果八角亭里凉快，就在那里住上一夜两夜。

王家的仆人听见李著明要进八角亭，而且还要过夜，吓了一跳。他偷偷地对李著明的小书童说："坏了，这个八角亭楼上常闹鬼，可吓人了。主人曾经派过很多勇士去捉鬼，没有捉着，倒被鬼吓跑了。你家主人想必还不知道，你快告诉他，千万不要在那里过夜。"

小书童听了也十分焦急。他说："这可怎么好。我家主人做事从来是说一不二的，他要做的事，没有人能劝阻他。"

仆人们也着急，又想不出一个好办法，只好去禀报自家主人王季良。

王季良听仆人说了，并不着急，反倒笑了："好啊！遇到了一个不怕鬼的人了。他要是真的把鬼赶跑了，那倒是一件大好事。你们有没有告诉他，说八角亭里闹鬼？"

仆人连声说："告诉过了，告诉过了。他说：'闹鬼？没有的事。'他还说：'世上只有鬼怕人，哪里有人怕鬼的。'"

王季良说："他说的也是。不过，我想，还得让我去劝劝他，别闹出什么不好的事来。"

王季良来到八角亭。这时，李著明早已命仆人铺好了床，他正斜靠在床架上，边乘凉边背诗，好不自在。

李著明见王季良来到便站起来，开玩笑地说："小弟不知姐夫驾到，有失远迎，失礼，失礼！"

王季良哈哈一笑，问道："你真的要在这里过夜？"

李著明反问："有什么不可以的吗？"

王季良又问："你不怕鬼？"

李著明说："怕鬼？"他哈哈大笑说："说真的，我还没有见过鬼呢？不知道鬼是什么样的。我倒真的想见见它。"

小书童在旁边插嘴说："我听说，这楼里有大头鬼、小头鬼，有调皮鬼、淘气鬼，什么鬼都有，可吓人呢。"

李著明笑弯了腰，连连摆手，忍住笑说："你就别说什么大鬼、小鬼了。我才不在乎呢。"

王季良也忍住笑说："你不在乎，我可在乎呢。如果你给鬼吓呆了，你姐姐不责备我才怪呢。"

两人大笑，仆人们也笑。笑过之后，王季良吩咐仆人多找两个大胆的人来陪伴李著明，好壮壮胆子。

李著明连忙摇手说："你就别张罗了。我好不容易才找到机会来看鬼，你派了一大堆人来陪我，那鬼还敢来吗？你这不是扫我的兴吗？"

王季良知道李著明的为人，他说不怕鬼自有他的道理，便不再勉强什么了。只教仆人拿来上好的炉香，好驱蚊虫，又叫人准备好香茶点心，随时备用，然后就告辞走了。

仆人们备好茶水，把上好的檀香点燃插在香炉里也走了。小书童见李著明不走，也不敢走，心里却很害怕，在八角亭里磨磨蹭蹭的。李著明知道他心里害怕，就说："你还是进里屋去歇歇，我这里你不用管，一个人倒清静点。"

小书童巴不得李著明说这句话，他伺候李著明躺下后，熄灯就走了。

时间慢慢地过去，快到半夜了。窗外，月挂中天，晚风吹来，倒也有丝丝的凉意。树叶在夜风中摇曳，发出沙沙声响，随着月影时明时暗，夜空中霎时弥漫着一种神秘的气氛。

李著明虽然不怕鬼，但在这样一个陌生的住所里也睡不安稳。他刚一翻身，屋子里便好像有什么极为微弱的声音在响，静耳一听，又好像没有了。他又仿佛看见桌子上的茶杯，在朦胧的夜色里，自动地倾侧旋转起来。一个圆圈一个圆圈地转动着，越转越快，越快越高，最后索性悬在半空中转个不停。李著明大喝一声："什么东西，在这里胡闹？"这一声大喝，茶杯立即停在桌子上，仿佛什么也没发生过。

李著明想，大概是自己眼花了吧。

李著明微微合上眼躺着，刚歇了会，突然，他好像看见香炉点燃的檀香，被人拿在手中，在半空来回晃动，形成一条条火链。他气极了，一拍床架，大喝："什么东西敢这样胡闹？"话音未落，那炉子里的香火竟然落在书桌上。李著明怕香火烧着书本，迅速爬起身来，在黑暗中摸自己的鞋子，可摸来摸去只找到了一只穿上，他顾不得多想，赤着一只脚扑到书桌上，要把香火扑灭。哪里知道，他还没有扑到书桌，却发现那香火却依然插在香炉里，半燃半灭地生出缕缕烟雾。

李著明白忙了一次，只好在黑夜中摸回床上休息。他刚躺下，突然"啪"的一下，他明显觉得自己的脸被什么东西打了一下，立即用手去摸，却又什么东西也没有，而且，脸也不觉得疼。

李著明想，这样下去可不行。应该去找灯火来看看究竟是什么东西在捣乱。他摸到屋外仆人睡觉的地方，喊醒仆人和小书童，让他们点上灯来。

小书童见李著明只有一只脚是穿鞋子的，吃了一惊，忙问："怎么吓成这个样子，只穿了一只鞋子？"

李著明没好气地说："什么吓成这个样子，我有一只鞋子不知放到哪里，没找着。现在就是让你们点上灯，好去找那只鞋子的。"

小书童不敢再说什么，和仆人点上灯，一起回到八角亭里去找鞋子。可是找遍了亭子里的所有角落也没有找着。

小书童对李著明说："公子，你还是到别的屋子去睡觉吧！"

李著明摇摇头说："到别的屋子里睡，我才不呢。我还等着捉鬼哩。我今晚非捉到这个鬼不可，你们回你们屋子去吧。"

仆人们只得回到自己的屋子去。

说来也怪，这么一折腾之后，一直到天亮，再也没有发生什么事。天亮了，人们继续找李著明失去的那只鞋子。他们搬开卧床，移开桌子、椅子，找遍了房子各个角落，就是找不到那只鞋子。

就在这时，人们听见小书童"啊呀"一声。大家转身看他，不知道发生了什么事，那小书童却指着房梁说："那只鞋子！"

大家看，房梁上挂着的就是李著明不知怎么丢失的鞋子。众人见了，都哈哈大笑。人们弄不清这只鞋子是怎样被人挂到房梁上的，也没有追究。

第二天晚上,李著明依然在八角亭里住宿,还想弄清楚到底有没有鬼。可是,整整一夜,太平无事。就这样,八角亭以后再也不闹鬼了。

八角亭不再闹鬼后,便成了大家乘凉、赏月的好去处,倒使八角亭不清静了。李著明笑着说:"看来,要清静还得找一个闹鬼的地方。"

王季良听了,也笑了。笑过之后,王季良突然好像想起什么,连忙对李著明说:"说笑归说笑。你一说倒使我想起,你要找闹鬼的地方倒是还有一处。"

李著明高兴地问:"真的吗?这个地方在哪里?"

王季良说:"我有一个姓孙的朋友,他住在淄川。他有很大的家产,有很多房子,但是没有人住。"

李著明说:"没有人住?为什么?"

王季良说:"不是没有人住,而是没有人敢住。那里在闹……"

王季良还没有说完,李著明急急接着说:"闹鬼?"说完,哈哈大笑。

王季良忍住笑,却说:"那里不闹鬼。"

李著明不明白,又问:"不闹鬼,那闹什么呢?"

王季良说:"闹妖怪。不,确切地说是闹狐狸精。说真的,如果你能够把那个狐狸精赶跑了,他就把那里的房子分给你一半。"

李著明乐了,他说:"这样说,我倒占便宜了。我得先谢谢你。"

不久,李著明把家搬到了淄川,住进孙家的大院子。

这家院子的确很大,他搬进去也只住了一小半房子。

孙家大院前后一共三座房子。每座房子都有大厅、偏间、厢房等。每座房子之间还有天井、花圃、走廊。房子后的花园中,亭台水榭、奇山怪石、小桥流水,布置得体,加上遍种奇花异果,更加幽雅宜人。只是,自从闹狐狸以来,孙家全家都搬出去了。院子空荡荡的,很快荒芜了,成了鼠虫蛇蚁出没的地方。

李著明搬进来,先住在南边的房子里。最初的几天,没有什么异常的事发生。过了几天,家里的人发现北边高楼的门窗常常无缘无故地打开,过后不久又关上了,奇怪的是没有看见过屋里有人走动。

家人告诉李著明。李著明不想让家里人害怕,便满不在乎地说:"这大概是孙家的人走时就没有关好。"他见家人不相信,还补充说:"凡是盖得好的房子,它的门窗都是这样的,自动开,又自动关。"

李著明说得正经,家人却在偷笑。小书童更笑得前仰后翻地说:"原来这样。难怪你的鞋子会自动地从地上飞上房梁上了。"

家人觉得奇怪,小书童把李著明在王季良家捉鬼的事对大家述说一遍。

李著明的妻子才恍然大悟,也笑着说:"我说哩,哪里有这么大方的人,让你白住下来。一定又等着你去捉鬼吧?"

小书童说:"我听孙家的人说,这里不闹鬼,是闹狐狸。"

"还不是一样!不捉鬼就等着捉狐吧。"他们正谈笑着。忽然,北边的高楼里,有一扇大门"咯吱"一声打开了。大家定睛看去,在大门后边,有一个小矮人,正正经经地坐在房子中央。这个小矮人大概只有一尺高,身上穿着绿色的袍子,脚上穿一双白色袜子,两手交叉抱在胸前,一动不动地睁着眼珠子和人们对望着。

"小矮人!"人们喊着。

小矮人似乎也听见人们的喊声,咧开嘴角似笑非笑地望过来。

李著明见了,忙说:"这一定是狐狸,快取我的弓箭来。"

小书童连忙递上弓箭。李著明立即弯弓搭箭,朝着小矮人"嗖"地射去,一支利箭像一道白光直穿大门向小矮人射去。小矮人并不躲闪,还发出一阵"咯咯咯"的笑声。箭还没有射到,小矮人早就无影无踪了。半空中依然回响着"咯咯咯"的笑声。

小矮人到哪里去了呢?李著明也没有多想,立即拿了一把刀,跑向北楼,边跑边舞着刀说:"我今天非把你捉住不可。"等到李著明追到北楼时,"咯咯咯"的笑声没有了,小矮人也不见了。

经过这么一阵追赶,孙家大院平静了,再也没有什么奇怪的事发生。

后来没有多久,孙家也搬了回来。孙家和李家都过起平静安稳的日子。

(本故事改编自《捉鬼射狐》)

## 于公破妖术

好几百年前,那还是明朝的时候,有一位姓于的少年,由于他爱打抱不平,颇有侠气,加上才识过人,所以,大家都尊敬地称他为"于公"。

他自小就好打拳,加上臂力非凡,那用作盛酒的高壶,圆口方腹,为金属所铸,重若千钧,他一提起来,竟可以似旋风一般飞舞,只见一片金光掠过……一个套路下来,势必赢得满堂喝彩。

在明朝的崇祯年间,他已经通过乡试,以及在京城的会试,正准备接受由皇帝亲自主考的殿试。

为了等候殿试,他住在京城的一个客栈里。那时节,能参加殿试的不是百里中一,而是千里中一,甚至万里中一,很不简单的。所以,他带上仆人,自己集中精力应付殿试,让仆人操持其他杂务。谁知道,在京城待了没多久,不知是水土不服还是什么原因,仆人竟一病不起,而且一天比一天病重,反让于公更加分心了。

这天,他走到街上,听说有个会算卦的特别灵验,能算出人的生死。他寻思,不妨为仆人问上一卦,看仆人的病能不能治好。

他来到占卜的人面前,还不曾说话,占卜的人开口便问:"你是不是来问仆人的病呀?"于公大吃一惊,连忙点头称是。

占卜的不动声色,只是说:"仆人并无大碍,倒是你,却危在旦夕。"

于公寻思,这占卜的还真行,一见面不说话就知道我的仆人病了,说我有难,恐怕也不假。于是,便很恭敬地说:"那就请你给我占上一卦吧。"

占卜的打起了卦牌,口中念念有词,卦牌不断地翻动,终于脱出一卦,显得非常惊愕地对于公说:"不妙啊!你不出三日,便要丧命。"

于公怔住了,惊诧万分,好久说不出话来。

占卜的看着他,反而显得从容了。说:"你也不必害怕,干我这行的,还是有些小小的法术的,能逢凶化吉,救人性命。你给我十两银子,我就能为你画符念咒,向神祷告,这样可以把鬼怪驱走,保你性命。"

于公这时已冷静下来了,心想,生死由天定,小小的法术岂可化解得了,

## 十六、勇敢的童话

于是，一声不吭，站起来要走。

占卜的有点恼羞成怒了，在他身后直嚷嚷："是一条命重要，还是几两银子重要？你不要后悔，不要后悔呀！"

不少关心于公的人得知此事，很是担心。纷纷劝他："破财消灾，你还有大把的前途，要参加殿试的，何必就此送了性命。"

有的甚至劝他："你已经得罪了占卜的，这下只有倾你所有，全拿去求求他，让他帮你。"

可于公就是不听，还说："这几两银子，能改变得了个人的生死么？我才不信，要死便死，没什么了不得的。"

一天过去了，什么事也没发生。两天过去了，于公还是好好的，毫发未损。很快，第三天便到了。

这天，于公没有出门，正襟危坐在客栈的房间当中，看看到底会有什么大难临头。

整整一天过去了，于公依旧安然无恙。

天黑了，夜深了。门外，星光迷蒙，月色浅浅，风声时徐时疾，同往常的夜晚并没有什么不一样。

于公把门关上，把灯挑亮，而后，把剑竖在身边，挺直身子坐好，以等待死亡的到来。一更快过了，却看不出有什么死的兆头。于公有些倦意了，看来，不会有什么可怕的事情发生。这第三天便要过去了，不如上床睡一觉好了。

于是，他准备往床枕上一倒……正在这时，忽然听到窗口边上"窸窸嚓嚓"有些轻微的响声，赶紧掉头看去，竟看见一个小人从窗缝里挤进来。这小人手上还持有长矛，一落到地上，立即就长得和大人一般高。

于公的瞌睡全没了，马上拿起了剑，向这怪物刺去。那怪物飘忽不定，你击东，他闪西；你劈下，他飞上，竟然一下也刺不中。一忽儿，他又变小了，想再找窗缝逃跑。说时迟，那时快，于公手起剑落，砍中了这家伙。那小人应声倒下，一动不动了。于公点起灯细细一看，原来是一个纸人，已经被他拦腰斩断了。

这下子，于公不敢掉以轻心了，没有再打算上床睡觉。于是，又挺直身子，端坐在房间当中，把剑抓在手里，时刻提防着。没多久，果然又有什么东西穿窗而入。这东西面目狰狞，如同恶鬼一般。这回，于公眼疾手快，那东西刚刚落地，便吃了一剑，把它劈为两段。不过这回同上次不一样，劈开的两段，还在蠕动。于公怕它又会再起来作怪，又连连劈过去，剑剑都劈中

了,声音非常脆硬。再挑灯审视,竟是一个泥人,已经被劈得粉碎了。

事不过三,于公料想,说不定还有什么玩意要来。他一点也不敢松懈,干脆就坐到窗边上,手中握紧利剑,两眼看住窗缝,提防再有什么东西进来。

过了好久,也没有什么动静了,可他丝毫没有丧失警惕,睡意都给驱走了,瞪着眼睛坐在房间里等着。不是说三日之内必死么?这第三天差不多过完了。他已经不信什么卦了。

更声过了一巡,又再响第二回了。

突然,他又听到外面有了声响,声音竟似一头牛在喘着粗气,紧接着,又有什么怪物在推着窗棂,推得整个房间的墙壁都在摇动,整栋屋子似乎都要塌下来了。他想,这下不好,万一房子塌下,把自己压在里面,也就真应了"三天必死"的卦了,还不如出门去,同对方决一死战!

他"轰"地把门打开,冲了出去。冲到外院,便看到那个怪物,好骇人呀,竟然有屋檐那么高。

月光迷蒙,只见这家伙脸黑得像煤球一样,眼里闪着黄惨惨的光,上身没有穿衣服,脚下也没有穿鞋子,手里拿着弓,腰间挂着箭,一副气势汹汹、要把人生吞活剥的样子。

趁于公大惊失色之际,这怪物立即便弯弓搭箭,射了过来。

于公立即反应过来,赶紧挥舞起利剑,挡住了迎面而来的箭,把箭拨到

十六、勇敢的童话

了地上。

于公正想冲过去给怪物一剑,谁知,怪物的第二箭又射了过来,于公赶紧一跳,躲过了这一箭,这箭竟将他身后的墙壁穿透,箭头插了进去,箭尾还在墙这边颤抖着发出声响,可见怪物臂力之猛。

两箭都没射中,这巨鬼似的怪物气得嗷嗷乱叫,拔出所佩的腰刀,一阵疾风似的向于公劈过来。

于公避开它的锋芒,拿出自身的拳脚功夫,如猱猿一样敏捷地向怪物逼近。怪物的利刀没劈中他,竟把庭院中的石头劈成两半。趁这个机会,于公蹿到他两腿之间,用利剑砍中了怪物的脚踝,砍中之处竟铿然作响。

怪物愈发大怒,吼叫起来,声音竟犹如雷鸣。掉转头来,用刀再度剁向于公。于公把头一低,刀落下来,把他的衣裤削去了一块。这时,于公已进抵到了怪物的肋下,趁机猛刺一剑,又铿然有声,怪物当即倒在了地上,直挺挺地不动了。于公不敢大意,继续用剑乱劈一气,只听见"当当当"直响,如同砍在梆子上。

末了,于公挑灯一看,这居然是一个木偶。这木偶高大得像一个人样,弓箭还挂在腰间,木偶的脸给雕刻得神憎鬼厌、狰狞凶恶,被剑击中的地方,还有血流出来。

于公收拾了这个木偶,仍旧点着灯,端坐中堂,等待天亮,以防不测。

当然，再也没有鬼怪来了。这时，他才省悟过来，这些鬼怪，肯定都是占卜的人派遣来的，以置他于死地，好证实其占卜之灵验，太可恶了。

第二天，于公把这一夜发生的事情，遍告所有关心他的人。大家都义愤不已，要去找那占卜的算账。占卜的远远见到于公过来，立即便隐身不见了。

有人告诉于公："这不过是隐身术罢了，用狗血便可以破这妖术。"

于是，于公搞到了狗血，有备而去。果然，占卜的又如法炮制，隐了身，于公赶紧用狗血浇在他刚刚站过的地方，立即，占卜的便原形毕露了，头顶上、脸上，全是狗血，两只眼睛绿光荧荧，就像鬼一样站着。大家齐扑了上去，把他五花大绑送到官府。

(本故事改编自《妖术》)

## 大战水怪

安徽庐州，有一位叫汪士秀的小伙子。他意志刚强，勇敢过人，几百斤的石碓，他轻轻一举，便举过了头顶，而且气不喘、心不跳。

这还不算什么，他还有一门绝技，就是踢球。球到了他的脚尖上，就像懂事的孩子一般，十分听话，想玩什么花式就玩什么花式。一会儿，在足尖上滴溜溜地转，一会儿，从伸开的左臂滚到右臂；他就地打几个跟头，球还在他脚上转来转去；用力一踢，踢到了半空中，打几个旋，又飞回来……他这门绝技，是其父亲传授的，什么"流星拐"呀，什么"倒挂金靴"呀，名堂多着呢。过去，父子俩在一起，总玩得兴高采烈，彼此都忘记了长幼尊卑，常常让观众喝彩不已。

可惜，现在没人同他玩了。父亲四十来岁那一年，乘船过钱塘江，风急浪大，给一个白头浪一卷，一船人落了水，都葬身鱼腹了。父亲也就再也没有回来……父子情深，每年忌日，汪士秀都向东遥拜，思念着父亲，泪如雨下。

就这么过去了八九年，汪士秀有事要去湖南。入夜，船就停泊在有名的八百里洞庭湖中。皓月东升，撒下万顷银鳞般的光来。只见浩渺的湖面澄碧、明亮，又柔和得似铺上了一层白色的绸缎，一直铺向天边，美丽动人。

汪士秀正在船上欣赏这迷人的月色。冷不防，一个人从湖水中冒了出来，紧接着，第二个，第三个……总共五个人出现在湖面上。说来也怪，银粼粼的湖面，不仅可以走人了，而且还可以铺下长长的宴席，宴席足有半里地那么长，够奢华的了。

宴席上摆满了各种名酒，还有从来没见过的佳肴。那些盛酒菜的器皿，碰撞起来，发出的声响很柔和，竟完全不似陶瓷。五个人当中，有三个人就席饮酒，另两位在旁侍奉。

这三个人，一个浑身都是金黄色的衣裳，另两位，则是银白色衣裳。他们的头巾全是黑色的，高高地翘起，与肩膀相连，看不到脖子。模样儿特别奇怪、特别古老，与陆地上的人大不一样。侍奉的人呢，一色褐衣，其中一

位像小孩,而另一位却似个老头。月色迷蒙,渺渺茫茫的,看不太清楚。

汪士秀听到穿黄衣的人说:"今夜月色实在是太美了,正好助我酒兴,喝起来格外畅快!"

那穿白衣的人说:"是呀,今晚的景色,就像广利王在桃花岛上大摆宴席,接待各方神仙一样。"

汪士秀暗暗吃惊,这广利王可是传说中的南海水神。当年,宋朝的皇帝仁宗,曾封他为洪圣广利王,所以才有这么个称呼。

三个人互相劝酒,斟了一杯又一杯,杯中酒能反射出月光来。只是说话的声音渐渐变小了,很快,便听不到了。

船上的人都惊呆了,趴在船上动也不敢动。独有汪士秀贼大胆,仔细看了一阵,隐隐觉得,那当侍奉的老头与父亲有点相似,可听他说话的声音,又觉得不像。

二更快过了,忽然又听到一个人在说:"这么好的月光,切莫辜负了,不如趁此机会玩玩球,快乐一下!"

马上就见那小孩从湖水里拿出一个圆圆的东西来。这东西可大了,让孩子抱了个满怀,球中像盛满了水银一样,里里外外,通明剔透。一下子,三个人全站起来了。

黄衣人叫那个老头一起来踢球。那老头一脚把球踢起了一丈多高,那圆球立刻光彩摇曳，让人眼花缭乱。

忽然之间，"轰"的一声，那球远远飞过来，竟落到了汪士秀的船上。

汪士秀心里痒痒的。可不，玩球是他的看家本领，能不露一手么？于是一脚踏下去，想用脚踩住那球，却觉得这球又轻又软，踩下去几乎要爆一样。那球似乎给踩破了，猛地弹出去一丈多远，当中竟有一线光漏出来，如同天上的彩虹；待到落入水中，又如在天上掠过的彗星；在水中翻滚，又似开水冒泡样，最后消失了。

席上的人一齐发火了："哪来的生人，扫了我们的兴致？！"

老头却笑着说："不错不错，这是我家祖传的'流星拐'！"

白衣人恼火了，这个时候还开什么玩笑？不由得大怒道："大家都很恼怒，你这老家伙反而高兴快活，岂有此理？！快同小鸟皮一道，把这自以为是的疯小子给我抓来，不然我用锥子敲断你的腿！"

汪士秀站在船上，想逃也没处可逃，也就没什么可怕的了，立即提起刀挺立船头。倏忽间，"小鸟皮"——就是那小孩，同老头一同操着家伙上来了。一看，那老头竟然是自己失散八九年的父亲。他不由得疾呼："爹爹，你的儿子在这里呀！"

老头大吃一惊，父子对望着，悲凄万分，肝肠寸断。

小孩立即转身回去了。

老头忙说："儿子，你赶快躲起来吧，不然，只怕会死无葬身之地了。"

话未落音，饮酒的三人都已登上船来。

来人都是一张黑漆漆的脸，眼睛比石榴还要大，其中一位攥住了老头的胳膊，要把他抓去。汪士秀奋力与这人争夺，一来一去，船晃荡了起来，连缆绳也绷断了。

汪士秀飞起一刀，把那人抓住父亲的那只胳膊砍了下来，刀起臂落。黄衣人自知不是对手，捂住断臂落荒而逃。

白衣人又气势汹汹地冲了过来，汪士秀毫无惧色，又飞起一刀，刀起头落，只见白衣人的脑壳落到水中，发出一声巨响，连同身子一道都消失了。水面上一时寂然无声。

船员们这才赶紧爬起来，催促道："快走！快走！"

可没料到，正准备连夜开船，却见水中兀地冒出了一张巨大的嘴巴。就似一口大井，里边深不见底，四面八方的湖水，都纷纷被吸进这大嘴之中，发出惊心动魄的"砰砰"声。忽然，那大嘴一合，口中的水又从里边喷出，顿时巨浪滔天，星月全被遮蔽住了，湖上所有的船都颠簸了起来。

所有船上的人都给吓坏了。

汪士秀临危不惧，冷静地环顾四周。见到船上有两只用来稳定船只的石鼓，各有几百斤重，便凭借过人的臂力，举起一只石鼓往大嘴投去。只听见雷鸣似的一声巨响，石鼓落到水中，大浪渐渐平息下来，注士秀又投下另一只石鼓，立时，风息浪静，又是万顷银鳞般的月光了。

回过头来，汪士秀看着自己的父亲，不免心中犯疑——父亲不是早在八九年前远在钱塘江淹死了吗？这回，是人是鬼？

父亲看出他的疑惑，解释道："我并没有死。当日落水的其余十九人，全被水中的妖怪吃了，我则因为会踢球而留了下来。这妖怪因为得罪了龙王钱塘君，才迁到洞庭湖来的。刚才三人都是鱼精，踢的那圆球就是鱼膘。"

父子两人劫后重逢，欢喜得不得了。

天亮了，汪士秀才发现船里边有一片鱼翅，直径有四五尺长呢，这才想起，这定是昨夜砍掉的那位黄衣人的断臂。

（本故事改编自《汪士秀》）

# 小秀才吓跑大妖怪

妖怪用妖术害人。一般的人听说有妖怪,都会觉得害怕,赶快逃走。没有人敢和妖怪对抗,更不要说去驱妖除怪了。只有那些有降妖法术的,就像孙悟空呀、二郎神呀、吕洞宾这些仙人才是驱妖除怪的好手。不过,话不要说过头,人世间也有不怕妖怪的人。他没有降妖法术,只凭着一股勇气,不怕邪,打跑了妖怪。他是什么人呢?他不过是一个秀才,就是个读书人而已。

从前,在山东省长山县,有一个做过官的大富翁。他不做官了,去做生意,拥有大把大把的钱财以及许许多多的田地房产,家大业大,结交了不少亲朋好友。他每天里有许许多多的仆人侍候,过着饭来张口、衣来伸手的日子。

不过,这个大富翁也有不开心的日子,而且担惊受怕,日夜不得安宁。为什么呢?原来,他家里闹鬼,一闹鬼,不但亲友不敢来,连客人也少了来往。大富翁不得已,便请和尚、道士来除妖怪。可不知怎么搞的,和尚、道士来了一帮又一群的,他们烧了香,点了烛,焚了黄符,不但没有赶跑妖怪,倒是被妖怪吓跑了。

大富翁为这件事十分操心,花了不少钱财,也没有办法。

一天,有一个远方来的朋友,听说大富翁没有办法除妖,便对他说:"你呀,放着有名的道长不请,却请些无名小辈,难怪你除不了妖怪。"

大富翁忙问:"你说的有名的道长是谁呀?我怎么不知道?"

"现在最有名、最有道行的道长,恐怕除了徐远公之外,就没有别人了,他现在不是就在你们长山县吗?你如果能请到他,一定能够把妖怪除了的。话说回来,徐远公清高得很,他轻易不会答应来的,恐怕你请不动他。"

大富翁听了,皱着眉头说:"既然这样,我请不动他,就是骗也要把他骗来。"

这个徐远公,其实不是道士。他原来是一个秀才,是个未取得功名的书生。

明朝末年,徐远公刚刚当上生员时,遇到清兵入关,明朝灭亡了。满人做了中国的皇帝,人人都成了大清帝国的臣民。徐远公不甘做大清帝国的臣子，便放弃了考取功名，不再上京考试，也就是不当清朝的官。徐远公为了避免官府相迫，便到了道观拜师有名的老道长学道学。他不学那些念咒语、画鬼符的小法术；不会呼风唤雨，更不会降妖捉怪。他出名，不过是人们敬重他有一颗爱国之心，佩服他毅然不当官罢了。徐远公住在道观里，学习道学，人们也就称他为道长，其实他不过仍然是一个读书人，一个秀才。

徐远公接到大富翁派人送来的请帖，非常纳闷。他不认识这个大富翁，道观里的人也不知道。他问大富翁的仆人："你家主人请我干什么？"

仆人说："我也不大清楚，主人只是说务必请您屈驾光临。"

徐远公本来不想去，但看见仆人焦急的样子，又见人家给道观送来了大把的香油钱，也就不得不走一趟了。

大富翁听说徐远公来了，连忙到大门口迎接，请他进大厅坐下，跟着又大摆酒席，招待徐远公。

徐远公入席坐下，喝过两杯酒后，仍然没有见主人说起为什么请他来的事，只好问："这次施主相请，不知道有什么重要的事情要我代劳？"

大富翁装着笑脸说："啊，没有什么重要的事，我只是慕道长大名，请您来家喝酒。"

徐远公心中不悦，心里想，你没有什么事，那你为什么派人来找我？他对大富翁说："既然没什么事，酒我喝过了，现在告辞了。"

大富翁见徐远公站起身来要走，慌忙拉住他说："您先别走，我实在，我实在是……"大富翁结结巴巴地话也说不清楚。

徐远公见大富翁说话躲躲闪闪，越发疑心了，大声地说："究竟有什么事，那你就直说吧，不方便说，我只好告辞。"

大富翁好像很为难，仍然结结巴巴地说："实不相瞒，我确实有事……有事相求。"

徐远公说："好，说吧。"

大富翁仍然半吞半吐："这个……这个嘛，哎，我们不如到花园中去说。"

徐远公料定，大富翁必然有什么事相求。到底是什么事，为什么要到花园去说，是不是事关秘密，不便在厅中说？既然这样，那就随他到花园去吧。

有钱人家的花园的确很美。他们走进月亮门，有一条用鹅卵石铺砌的石子路，弯弯曲曲地通向花圃深处。石子路的两旁绿树婆娑，绿叶丛中隐约可见座座红墙绿瓦的亭台。他们来到一间阁楼。阁楼雕梁画栋，陈设富丽堂皇，可惜现在是蜘网交错，很久没有人住过的样子，加上楼前的花丛在半人高的

## 十六、勇敢的童话

荒草中时隐时现，实在荒凉。

仆人们匆忙地打扫了一下阁楼，摆上了酒席，让他们坐下喝酒。

大富翁殷勤地劝徐远公喝酒。徐远公等待着大富翁说出为什么请他来的事。哪里知道，大富翁只是劝他喝酒，谈些不相干的话，完全没有说出为什么请他来的意思。天渐渐黑了，仆人点上灯来，并且在阁楼里铺上了床铺，挂好帐子。徐远公越发觉得奇怪，连连推辞说："我喝得太多了，不能再喝了。"

"好，好，罢酒，上香茶。"大富翁说。仆人立即收拾酒席，换上香茶。就在这个时候，一个仆人从外面匆匆进来，在大富翁耳边，轻轻地说了几句话。大富翁立即站起来，对徐远公行了一礼说："对不起，我有急事要暂时告辞，您慢慢喝。"也不等徐远公回话，拔脚就走了。

仆人见主人走了，也匆匆忙忙地请徐远公歇息，并说："道长劳累了，就在这里休息吧。"话一说完也掉头走了。

大富翁和仆人这一连串的举动，徐远公实在弄不明白，引起他很大的戒心。他也累了，只好躺在床上等候，看看究竟是怎么一回事。

主人走了，没有回来，仆人也不再露面。

夜深了，四周漆黑，大花园里看不到一点星光，听不到半点声响。太静了，静得能听见自己的心跳。徐远公虽然说不害怕，但翻来覆去睡不着觉。他摸摸自己身上，那支他常带在身上的如意钩不知道为什么也不见了。

突然，徐远公听见楼上有人走动的声音，咔咔咔的脚步声越来越大，越来越响，很快就走上了楼梯，来到门口。徐远公感到害怕，就钻入被窝儿，掀起被角偷偷看着门口。

大门被打开了，进来了一只长着兽头人身的怪物。高大的身躯长满了又黑又粗的毛，像马鬃那么长，那么黑，黑得发亮；一排雪白的獠牙，看起来又尖又利；两只灯笼似的眼睛又红又亮。徐远公知道，自己真的遇到了妖怪了。他汗毛倒竖，伸手想摸出那随身带的如意钩，却摸不着。他记起刚才自己已经找不着时，倒镇定了。

那怪物环视屋子一周，径直走到徐远公的床前，低下头来，用力嗅着徐远公盖着的被子，那扑哧扑哧的喷气声使徐远公毛骨悚然。

这真是到了生死关头了。徐远公想，今天，不是你死就是我亡了。紧急间他突然一掀被子，用被子把那怪物连头带腰紧紧捂住，揽实，拼命大叫："来人呀，抓妖怪呀！"徐远公一边大叫，一边用脚朝着怪物的身体用死力猛蹬猛踢。徐远公可是拼命了。

　　那怪物受到突然袭击，又被被子紧紧捂住透不过气，也大吃一惊，拼命挣扎。经过一阵翻滚，那怪物好不容易挣脱被子，"哧溜"一下蹿出门外，一阵风似的不见了。

　　徐远公急忙追了出来。他不是追赶那妖怪，他只急忙逃离这座有妖怪的花园。他沿着石子路跑到花园门口，想不到花园门早已被锁上了，他便顺着花园的围墙跑，跑到一道矮墙旁。他想也没有想，就腾身跳过墙去，脚刚着地，就听到一声马嘶，一匹白马受了惊吓叫了起来。叫声惊动了马夫，马夫急忙点灯一看，看见一个道士跌倒在马槽里。马夫把道士扶起来，道士说："我是从花园里跳墙过来的，花园里有妖怪，我把它打跑了。"

　　马夫一听，乐了，哈哈大笑说："啊，你就是那个远近闻名的徐道长呀，你不会把妖怪赶到我这里来了吧。"

　　徐远公喘着气说："你还说呢，那妖怪差点把我吃了呢。"

　　第二天一早，大富翁派人入花园看徐远公。仆人到阁楼一看，门大开，人不见了。仆人大喊："不好了，道长不见了。"大富翁听见喊声，连忙跑来，阁楼里一片凌乱，连床架也散了。

　　"该不是把道长也吃了吧？"

　　"不会吧，楼上地下都不见血迹，恐怕道长追赶妖怪去了。"

　　人们一边议论，一边分头四处寻找，边找边喊："徐道长，徐道长！"

　　徐远公被他们吵醒了，他从马房出来，对着大富翁大骂："你倒好，现在

才来找我，你不怕妖怪把我吃了？"徐远公见大富翁不出声，又说："我本来只一个秀才，从来不会降妖除怪，你找我来，又不明说，我本来有一支如意钩防身的，也不知道给弄到哪里去了，教我想防也无法防，你想害死我呀！"

大富翁连忙向徐远公赔礼道歉说："徐道长，对不起，我本来是想对你说明的，但是，我怕说明了，你不答应来，我是不得已才骗了你来，我真是太对不起你，请多多原谅。"

大富翁便要仆人设酒席为徐远公压惊。

徐远公心里终究感觉不快，便要了一匹马，骑上马走了。

马夫和仆人们都称赞徐远公："这道长可真了不起！不用如意钩，赤手空拳就除了妖怪了，真的了不起。"

说来也奇怪，这座花园自从经过这么一闹，再也没有妖怪来捣乱了。

自此之后，花园清静了，大富翁每当在花园宴客时，总是要说起徐远公驱妖怪的事，并且说："我永远也不会忘记徐道长除妖怪的功劳的。"

徐远公赤手空拳驱徐妖怪的事越传越远，越传越神。他的名声也就越传越大，请他除妖怪的人也越来越多。可是，徐远公都老老实实地告诉他们，他不会除妖驱怪。

徐远公说："我是人，我不是神。"

（本故事改编自《秀才驱怪》）

# 阴间告状的席方平

席方平是东安人。他的父亲叫席廉,性格老实得有点笨。

老头子平时常受乡里姓羊的富人欺负。这一年,席廉病倒了,临死时对家人说:"那个姓羊的家伙买通了阴间的公差,让他们不停地打我!"话声未落,就见他全身红肿了,连声惨叫着死了。

看着父亲死得这么痛苦,席方平一直心里很难过,连饭也没有心思吃了。他想:我父亲一辈子为人老老实实,现在无端端地被恶鬼欺负,我要到阴间去,代我父亲申冤。

从这以后,他就再不说话了,有时坐,有时站着,看上去样子有点痴呆,其实他的魂魄已经离开身体……

席方平恍惚感觉出门了,他也不知到哪里去了。只见路上有很多行人,于是就向行人打听去城里的路该怎么走,走了不久,他就进了城。看见他的父亲已经被关进了大牢。

他走近监牢的大门,远远就看见父亲躺在屋檐下面,被折磨得不成样子。父亲抬头看到儿子来了,不禁伤心地流下眼泪,对席方平说:"那些狱卒都被羊家买通了,没日没夜地打我,我的两条腿都已经被打断了。"

席方平听了很愤怒。大骂那些狱卒:"我父亲如果有罪,自有王法处理,怎么由得你们这些小鬼目无王法、乱用私刑。"

骂完,他马上走了出来,拿出笔写了一份状纸。趁着城隍早上来上班,就拦路大叫冤枉,递上状纸。那个姓羊的得知消息,心里也害怕,贿赂更多银两,城隍衙门里上上下下,他都疏通了。这样他才出来上公堂与席方平对质。城隍就以席方平并没有真凭实据,判席方平没有道理。

席方平很愤恨地从衙门走出来,他不知该上哪里去控告。四处都是黑沉沉的,席方平只得摸黑往前走。大概走了一百里路,来到郡府衙门,就向郡司控告城隍偏袒羊某,不能秉公判案。可是案子拖了半个月,郡司这才受理。那郡司不问三七二十一,就打了席方平一顿,把这案仍然发还给城隍处理。席方平又被押回城隍那里,少不了又被打一顿。他的冤情还是得不到昭雪。

十六、勇敢的童话

  城隍怕他再去上诉，就派了差人押他回去阳间他家里。差人们把他押到了家门口，席方平就是不进去，又继续到地府去控告城隍和郡司贪赃枉法。阎王爷听了，打算派鬼卒将城隍和郡司都提来公堂对质。城隍和郡司得了消息，就暗中派人找席方平调解，并答应给他一千两金。这事就算私了，要他也不要再告了，可是席方平就是不答应。

  过了几天，席方平投宿客店的老板对他说："你呀，真太固执了。当官的肯同你和解，你就是不肯。我听说他们各人都向阎王爷送了一个盒子，里面当然是黄金了。看来你的事恐怕难办了。"

  席方平认为这不过是小道消息，并不相信。果然，一会就有穿黑衣服的公差来叫他去公堂。席方平随着公差到了公堂，阎王爷立即升堂审案。席方平抬头一看，阎王爷脸上怒气冲冲的，也不问席方平什么，二话不说就让鬼卒按倒席方平，吩咐先打了二十鞭子。

  席方平愤愤地责问："我有什么罪？"阎王爷听也不听。

  席方平一边挨鞭子一边大叫："我活该被鞭打，谁叫我没有钱！"

  阎王爷更加愤怒了，命令动用火刑。于是有两个鬼卒来把席方平拖走。只见东边台阶下有张铁床，火烧得熊熊的，铁床被烧得通红。鬼卒将他按住、贴着通红的床上反复地揉来揉去，席方平被烫得痛苦极了。此时，席方平实在熬不住了，真想死掉算了。大概折磨了一个时辰，鬼卒说："可以了。"席方平强忍极痛，伸出脚来，还好，还可以一跛一跛地走。

席方平又到堂上，阎王爷问他："你还敢再控告吗？"

席方平答："我的大冤还未得以申雪，当然不会死心，如果说不敢告了，那是骗你大王的，我一定还要再告。"

阎王爷问他："你还要告什么？"

席方平并不屈服，说："凡是我身体所受到毒害，我都要控告。"

阎王爷听了又大怒，命令把他的身体锯开作两半。有两个鬼卒将席方平押去一根竖立的大木头那里，鬼卒正要把席方平绑上去，忽然间阎王爷在堂上大叫："席方平！"

那两只鬼卒又只好将席方平押回堂上。阎王爷再一次问席方平："你还要控告吗？"席方平坚决地答道："一定还要再控告。"阎王爷气得哇哇叫，胡子也翘起来，眼珠子也突了出来。他大叫："快把这小子锯开了！"

于是席方平又被抓去行刑，鬼卒们把席方平用木板夹住，再绑在大木头上。两个鬼卒扛起大锯，把席方平从头上锯下。嘎吱嘎吱，席方平觉得痛得难以忍受，但他还是硬挺住，也不叫喊。他只听见那两个鬼卒在说话，有个说："真是好样的！是一条硬汉子。"

那大锯从头锯下，就在耳边，轰隆轰隆，有点像是打雷。很快就要锯到胸口，又有一个鬼卒说："这个人是个孝子，他是无辜的，把锯落得偏点，可以不把他的心锯着了。"于是，席方平又觉得那锯锋弯弯地锯了下来，痛得更加厉害了。

很快，他被锯开了两半。木板一解开，那两半的身体都倒在地上。鬼卒就上堂报告阎王爷："报告大王，那小子已锯开两半了！"阎王爷在堂上大叫："把那小子提上堂来，看他的嘴还硬不硬！"

于是鬼卒们就把席方平两半的身体合了起来，拖着就押上堂去。席方平只觉得身体的那道裂缝痛得像是又被撕开了似的，只能一小步一小步那样慢慢地走，走快了，又要裂开。

有一个鬼卒同情他，就从腰里拿出根带子给他，说："你能为父亲申冤，不怕粉身碎骨，我把这根带子送给你，以表示我的一点敬意。"那鬼卒说着就替席方平用这根带子把身体捆好了。这时，席方平觉得好多了，也不那么痛了，走起路来，也快多了。他这走上堂前，仍然跪在地上，阎王爷还是问那句话："你还敢不敢再控告呀？"

这次席方平怕再吃眼前亏，又要被拖去受什么刑，就说："不再控告了！"

阎王爷立即就命令公差把他押回阳间去。那公差把他送出了北门，告诉他回阳间的路怎么走，自己就回去了。席方平想想这阴间官府的黑暗好厉害。他自叹没有办法上玉皇大帝那里去告呀！不过，他听人人都这么说，灌口的二郎神是玉皇大帝的亲戚。这位神爷不但人聪明，而且为人正直，如果向他控告，恐怕能够讨个公道的说法。于是看着那两个公差转身离去后，暗暗高兴。他趁此机会就向南方走去。

他奔走得很快，但回头一着，那两个公差追了上来，对席方平说："王爷怀疑你不肯就此罢休的，看来真被他猜着了。"于是又捉住席方平。

席方平又被押到公堂上。他想阎王爷这回肯定会大发脾气，一定不会饶他了，恐怕会被处以更惨烈的刑罚。不过，他偷看了阎王爷一下，阎王爷好像没那么生气。他对席方平说："看来你的孝心很坚定，不过你父亲的冤情，我已经为他昭雪了。现在我把他安排到富贵家去投生了。你不必再为这事吵吵嚷嚷了。现在我送你回去，再给一千两黄金的财产和很长的寿命。这样，你该满足了吧！"

阎王爷把这些承诺都注了册，并盖上了大印。让席方平看过了，说："我没有骗你吧！"

席方平就谢过阎王爷，阎王爷又另派鬼卒押他出来，押着他回阳间。在路上，那鬼卒觉得他被告状这件事累得团团转，于是拿席方平出气，边赶边骂："你这坏东西，老是告来告去，害得我们几乎被你拖累死，如果再落到我们的手中，一定捉你进大磨，把你慢慢地磨成粉。"席方平听了，把眼睛一瞪，反骂那鬼卒："你这鬼头敢乱来？我不怕你们锯，就怕你们絮絮叨叨把我烦死，你还是把我送回见阎王爷。如果阎王爷让我回去的话，我自己会回去，不用你们来送我。"说罢马上就往回头走。

那两个鬼卒怕他真的告诉阎王爷，只得好言好语地向他道歉，求他还是回阳间吧。

这样一来，席方平故意拖延时间了。他慢慢地走，走几步就嚷着要休息，那鬼卒拿他没办法，只好忍着气，再不敢乱说一句话了。

大概走了半日，来到一条村，有一家的门半掩着。那两个鬼卒就带着席方平一同进屋去休息，席方平刚要跨过门，有个鬼卒就一个不注意，猛地一掌把席方平推入屋中。

席方平受惊吓了一跳，定了定心，再一看，自己的身体已经变成了一个刚刚出生的婴儿。于是他愤愤不平地啼哭，连喂他的奶也不吃，过了两天，就死了。

席方平的魂魄念念不忘要到灌口去找二郎神，大概奔走了十里地，忽然

见到孔雀羽毛装饰的旗幡仪仗。一大队兵马执仗着光灿灿的刀戟,威风凛凛地在大路上前进。席方平想加快横过大路,以避开该大队人马,不料这下冲撞了这仪仗队的威严,他当即被前头的骑兵捉住,他又被捆绑带到车前跪下。他抬头眼看见车上坐着一个少年,这少年人生得很精神,也很俊,他问道:"是什么人呀?"

席方平这时正为有冤无路诉,一肚子的气无处发泄。他想有这么大派头的人一定是很大的官,只有他们才会作威作福。于是把他一肚的冤气全都说了出来。车中人听了,立即吩咐把席方平松了绑。让他和自己一道坐上车,一同上路。

很快到了一个地方,有十多个官员已经在路边恭候了。车中的少年人和他们一一打了招呼,而后他又指着席方平对一个官员说:"这是一个凡间的人,他有满肚子的委屈要说,你们最好尽快替他处理吧!"

席方平偷偷问一个随从:"这位少年是谁呀?"

随从告诉他:"他就是玉皇大帝的九皇子殿下,刚才和他说话的官员就是二郎神了。"

席方平偷偷打量了一下二郎神,身体很高,而且胡须也多,不像传说中的样子。九皇子离开以后,席方平就跟着二郎神进了一座官府。一看,他父亲和那姓羊的都被衙差们早带来了。过了一会,另一辆囚车也被推到了。从囚车中出来的是阎王、郡司、城隍。

二郎神当堂审案，对过了每个人的口供，证明席方平所控告的属实。那三个官员在下面跪着早已最吓得瑟瑟发抖，伏在那里像是三只见了猫的老鼠。二郎神提起笔来，写下判词，刷刷刷，很快就写完了，于是由他的左右把判词传下来给案中有关联的人都看了。

判词是这样写的：

经调查核实，阎王居王位要职，受着玉帝的重视，应当廉明职守，为官员们作模范作用，本不应贪污受贿，使得为官的名声受到损害。但你又狠心又贪婪，完全丧失了作为玉帝臣子应有的品德。

城隍和郡司，应当是地府老百姓的父母官，是为大帝管治百姓的。虽然职位并不高，但也应该全心全意，不辞劳苦地忠于职守。即使是有大官以官势压你，也应当顶住，怎么能上下串通，不顾贫民的痛苦呢！这行为真是禽兽不如，连人已经成了瘦鬼也不放过。这般受贿，不顾王法，真可说是人面兽心。

姓羊的，有大把的钱，却不做好事。狡诈成性，欺压乡里，用大把的钱财去行贿，这才使得阎王殿上邪气横行，铜臭熏天。你这样害死了多少人？既然你死后还能有钱使得鬼推磨，连神也会被你疏通。因此，判罚没收你家所有的财产，奖赏给席方平，以表扬他对父亲的一片孝心。

于是，二郎神命令将这些犯人押去泰山执行刑法。他又对席方平说："我被你的孝义之心感动，你是个善良的读书人，我再赏给你父亲三十六年的寿命。"于是，他就派了两个人把席方平送回了老家。

到了家中，是席方平先醒来，于是立即同仆人把父亲的棺材打开。可是父亲的尸体已经僵硬了，席方平不灰心，在旁边守着，直等到父亲的尸体渐渐地暖了，最后竟然复活过来。

从此以后，席家便渐兴旺起来。三年后，村里的土地全都变得肥沃了。羊家的子孙日渐单薄了，羊家的房产、田产全部都归席家所有了。

蒲松龄认为：人人都向往有一个没有坏人坏事的净土，却怎么也想不到阴间如此黑暗。既不明白为什么要活，也不明白为什么要死。只有本着一片忠心孝心的宗旨做人，有多少回的生死也不动摇。这就是席方平的可敬之处。

（本故事改编自《席方平》）

# 十七、自满的童话

| | |
|---|---|
| 剑侠佟客 | (《佟客》) |
| 手下留情 | (《武技》) |
| 山外有山 | (《老饕》) |

# 剑侠佟客

徐州，有一位姓董的后生，我们就按习惯，叫他董生。

董生是个血性男子，每每看到别人有危难，他都慷慨激昂，拔剑相助。他的剑术好生了得，一般人都近不了身。因此，他也自视甚高，不轻易把别人放在眼里。

不过，话又说回来，强中自有强中手。他也知道，这世间，还有比他武艺高强的奇异之人，要是能遇上，他一定拜其为师，好使自己的武艺更上一层楼。只是，这些高手异人，并不是那么容易遇到的，所以，他在外边行走，总是很留意，绝对不放过机会。

有一次，在路上，他遇上了一个人。这个人骑着一头驴，与他同行。因为是同路人，董生便主动同他搭讪。董生发现这个人言谈豪放、语出不凡，便打听起他的来历来。

那人回答道："我姓佟，是辽阳人。"于是，董生也就按习惯叫他"佟客"了。接着，董生又试探道："你现在准备去什么地方呢？"

佟客也不相瞒，爽快地说："我很早便离开了家门，一去就是二十年。刚刚从海外回来。"

董生顿时兴奋了，马上向他打听："你遨游四海，见多识广，结交的人定到处都有，不知有没有见过异人呢？"

佟客疑惑不解地问："你讲的异人又是什么样的呢？"

董生又激昂慷慨起来了，说自己自小好击剑，剑术也相当精湛，但是没有高手指点，已经很难提高了。异人就是高手，本领高强，无所不能，对异人来说小小剑术，何足道哉？末了，他长叹一声："我真恨不得立刻得到异人真传，仗剑走天下，匡扶人间正义！"

佟客听罢，微微一笑，说："董生，这天下，何处没有高手异人呢？只是你肉眼凡胎，一时没有发现罢了。尤其是这些异人，都有自己的规矩，除非是忠于国家的臣子、孝敬父母的儿子，他们才肯传授自己的本事，不然的话……"佟客把话打住了。

听佟客这么说，董生心想，这佟客一定是认识异人的。于是，赶紧抽出所佩带的宝剑，学古人的样子，弹着剑锋，慷慨高歌；唱到热血沸腾之际，更舞起了剑，青锋闪闪，路旁的小树"嗖"地一下便被削断了。舞完剑后，便问："我这算不算忠臣孝子？"

佟客笑而不答，只是拈着胡须，微微点头，而后，要过董生的佩剑，借看一下。

董生爽快地把剑递了过去。佟客把剑把玩了一下，摇摇头，正色道："这一柄剑，是用做铠甲的铁所铸的。你知道的，这铁甲本身就质地很差，加上如今又被汗臭蒸熏，就更加等而下之了。我虽然没听说过什么剑术，不过，却也有一柄小剑，比你的要好用得多。"说罢，他从腰间衣底下取出一柄只有一尺多一点的小剑，用来削董生的佩剑，竟似削瓜一样，董生的佩剑脆生生断作了两截，可见那小剑锋利之极。

董生大惊失色：天底下竟有这么锋利的短剑？怔了半天，伸过手去，接过小剑反复观赏，爱不释手，挥舞再三，才恋恋不舍地还给佟客。

他寻思，佟客能有此剑，肯定经历不凡，我向他打听异人，准保一问一个准。于是，他以万分诚意的言辞，邀请佟客到自己家中做客，并且非要佟客住上一宿。

佟客也没推托，便住下了。住下后，董生又迫不及待地向客人请教剑法。谁知，佟客推辞说，自己一点也不懂。听佟客说不识剑法，董生不禁得

十七、自满的童话

意了。他用双手按住双膝,一副英雄的架势,大谈起自己所修炼的剑法。一时间,口若悬河、滔滔不绝、眉飞色舞、盛气凌人,不可一世……佟客只有毕恭毕敬聆听的份。

这一讲,便讲到更深夜静,天上一片漆黑,不见月光,也不见星星。忽然之间,隔壁院子里人声鼎沸,叫的叫,喊的喊,乱糟糟的,不知道发生了什么事。那隔壁院子是董生父亲住的。董生心里惊疑,忙挨近墙壁去凝听,只听见有人在怒声呵斥道:"快快叫你儿子出来受死,我们才能放你!"

片刻,即传出抢掠、殴打的声音,又传出有人呼救、呻吟的声音,持续不断。董生听那呻吟声,分明是父亲的。董生知是父亲受难,怒不可遏,摸过墙边的铁枪,便要冲出去。

佟客却拦住了他,说:"你这样冲出去,恐怕连自己的命都保不住。强盗太多了,还是想个万全之策为好。"

董生惶惶然不知所措,忙请教佟客。

佟客说:"强盗指名道姓要你出去,显然是对着你来的,不杀掉你是决不会善罢甘休的。你又没有别的兄弟姊妹,还是把自己的后事给妻子交代下才好。我这就开门,去把你家的仆人叫醒,你说呢?"

董生连忙点头:"也好!也好!"

说完,匆匆走进内室,把父亲院内进了强盗的事,告诉了妻子。妻子一听，泪如雨下，死死拉住董生的衣衫，死活不让他出去与强盗拼命。

董生听妻子一哭，刚才的冲动一下子全没有了，连搭救父亲的念头也消失了，立即牵着妻子逃到了楼上，并且找来弓箭，准备抵挡强盗。

正在这仓皇万分、狼狈不堪的时候，忽然，听到佟客在房檐上笑着说："好了，好了，强盗已经走了。"

董生点起蜡烛，却发现房檐上并没有人，佟客不知跑哪去了。

再举烛出去巡看，却见父亲从邻居家刚刚喝酒回来，正打着灯笼进院门呢。院里，哪有什么强盗的影子，只有一些成堆的盖房子用的稻草而已。

这时，董生才醒悟过来，佟客就是自己费尽心机要寻找的高手异人。而刚才的一幕，正是佟客有意考验他的。

董生想求师而不能，唯有后悔莫及了。

（本故事改编自《佟客》）

## 手下留情

从前，在淄川城西有一个性情豪爽、喜欢帮助别人的人，他的名字叫李超。

一天，他刚出门，就遇见一个化缘的和尚。那和尚面目慈祥，两眼有神，身披灰色长袍，脚踏芒鞋，手里托着一只化斋的铜钵。他一见李超，便一手托钵，一手施礼说："阿弥陀佛，施主有礼了。我从远方到此地，腹中饥饿，敢向施主求斋化缘，请施主施舍施舍。"

李超一向乐于助人，见和尚从远方来到，又十分有礼，满心高兴，便命令家人好好招呼和尚，进屋里饱餐。

饭后，和尚双手合十对李超说："多谢施主，赐我饭食，无以为报。我看施主一表人才，而且身材魁梧，想必平日也有锻炼身体。我不瞒你说，我是从嵩山少林寺来的。少林寺武术天下闻名，我也懂得一二。今日和你有缘，如果你不嫌弃，我愿意和你切磋武术。"

李超听了，真是天上掉下个馅饼，求之不得。他连忙抱拳拱手说道："大师你肯教我武术，正是我求之不得的好事啊！"

李超立即命令家人收拾好房子，让和尚住下来，并且每天三餐，厚待和尚。

第二天一早，和尚和李超来到屋后空院里。院子四周砌着矮墙，墙角下种植树木，院子当中有一块平坦的空地，正是练武的好地方。

和尚先让李超活动活动身子，然后对李超说："练习武术，不但要练招式，防御敌人，保护自己。重要的是锻炼身体，强壮筋骨，以求有一个强壮的身子，做对社会有用之人。"李超听了，抱拳应道："这是自然的。"和尚看了看李超，语重心长地说："还有，你必得记住，练武之人，切不可逞强斗胜，恃强欺人，须知道，天下之大什么人都有。有浅薄的小人，更多是怀才不露之人，须防强中还有强中手，骄傲不得啊！"

李超向和尚一拜说："多谢大师指教，弟子谨受教。"李超口中是这么说，其实，他心中并不在意。

李超在和尚的指导下，早也练，晚也练，很快，三个月过去了。李超觉得自己的武艺大有长进。偶然间，他有一两招式表现得好，和尚也称赞了他。

他就越发飘飘然，沾沾自喜了。

有一天，李超练完所学的套路之后，大汗淋漓。和尚一边给李超拭汗，一面问他："你觉得你的武艺长进了吗？"李超一口回答："有，有呀！我觉得我大有进步呀！你不信，我练两招给你看。"

和尚笑着说："有进步就好！不过，可骄傲不得啊！"

李超口中虽然是说："好，好。"可是心里不以为然。

和尚见李超不以为然的样子，知道李超并没有听得进自己说的话。便说："好！那我的功夫，你都学到手了吗？"

李超微翘着嘴说："学到手了。师傅会的我也会了！"

和尚微微一笑，拉长声音说："是吗？"

李超傲慢地说："当然啰！不信！我完全可以演练给你看！"

李超不等师傅答话，便摆开了架势演练起来。他一会儿是白鹤展翅，一会儿是腾空摆莲，一会儿又是白蛇吐信，还有什么双峰贯耳、海底捞针……真是招式多多，使人目不暇接。

和尚看了，只是微微点了点头说道："好了，既然你自信地把我的功夫全学到手了，那么，我们就过过招，比试一下如何？"

李超早就巴不得和师傅过招了，好试试自己的功夫，只是自己不好开口。现在，师傅自己提出来，正好满足了李超。

## 十七、自满的童话

他们分开面对面站好，双手交叉胸前，互相大喝一声，就开始你出拳、我出脚地你攻我守、我进你退地交起手来。斗得激烈处，就只见拳光脚影，分不清你我。交斗中，李超老是想找师傅的空档处，好把师父打倒。师父却不慌不忙，看着李超露空处，飞起一脚，李超立即仰面跌到地上，动弹不得。师父笑道："看来你还没有把我的本事学到手哩。"

李超满面通红，双手撑地向师父请罪并且说："师傅，我知道错了！还是请你老人家费心再指点我吧！"

师傅扶起李超，严肃地说："知错就好。但一定要记住，学无止境。记住强中还有强中手啊！"

经过这次比试后，李超着实用心学习武艺。师傅见他确有长进，又教了一些日子，才告辞走了。

李超的武艺日精，四乡的武林弟子慕名前来和他交手，但都败在李超手下。李超成了没有对手的武林高手。

李超听别人的称赞多了，他又飘飘然了。

这一年，李超到山东济南游览。

济南是一个风景秀丽的泉城，有着众多有名的泉水，引得文人墨客、风雅人士流连忘返。济南又是著名的商埠，它地处交通要道、商业发达。每日里南来北往的商人旅客充满街头，做买卖的、访古问今的络绎不绝，其中自然有名人、高手。李超就是在这里遇到了武林高手，几乎断送性命。

那天，李超信步在济南街头溜达。他经过一个广场，看见一群人围着场子喝彩。他知道这是一个卖艺场，一定有人在卖艺。他很高兴在这里遇见同行，便挤进场子里去凑热闹。

场子里有一个年纪轻轻的小尼姑正在表演武艺，她刚表演完一个套路。围观的人都大声喊："好！"小尼姑虽然脸露红云，但气不喘、腿不软。她向四周观众拱手作礼说："谢谢大家的鼓励。场子虽然不大，单我一个人表演，实在太冷清了。在场的有哪一位高手，如果有兴趣，请下场来和我交交手，让大家高兴高兴。"

围观的人中，不知道是没有高手，还是看了她的表演，自觉不如，总之，竟然没有人下场与她较量。

李超挤在人群中，看了小尼姑的表演，认为小尼姑的功夫也不过如此。他早就手痒了。再看看小尼姑年纪轻轻的，谅她也没有多大的本事，可不必费很大工夫将她击倒。李超这样一想，便神气地走进场子中间。

小尼姑见李超下场，估量一下对手，仍笑嘻嘻地双手合掌施礼说："请

手下留情。"

他们摆开架势,刚一出手,小尼姑就跳出圈子,喊道:"住手,你这是少林派武术,请问你师父是谁?"

李超没有回答,只是说:"开打吧!"

小尼姑说:"你不说,我只好告罪,认输了。"

李超不得已,只好说:"我的师傅是憨和尚,他的确是少林寺的和尚。"

小尼姑一听,马上向李超拱手认输说:"既然你是憨和尚的徒弟,那我们就不必交手了。我认输了。"

李超说:"我们还没有交手,怎么能够说你输了呢,不行。"

这时,围观的观众一起起哄说:"是呀。还没有交手,不能说输。"又有人说:"不开打就认输,也太不像样子了。"

众人你一言,我一语,就是想看他们开打的热闹场面。小尼姑见情形这样,她也不想让观看的人扫兴,便对李超说:"憨和尚是你的师傅,也是我的长辈。我们都是少林寺同门的师兄弟姐妹,虽然交手,请点到为止,千万不要当真,伤了和气。"

李超口头应允,但是他看见小尼姑娇小瘦弱的身躯,料定不是自己的对手,便放开手脚,认真比起武来。正当打得难解难分、不分胜负时,小尼姑突然两手一挡跳出圈外,拱手相告:"不打了,请恕不敬。"

## 十七、自满的童话

李超收了手,愕然问道:"你为什么不打了,还没有分出输赢呢。"

小尼姑含笑不答,只是站着不动。李超以为她的功夫就是这样了,不敢应战了,再战就会出丑了。他洋洋得意有点看不起小尼姑地说:"还是打吧。"一面说着,一面就一个双峰贯耳打来。李超太不讲规矩了,太过以势欺人了。小尼姑柳眉一竖,她再也不能退让了,马上一个白鹤展翅和李超交起手来。

这次交手,眼看李超只有招架之功,没有还手之力了。不到三个回合,李超飞起一脚向小尼姑当胸踢去,以为小尼姑必然被踢倒。哪知道小尼姑只稍微往旁一闪,避过李超一脚,又迅即回过身来,并起五指向李超的小腿轻轻一拐,说声:"着!"李朝猛然觉得小腿似被刀劈似的,顿时跌坐在地,站不起来。

在场围观的人,轰然一声:"好功夫!"

小尼姑抱拳向观众一拱手,说声:"失礼了!"又对李超说:"对不起,冒犯了,请见谅!"一个转身,独自走了。

李超跌坐地上,久久不能动弹,被好心的人抬回住处。请大夫来医治养伤,治了一个多月才能下地行走。

自从经过这次比试之后,李超再也不敢自称为武林高手了,再也不敢小看同行中人了。他领悟了也懂得了山外有山、强中还有强中手的道理了。

一年之后,憨和尚来看李超。李超把和小尼姑交手比试之事,一一告诉了憨和尚。并悔恨地说:"师傅,我的确错了,还败坏你师傅的名声,我太对不起你了。"

憨和尚见李超认错,不想过多责备他,只是说:"你呀,太鲁莽了。你为什么去惹她。要知道我也敬她三分啊!幸亏你把我的名字先告诉她,她才手下留情,不然的话,你不但脚断,甚至连性命都不保啊!"

所以说,做人要谦逊,古人说得一点也没错。

(本故事改编自《武技》)

# 山外有山

人们常常把好食贪吃的人叫作老饕,却不知道那些贪婪、贪财的人也都叫老饕,更有江湖中的人把老饕当作自己的绰号的。

在山西的泽州,有一个绿林好汉,名叫邢德。他有一身好武艺。他还有一门绝技,便是能拉强弓,而且能发连珠箭。他这种叫"连珠箭"的绝技就是刚发出第一支箭,跟着就第二支箭第三支箭不间断地射过来,使人防不胜防。这种像珠子连在一起的箭法,被人称之为绝技,邢德自己也被称为"连珠箭邢德"。

邢德有很高的武艺,但是做买卖他却是外行。他要么不做,要么一做就亏大本。做水货不行,做干货也常常赔得一干二净,做了好多次都是连本也亏光了的,他也就不干了。不过,南京和北京很多有钱的大商家,却喜欢和他结伴同行,甚至允许给他本钱让他一起去做。自然啰,这是大商家看在他有武艺在身,有他做保镖,大商家自然就放心得多了。

那年冬天,有几个客商要去南京做生意,怕路上遇上强盗,便打起邢德的主意。那时,邢德空闲在家,百无聊赖。他们商量好,名义上是借本钱给他,让他一起去南京做生意,实际上是要邢德做保镖。

邢德反正在家也是闲着,去南京做趟生意,一来可以赚点钱,二来也好散散心,也就答应了。为了多赚点钱,他把自己的积蓄也一起办了货物,就等着上路了。

邢德有一个会占卦的朋友,听说他去做买卖,便给他占了一卦,朋友一看,吃了一惊,连忙对邢德说:"老兄,你占的是一个'悔'字,照卦看,这趟买卖可不妙啊,去了你要后悔的。"邢德听了闷闷不乐,他想打退堂鼓。可是,一来货物已经办好,不卖不行;二来那几个同行的客商,少了保镖不行,非要他去不可,并声言要是亏了,借给他的本钱也不用他归还。邢德没有法子,只好上路。

想不到,那卦也很灵,他们的货物刚运到南京,偏偏遇上大批的新货运到,货多价贱,邢德果然亏了大本,赔个精光。

## 十七、自满的童话

转眼就到了腊月,这是商人、游子最匆忙的日子。商人要结账,游子要归家。邢德亏了本,闷闷不乐。有一天,他独自一人骑马走出城外,本来想散散心。哪里知道,大地一片荒凉,灰蒙蒙的天空,寂寞路上随风吹起片片枯叶,格外引起人的苍凉感。邢德心里越发愁闷,他放松缰绳,任由马儿随意行走。路上行人很少,偶然有一二骑者策马匆匆赶路,他们边赶路边谈说年关到、办年货的事。

说者无意,听者有心,他们的谈话触动了邢德想家的心,是呀,就快过年了,自己的年货还没着落呢,到哪儿去弄钱办年货?邢德想不出一个办法,他想得头脑发胀,正巧路旁有一间小酒馆。他跳下马,将马系好,走进酒馆,喝酒解愁。

小酒馆陈设简陋,当中摆了几张桌子,酒客没有很多。只有北面靠窗的桌子,有一位白发老翁和两个青年在喝酒,旁边有一个黄头发的小伙子在侍候着。邢德走到南面窗下的桌子坐下,店小二打了酒来,他便自斟自饮,慢慢地喝着。

这时,北窗下,黄头发小伙子斟酒给老翁,不小心打翻了菜盘子,菜汁溅污了老翁的衣服。一个青年见了一怒之下,"啪"地扇了黄头发小伙子一个耳光。那黄头发小伙子用手向上一挡。邢德只觉眼前一道白光,留心一看,看见那小伙的大拇指上带着铁箭环,约半寸厚,估计有二两多重。邢德心中暗叫,好家伙!

吃过饭，那老翁叫青年付饭钱。那青年从身旁的皮袋中取出一包银子，堆放在桌上，然后叫店小二把秤拿来，秤出饭钱交给店小二后，把剩余的银子放回袋中。老翁刚出店门，青年便牵来一匹黑毛跛脚骡子，扶老翁骑上了骡子背。黄头发小伙子也骑上一匹瘦马跟在老翁后面。两个青年也各自在腰上挂上弓箭，上马追了上去。

邢德看见他们有那么多的银子，不觉起了贪心的念头，心想：年关在即，我为何不劫取他们一些银子来办了年货，好回家过年。邢德有了这个坏念头，也就有了行动。他不喝酒了，偷偷跟在他们后面，幸亏他们走得慢，邢德从小路赶在他们的前面。

邢德拨转马头，勒住缰绳，弯弓搭箭，圆睁双眼，注视老翁，一脸凶猛的样子。猛喝一声：留下钱来！那老翁见了，丝毫没有惊慌。只在骡背上弯腰脱下左脚的靴子，对着邢德，微笑着说："怎么，你不认识老饕吗？"

邢德不搭话，拉满弓弦，一箭射去。老翁"啊"的一声立即仰卧骡背，伸出左脚，张开脚趾，把箭紧紧挟住，哈哈一笑说："就这点本事吗？用不着我动手。"

邢德见老翁讥笑他，越发恼怒，便使出他的撒手锏"连珠箭"。只听见箭声呼呼，头一支箭刚离弦，第二支箭即紧紧飞到，老翁仍然不慌不忙，用手轻轻接住头一支箭，但对第二支箭，好像没有防备，箭头直插老翁口中，老翁身子一歪，从骡子背上倒下来，直挺挺卧在地上，一动不动，好像死了似的。黄头发小伙子也下了马，向老翁奔去。

邢德见了，以为老翁已经被射死，哈哈一笑，策马前来。哪里知道，邢德才走了两步，那老翁翻身一跃而起，吐出口中的箭，拍着手掌，笑道："初次会面，你为什么这样恶作剧呀？"

邢德见老翁跃起，已经十分吃惊，再见老翁口中吐出箭来，不觉猛勒缰绳。那马受了惊吓，转身发狂乱奔。到这时候，邢德方知道老翁的厉害，他不敢回头观看。

邢德庆幸那老翁没有追杀他，但他也不敢放松戒备，仍然策马狂奔。

邢德放马跑了三四十里路，没有听见背后有马蹄声，知道确实没有人来追赶，才放松缰绳，让马慢走。

邢德垂头丧气漫无目的地信马走着。忽然他看见前面有一个大管家装束的，带着一个仆人，各自背了一个大袋子在前面走着。看那袋子十分沉重，想必袋子里是银子。邢德马上兴奋起来，他想，刚才没有抢到银子，现在这两人的银子应该是我的了。

十七、自满的童话

邢德一提缰绳，赶上前去，大喝一声："要命的留下袋子！"那管家听到叫声回头一看，喊声"不好！"他看见追来的人手中有弓，腰中有箭，分明是劫贼，他吓得心都快跳出来了。他对仆人喊着：逃命要紧，把袋子从肩上一抖，抖落地上，向路旁的岔路飞也似的逃走了。那仆人见主家都逃走了，自己也逃命要紧，也就丢下袋子，飞奔逃去。

邢德赶了上来，下马，一手把袋子抓起。袋子很沉重，他估摸起码也有千把两银子。他洋洋得意地把两个袋子往马背上一搭，便跨上马向前走了。

邢德以为这两袋子银子都是他的了。

邢德哪里知道，俗话说的"强中还有强中手"，这两袋银子他完全得不到。

邢德洋洋得意地走了没有多久，猛然间，背后传来了急促的马蹄声。他急忙回头一看，只见那黄头发小伙子骑着那匹瘦马疾驰而来，近前大声喝道："不义之财，见者有份，一人一半。"

邢德说："你认识连珠箭邢德吗？"

黄头发小伙子冷笑，说："什么连珠箭不连珠箭，刚才不是领教过吗？哈哈。"

邢德见黄头发小伙子貌不惊人，又没有带武器，也不把他放在眼里。心一狠，一连发出三支名副其实的连珠箭。邢德料想不到，那黄头发小伙子冷笑一声，不慌不忙地张开两手，左手接一支箭，右手按一支箭，张开口衔住

了第三支箭,他把衔在口中的箭吐出来一并拿在手中,仍然冷笑着说:"就凭你这点本事,也敢学人闯江湖,真不害臊。你欺负我没带弓来,不要紧,你这三支箭,我留着也没有用,还给你吧!"说着脱下拇指上的铁箭环,磁在箭上,用力向邢德掷来。邢德听着呼呼的箭声,心中大惊,急忙用弓去拨,砰地一下弓弦被铁环撞断,弓也裂了。邢德躲避不及,箭镞直插耳朵,又穿耳而过。邢德跌下马来,黄头发小伙子也跳下马,伸手来抢袋子。邢德躺在地上举弓就打,黄头发小伙子顺手一扯夺过弓来,两手一扳,弓折为两段,跟着把两段弓叠在一起,再一折,分成四段,又顺手一抛,四段断弓,向四处飞去。

然后,几个回合,邢德被打倒在地。邢德躺在地上,眼睁睁地看着黄发小伙子把两只袋子挂在马背上,说了声:"冒犯了!"一扬鞭,瘦马绝尘而去。

邢德躺在地上很久很久才慢慢恢复力气,挣扎着爬到马背上,寻路回家了。

邢德回到泽州,从此再也不逞强好胜,更不敢贪婪去夺非分之财。他知道,只有安分守己过日子才是最好的。

他常常对别人谈起这次的遭遇,毫不隐瞒,也不掩饰自己的过错,并且用自己的过错去开导别人。他已经懂得了山外有山,天外有天,人外有人,可骄傲不得的道理。

(本故事改编自《老饕》)

# 十八、寓言童话

文魁星降临　　　　　　　　（《魁星》）
崂山道士　　　　　　　　　（《崂山道士》）
神奇的赌符　　　　　　　　（《赌符》）
长翅膀的牛　　　　　　　　（《牛飞》）
不用量斗的人家　　　　　　（《张不量》）

# 文魁星降临

山东,有个郓城。郓城里有一个书生,名叫张济宇。

这一天,夜已经深了,外边没有月亮,也没有星星,伸手不见五指。张济宇看书看累了,吹灭了灯,躺到了床上,却久久睡不着。

忽然之间,他竟看到屋子里亮堂堂的,有什么东西在大放光明,连不久前掉到地上的一枚针,都照得十分清晰。

张济宇大吃一惊,连忙坐起来,往前一看,只见前边有一个鬼——应当是鬼了,头上有角,眼睛发绿,却拿着一支笔站在那里。他忽然想起,这模样好像在哪见过,细细一想,可不,活脱脱就是文魁星的模样呀。

文魁星是专门掌管一个人的文才的。谁得到文魁星的关照,一定会妙笔生花,文章天下第一。可不,自己如今不正在读书,准备赶考么?说到底,赶考就是要写出一篇好文章呀!

于是，他一骨碌滚下床来，对着文魁星连连叩拜起来，祈求文魁星保佑此番赶考能金榜题名。

不一会儿，满屋的光芒消失了，文魁星不见了。

张济宇认定这是文魁星特地来关照他的，于是便得意得不得了。

同他一起攻读的另一位书生元宙，发现他没有平时用功了，便问他："你怎么啦，还有几个月便开考了，你反而疏懒懈怠起来？"

张济宇认定自己考试必中，骄傲地回答："早几天，文魁星光临了我家，我不中，有谁能中？"

元宙一听，不说话了，寻思道：他有文魁星保佑，可以不用功；我没有得到文魁星的眷顾，看来要百倍努力才行。于是，他又把已经熟习的功课，又重温了几遍。

终于开考了，张济宇志在必得，大摇大摆地走进了考场，文魁星降临一定是自己夺取元魁的先兆。我不考第一，还能有谁呢？

考题下来了，他不假思索，提笔便做，洋洋洒洒写了满满一大篇。

元宙却反复思索考题，寻找一个最切合的角度破题，文章写得大气、中肯、浑然一体。当张济宇得意扬扬地把试卷第一个呈上去后，元宙仍反复推敲了一遍，把几个地方改得更加精彩，这才呈上去。

不管怎样，尽了自己的努力，谋事在人，成事在天嘛。

考完之后，放榜了！

张济宇只往榜首上看，却怎么也看不到自己的名字，好生奇怪。

元宙却只往榜末去找，也一样找不到自己的名字，有些焦急了。

却听到张济宇说："嗨，元宙，你的名字怎么会在这里呢？"

元宙这才往榜首上看，竟发现自己排在了第二名，完全出乎意料。这时，他猛地想起，榜末却有张济宇的名字，便说："济宇兄，榜末有个人与你同名同姓呢，怎么这么巧？"

这下子，张济宇作声不得了。

不过，他并不在乎，只要考上了就行。这只是院考，排名前后都无所谓，反正都算是秀才了。过后，再参加乡试，这才要紧，乡试考上了，才能成为举人。当上举人，才有机会上京赶考，参加会试，最后是皇帝亲自主考的殿试。到那一天，自己一定能一举中魁，考个状元。

有文魁星关照，能不中么？

很快，张济宇与元宙等秀才一道，又去参加乡试了。

元宙这会儿更是用功了。

结果,元宙中了举人,而张济宇呢,左等右等,报喜的还不见来。

他还在想:"这回我一定得了第一名,名次愈在前边,报喜就愈在后头,不急,不急。"

可到最后,也没有报喜的来。他名落孙山了,别说进京赶考,连个举人也没捞到。

家里人见他一天只是说大话、吹牛皮,却连举人一关也没过,全给气坏了。老父一蹬腿,气死了,老母亲也一病不起……末了,老婆也跟别人跑了。

可他仍在说:"跑了就跑了,等我高中榜首时,看她后悔不后悔?到时,我还要当驸马呢,她跑了正好!"

可三年后的乡试,他还是不中。

"没准,文魁星是保我有一次能一路顺风,乡试、会试、殿试,一鸣惊人,现在只是时机未到罢了。总有一天,我要高中元魁!"

他还是那么自命不凡,深信当日文魁星光临,一定能应验的。

可他这一折腾,家里坐吃山空,家道也就中落了。老母亲也终于久病不治,连小儿子也终日恹恹的,一天天消瘦下来。

又三年过去。

此番乡试,他连题目都没弄明白是什么意思,加上肚子也没吃饱,差点昏倒在考场上。

这次，别说等喜报了，连榜也不用看了。

小儿子也终于夭折了。家里的房子也给变卖出去了。

家里就剩下他一个人了，胡子长长的，头发乱成了鸡窝，背也佝偻了，脸上蜡黄，连说话也变得有气无力的。

可他还在说："莫非时机还没到么？福兮祸所伏，祸兮福所倚。我如今已是除死无大祸了，只怕大福马上就要降临，下次我一定高中！"

这一次乡试的主考官不是别人，正是元宙，他已经过了殿试，被钦点为主事了。来到考场上，发现张济宇蜷缩在一角，连笔也提不起了，文章比第一次还差。

元宙不由得摇摇头，心想，他见的真是文魁星么？为何不给他降福还反而带来惨祸呢？如果没见到的话，没准，他早就上京赶考了，不至于在这里一考再考也考不上……

元宙想帮他，可他的文章实在拿不出手，也就没办法了。

看来，人要是不努力，神仙也帮不了呀！

（本故事改编自《魁星》）

# 崂山道士

这是很久很久以前的事了。人们传说着崂山上有很多仙人，他们过着无忧无虑的生活，使得远近好多青年都来寻访他们，拜他们为师父，希望学得法术，好过上和他们一样的神仙日子。

这个传说也传到了王七的耳朵里。这个王七，是崂山山脚下即墨县人，姓王，在家排行第七，人们就叫他王七。王七家里原来出身官宦人家，自然是书香子弟。不过，奇怪的是王七从小不喜欢念书，更不喜欢当官，反而被传说中的神仙迷住了。什么玉皇大帝呀，元始天尊呀，吕洞宾呀，他都羡慕得不得了，整天就想着去那里修仙学道。王七听说崂山有神仙，便告别了妻子家人，带上行李，去崂山找神仙。

崂山山高林密、风景优美，的确是修身养性的好地方。王七几经辛苦上到山顶，在一个僻静的山坳处找到一座道观。道观香火不多，但肃穆得使人敬畏。

王七进入道观，在廊下看见一个白发垂肩、神采奕奕、十分有气度的老道士在蒲团上闭目凝神打坐。听见有人进来，他微微张目，含笑点头，但却不说话。王七见状，知道他是有道行的人，便连忙上前行礼，向他请教修仙之道。

道士反问道："神仙是可以修炼的吗？"

王七说："古人说，山不在高，有仙则灵，可见神仙是有的，您老不也是在这里修炼吗？"道士摇了摇头，没有说话。

王七又说："我不辞辛劳，来到贵山，就是拜师求道来的，请收下我做徒弟吧！"

道士看了看王七，又摇头说："求道可不是简单的事，必须吃得苦、耐得劳，专心致志才可入门。看你娇生惯养，恐怕你会受不住而打退堂鼓，半途而废。"

王七不以为然，说道："吃苦嘛，这容易。我既然要专心求道，就不怕吃苦的，您就收下我吧！"

十八、寓言童话

道士见他这样说，便收留了他。

道士有很多徒弟，傍晚时，这些徒弟收工回来。道士叫王七和他们行礼，互通姓名，并安排王七住宿。就这样，王七以为从此可以一心学道了。

第二天，天刚刚蒙蒙亮。道观的钟声一响，徒弟们纷纷爬起来，带齐上山开工的工具，准备上山。道士叫王七过来，给他一把斧子，吩咐他说："从今天起，你先锻炼锻炼筋骨，强壮身体，有了强壮的身子才可以学其他。现在，你跟师兄们上山砍柴去吧。"

王七接过斧子，跟随师兄们上山砍柴。

王七在家里是一个书生，整天不是读书就是写字，哪里干过什么粗重活，现在要挥刀砍柴，可真不容易。每当傍晚收工，他挑着比每个师兄都少的柴担子跟跟跄跄回到观里时，腰酸背痛，身子骨像散了架似的。虽然辛苦，但是，王七求仙心切，他咬着牙挺着。就这样过了一个多月，王七的手脚都磨出了厚厚的茧子。

辛苦一点王七还挺得住，使他不满的是挨了两三个月都只是砍柴、挑水、做工，师父却没有向他传道的动静。他想，苦挨不用说，学道的消息一点也没有，何时是头啊？王七想打退堂鼓了。

一天晚上，王七准备去找师父，向他提出要回家。他来到大殿前，看见师父陪着两位客人在喝酒。桌上虽然没有山珍海味，但也摆放着很多菜肴。

他们三人杯盘交错喝得正欢时，天黑了，客人叫点灯。师父摆摆手，叫大师兄取来剪刀和白纸，把白纸剪成一个圆圈，教大师兄粘在墙上。在旁边侍候的徒弟们，一个个不知道师父想干什么。当大师兄刚把白圆圈粘好，突然，一道明亮的白光，霎时照遍了殿内殿外，就像一轮明月挂在当中，月光是那么皎洁，那么柔和。徒弟们都欢呼起来：好一轮明月！

王七从来没有见过这种奇迹，一下子看呆了。

人们正欣赏着明月，一位客人说："这样的良辰美景，独乐不如众乐，为什么不同大家一起喝酒呢？"师父笑笑，客人便招呼众徒弟来到桌前，从桌上拿起一个小酒壶交给大师兄，要大师兄替每个人都斟上一杯酒，让大家尽情地喝。

王七分到一杯酒。他慢慢喝着，眼睛却盯着那小酒壶，看看是不是每个人都分到酒。可奇怪了，小酒壶中的酒，不但让每个人都能喝到，而且是喝了又斟，斟了又喝，壶中的酒却不见少，仍然是满满的，就好像不曾斟过似的。

王七十分惊讶，小酒壶哪来这么多的酒？

这时，另一个客人说："多谢道长在墙上挂了个月亮，使我们在月下喝酒，又让我们尽情地喝，不过，我们这样喝酒，是不是太冷清了？照我看，嫦娥在月亮里看我们喝酒，她会觉得寂寞的，倒不如请她下来，为我们表演歌舞，大家同乐好不好？"不待大家回答，他便拿起一根筷子朝墙壁上的月亮抛过去。

大家瞪大眼睛看着，只见从月亮中走下一位美丽的少女，大概这就是嫦娥了。开始，嫦娥不过一尺高，落到地上就和常人一般大小。她生得身材窈窕、长颈细腰；她轻舒长袖，步履轻盈，一边舞，一边唱。

歌声清脆悠扬，王七听得如醉如痴。

唱完歌，她轻盈地跳上桌子，众人还痴痴地望着她。她却一个急速旋转，一下子倒在桌上。人们急忙看时，哪里还有什么嫦娥仙子，桌上只有一根筷子。师父和客人都哈哈大笑，徒弟也都齐声笑了。

夜深了，酒也喝足了。客人说："今晚我们玩得痛快，喝得痛快，我们该走了，你们到月宫为我们送行吧！"不等众人发问，师父和那两个客人已经端坐在月中，正举杯话别呢。人们发现，月亮中的人，胡须、眉毛都看得清清楚楚，就像看镜子似的。

王七非常惊奇：人怎么能走进月亮中？再看时，月亮渐渐变淡了，月色越来越暗，不一会儿就完全消失了，周围又是一片黑暗。大师兄从外面点着

蜡烛进来。在烛光下,只见师父一人仍坐在屋子里,桌上杯盘狼藉,墙上也没有月亮,只有那个纸剪的白圆圈还粘在那里。

"你们都喝够了吗?"师父问。

"喝够了,也喝醉了。"徒弟们回答。

"喝够了就好,时候不早了,大家回去好好休息,别耽误了明天砍柴。"

王七亲眼看到这一切,又兴奋,又羡慕。他想,要是我能学到法术,不也成了神仙了吗?要学,一定要学!他便打消了回家的念头。

日子就这样一天天过去,王七照样上山砍柴,照样腰酸背痛,师父仍然没有教他学法术。王七又失望了。

这回王七下决心回家了。

王七向师父告辞。他对师父说:"我远道而来,诚心拜在师父门下做徒弟,是想求仙学道。想不到几个月来,每天早出晚归,就只是砍柴打草。我在家却从来没有这样干过,太辛苦了,让我回家吧。"

师父说:"我原先就说过,你是受不了修道的苦的,既然你想回家,那么,明天你就下山回家吧。"

王七不甘心自己受苦受累了几个月,什么也没有学到,实在太冤枉了。于是对师父说:"师父,看在我在这里劳碌了几个月的份上,好歹你教我一点小法术吧。"

"你想学什么法术呢?"师父爽快地问。

王七沉思一下,说:"我平日见师父穿墙过壁,好像没有什么东西拦阻,你就教我穿墙法吧。"

师父说:"可以。"于是把穿墙的咒语教给他,又让他复述一遍,然后说:"你念着咒语,穿过墙去。"

王七念着咒语,走向墙壁,可是走到墙壁前却一下停住了。面对坚硬的墙壁,他不敢冲过去。

师父说:"你别怕,大胆些,再试试看。"

王七壮着胆,走近墙壁,还是不敢穿过去,他又胆怯了。

师父高声喝道:"低下头,一下子冲过去,不能犹豫,更不能后退,冲!"

王七只得横下心来,念着咒语,倒退几步,闭着双眼,一头向壁上冲去。

奇怪,王七觉得前面空空的,什么也没有,睁开眼一看,啊!他已经穿过墙了。

王七大喜,慌忙进屋向师父道谢。

师父告诉他:"回家之后,要洁身自好,去掉邪念,做一个心地光明的人。如果你心术不正,这法术就不灵了。"

第二天,师父给了他一些路费,王七拜别了师父,就下山回家了。

王七回到家里,却把师父的教诲忘得一干二净。他洋洋得意地见人就自

吹自擂，说自己遇到了仙人，学会了穿墙法，哪怕最坚硬的墙壁也休想阻挡他。

王七的妻子不相信。

王七说："你不信？我穿过去给你看。"

王七拉着妻子来到一堵墙壁前。他让妻子站在一旁，看他作法穿墙。只见他念动咒语，低着头，闭着眼，猛地朝墙壁冲过去。只听到"砰"的一声，脑袋撞在墙上，人没有冲过去，一下子撞倒在地。他妻子急忙上前，把他扶起来一看，他的额头肿了一个大疙瘩，足足有一个鸡蛋那么大。妻子心疼他，却又忍不住大笑起来。

王七又羞又恨，大骂那道士："鬼道士，你安的什么心！"

人们听说这件事，都放声大笑。人们不只是笑王七，也笑那些像王七一样不愿付出辛勤劳动、总想拣得大便宜的人。

（本故事改编自《崂山道士》）

# 神奇的赌符

"快走呀!快走呀!大佛寺里开赌了!"
"要想发大财的就快去吧,有人已赢了大把大把的钱,成了百万富翁了。"
"大佛寺开赌了,去晚了就来不及了!"

随着叫喊声,一群群想发横财的人都你推着我、我拥着你一窝蜂地涌向大佛寺,大佛寺都快挤爆了。

大佛寺究竟怎么了?不供佛了,不上香了,那还叫什么佛寺啊!

大佛寺坐落在淄川城外,里面供奉着一位大佛。传说这大佛是有求必应,可灵验了。每逢斋戒、佛诞的日子,那些善男信女从四面八方赶来上香,香火可盛呢。可人们没想到,有一年,不知道从哪里来了一个胖和尚。他初来时还能念念经、打打坐,后来,赶走了主持,自己当了起来。胖和尚独霸寺院后,就设摊开赌,专门以掷骰子赌输赢。赌局一开,佛寺就乱了套。正经的和尚改投别的佛寺,少数留下的也都成了赌徒。

佛寺成了赌场,信佛上香的人都不来了,来的大多是参加赌博的,也有少数是来看热闹的,有一些则是输光了本钱只好站在一旁看别人赌的。那些还有本钱的,赌兴正浓的,全都围着牌桌,睁着眼睛,呼幺喝六地大声地叫嚷。他们饭也不吃,觉也不睡,白天赌、夜间赌,夜以继日,赌红了眼,直到口干舌燥、精疲力竭、神魂颠倒,好像玩命似的。

有一个赌徒,本来是个正派的生意人,家里也有点积蓄,但他有个毛病,就是好赌。他听说大佛寺开赌,连生意也不做了,带上一笔钱就来赌博了。初时还有输有赢,到了后来,却是只有输,没有赢,带去的钱转眼输得精光。他不服气,自言自语说:"我不信只有我是净输不赢,没有这个道理。"他抱着一定会赢的心理回到家中,翻箱倒柜,把家中所有的钱都带到赌场,尽情地赌,不料却越赌越输,越输他就越想赌,就越不服气。他铁了心,不听家人的劝阻,变卖了家产,再一次来到赌场。

这一次,他稍微谨慎一些,赌注下得不大,没想到却赢了。他高兴地对别的赌徒说:"我说呢,哪里有只输不赢的。"有人劝他:"你既然赢了,就

收手吧。"那赌徒说:"收手?我才不会收手,我不捞回一大把,我就不收手。"他又下注了。这次下的赌注更大了,把刚刚赢来的钱也一起投下去。他圆睁着眼看住赌局,当庄家,就是那个胖和尚喊声"开"时,赌徒们全都注视着那两只骨碌碌不停转动的骰子。"停!"随着喊声骰子不动了,那赌徒定睛一看,顿时呆了:"完了!全完了!"

他又输了,输得精光。

赌徒更不服气了,他还想赌。可是,他摸摸钱袋,钱袋全空了。

赌徒输得精光,垂头丧气地走出大佛寺。他跌跌撞撞不分东西南北地走着,不知不觉来到了天齐庙。

天齐庙庙宇庄严堂皇,门前有两棵参天大柏树。那赌徒一头撞到柏树上,摸着头望了一下柏树,叹着气说:"我落到这个地步,全是咎由自取,没什么好说的,我不如在这里吊死了吧。"他解开腰带,挂在树枝上,准备上吊。

这时,有一位道士从庙中走出来。这个道士姓韩,他很有修养,道行很深,常会变些小戏法,帮助穷苦的乡人。乡人很喜欢他,他变戏法帮助人的故事也慢慢流传开来。有一个传说,说他有一次和一个乡民从郊外一起进城,半路上他要去会见一个朋友,便把自己城里住房的钥匙给那乡民,要他先开门进去休息,他自己迟一点回来。哪里想到,那乡民到了他的住房,开门一看,韩道士早已在住房里喝茶了。韩道士这种小戏法有很多,人们传来传去,都称他为"神仙"。

韩道士刚走出天齐庙门，猛然间看见一个人准备上吊，急忙走过去，一把扯住那人的衣袖，仔细一看，认出是那个赌徒。韩道士顿时明白了。他对赌徒说："你一定又是输了个精光吧？"那赌徒被韩道士扯住，上吊不成，就坐在地上，用手拍打着自己的头，唉声叹气地说："唉，我全都输光了，我不想活了呀！"赌徒又伤心、又悔恨地哭着说："唉！是我对不起我的家人。我没有脸面见人。呜呜呜，我，我上吊死了算了。"

韩道士见赌徒这个可怜的样子，又好气，又好笑。便对他说："你呀！你倒想得好，你以为你一死就可以一了百了了。你的老婆呢，孩子呢，谁来养活他们？你也想他们跟你一起去死呀？"

那赌徒仍然哭着说："我输得一干二净，什么都没有了呀，呜呜呜，我不死又怎么办？我是没有法子了呀！"

韩道士见他有了悔过之心，便开解他说："法子倒是有的，只看你有没有决心去改过。你呀，没日没夜地去赌，哪里有不输的？"那赌徒低头没有话说。韩道士又接着说："人们都说，逢赌必输。你不信，现在受到报应了吧？照我说，如果你今后决心不再赌了。我可以帮你把输掉了的钱赢回来！"

那赌徒听了，立即不哭了。他一边揩着眼泪，一边抬头一看，认出是神仙韩道士。他知道韩道士会用法术帮助自己，立即跪在韩道士面前认错说："神仙，你行行好，帮我把输掉的钱赢回来，我一定洗手不干，绝不再赌了。"

韩道士见他下了决心，便说道："好吧，那我就帮你一次。不过，你一定记住，你只能赢回你所输掉了的。想多赢是不行的。你可别贪心啊！"

韩道士带赌徒走进庙里，用黄纸画了一道符，让他藏在衣服里面，又给了他一千文钱作为赌本，并一再嘱咐说："你只能赢回你所输掉的。千万千万不要贪心，更不能再赌。记住了吗？"

那赌徒接过钱和那道黄符，千恩万谢地谢过韩道士，十分兴奋，重新回到大佛寺赌场。

大佛寺的赌场依旧十分兴旺，热闹非常。赌徒们把胖和尚围得水泄不通，掷骰子的喊声一声比一声高。那个刚刚得到韩道士帮助的赌徒，拨开围在摊桌前的人，高声说："和尚，认得我吗？我又来了，和你再赌一个输赢。"众人一看，认得是那个赌徒的又来了，便让开一条缝来，让他挤到摊桌前。赌徒把一千文钱"啪"地一下甩到摊桌上，大声说："我下注！"

胖和尚一看，那赌徒只不过是一千文钱，便冷笑着说："就凭你那一点

点钱，也想来赌个输赢？"胖和尚并不把赌徒放在眼内，别的赌徒也笑那赌徒不自量力。

可那赌徒却不甘讥笑，有几分神气地说："一千文钱也是钱。我这一千文钱只作一注，输了，我没说的；赢了……"

众人起哄："赢了怎么样？"

"赢了，把赢了的也作赌注继续赌，绝不收手。"

众人大笑："好！好！好一个继续赌。这才是好样的。"

胖和尚虽然看不起这区区一千文钱的赌注，但在众人的怂恿下，他想不赌也不行，他也出一千文钱作赌注。一开始，那赌徒赢了，胖和尚赔了一千文钱。再赌，那赌徒又赢了，胖和尚赔了二千文钱。再赌，那赌徒又赢了，这一次，胖和尚赔了四千文钱。就这样，那赌徒把每次赢来的钱都作为下一次的赌注，那胖和尚都是双倍地赔。赌徒们看得起劲，全都兴奋地大喊大叫："再赌，再赌，赌注再大些，全压下去。"

赌注越下越大，胖和尚也就越赌越输。这时，轮到胖和尚输红了眼。越输越不服气。两个赌徒就这样赌下去，没过多久，那赌徒很快就把以前输掉的钱，全都赢回来了。他应该收手了。

可是，那赌徒没有收手。他并没有忘记韩道士说的"赢回了过去输掉的就收手"的话，可他心里想：反正只赌这一回了，多赢一点不更好吗？只要那赌符在我身上，我只有赢，不会输。

再说，只要那赌徒稍一犹豫，胖和尚马上气势汹汹地说："怎么，赢了就想不赌了？没有这个道理。不行！"

众赌徒只想看热闹，也起哄着说："赢了就不赌，不行。快下注！快下注！"

那赌徒一赌气，也就继续下注。不过，他多了一个小心眼，下的注少多了。众人有点不满，但赌场的规矩是：下注大小都是可以的，不能强迫人下多少。只是下少了，看的人就有点不过瘾。

那赌徒赌注虽然下少了，仍然输了。再赌，还是输。这一下轮到那赌徒每赌必输了。他奇怪地想：难道韩道士的赌符不灵了。他连忙一摸衣袋，不觉惊出一身冷汗，不好，赌符不见了。他一下子回想起韩道士的话，赶紧收手，说什么也不敢赌了。那胖和尚见赢回了几注，面子有了，也不在乎了。这场豪赌就此收场。

那赌徒揣着赢回来的钱，回到天齐庙。见到韩道士，先还给韩道士一千文钱的本钱，把剩下的又仔细数数，他不禁笑了。原来剩下的钱，刚好是他先前输掉的。

那赌徒对韩道士行了一礼，不好意思地说："韩道长，对不起，我把你的赌符弄丢了。没有办法还给你了。"

韩道士哈哈大笑说："你不用说对不起。谁叫你贪心，不听我嘱咐你的话。你不听我的话，那赌符也不会照顾你的。你看！"韩道士把手摊开，那张赌符还在韩道士的手中。

那赌徒摸着头，不好意思地笑了。

过了不久，胖和尚的赌场被官府查封了，本人也进了大牢。赌徒从此戒了赌，本本分分过日子，日子越来越好。

（本故事改编自《赌符》）

# 长翅膀的牛

从前,有这么一个人,特别相信梦里发生的事,认为梦都是个预兆,一定会变成真的。

这天,他去赶集,看上了一头牛。这头牛膘肥体壮、力大无比,于是,他赶紧把牛买下。

他把牛带回家里,这牛无论是耕地犁田,还是拉车运货,果然都抵得上两三头牛。邻里都赞不绝口,他也非常得意,庆幸自己有眼力,一眼就看中了它。他想,以后发家致富,有这么一头壮牛,就不用愁了。

可是,有一天晚上,他做了个梦,梦见自己正赶着这头令自己得意的牛,那牛的背上,竟然生出两只翅膀。牛愈走愈快,拍拍翅膀,一下子便飞了起来,他怎么追,也追不上了。

一惊,他便醒了过来。

连忙到牛栏里看看,只见牛好好的,没有飞走。

可是，他回到床上，就怎么也睡不着了。

这梦实在是不祥之兆，虽说牛不可能长翅膀飞走，但是，弄不好，这牛也会丢失掉，保不住的，不如及早把它卖掉了好。

第二天一早，他就把这头膘肥体壮的牛牵到集市上去卖掉。

邻里觉得好奇怪，早些日子还对这牛赞不绝口，今天又怎么舍得把它卖掉，而且是贱卖呢？实在是太可惜了。

把牛卖掉后，他心里一块大石头总算落了地。他用头巾把卖牛的钱裹好，缠挽在胳膊上，轻松愉快地往回走。

走到半路上，只见一只鹰从天上俯冲而下，扑中了一只正在飞快逃命的兔子。那鹰之迅猛、准确，劲头之大，令他惊叹不已。

在鹰啄食兔子的时候，他走上前去，谁知，这鹰一点也不怕人，见他走近，仍头也不抬。显然，这是别人驯服了的猎鹰。

一头猎鹰可值钱哪，刚才卖牛赔了那么多钱，这下子可以扳回本了！

于是他走上前，抓住了这只鹰，又用头巾的另一头绑住了鹰的两只腿，连鹰带钱，都挽在了胳膊上，兴冲冲地往家走。

谁知，别看猎鹰个头不大，可力气不小。它不住地扑腾、挣扎，拼命想飞走，他一下子没抓稳，竟让这鹰脱了手，连带头巾一道飞到了天上。头巾里包的卖牛钱也一同给带走了。

这回，才真正应了梦中的预兆，牛化作钱，跟长翅膀的鹰飞走了。

不过，如果他不信梦，或者不贪小便宜，那又怎么会有这么大的损失呢？

（本故事改编自《牛飞》）

## 不用量斗的人家

"落冰雹啰!"

"落冰雹啰,快躲吧!"随着阵阵的沙沙沙、扑扑扑的风声和雨声,鸡蛋大小的冰雹夹着暴风骤雨铺天盖地地落下来。霎时间,瓦面被砸穿了,屋子漏水了,路上坑坑洼洼全都是大大小小的冰粒子。这些冰粒子在地面滚来滚去,一会儿全化成水,地面也变成了水塘。

这会儿,所有的人都早已找到能躲避冰雹的地方躲了起来。只有一个人,他是一个商人,遇上这种天气,望着灰蒙蒙的大道,在暴风骤雨中,不知所措地向前方急赶。他要找一个能够躲避风雨的地方。

他紧赶慢走地走着,忽然发现前方左边的水田中央有一小块隆起的高地,上面有一间小茅屋。他精神一振,三步并作两步走地冲向高地,进入茅屋。

茅屋很小,有一张木床及几张小凳子。这是农人平日放置农具的地方,又或者是午饭后、休工时歇息的地方。这时,屋中没有人,商人不顾一切冲

了进去。他还没有卸下背上的包袱，就听见有人说："这里是张不量家的田地，我们不该损坏他家的庄稼。"接着还听见有人应道："对，是张不量家的，我们走吧。"

商人四面环顾，都不见人。他又向屋顶望，可低矮的茅草屋顶根本就藏不住人。商人心想，这就奇了，听见有人说话，却又见不到人。商人又寻思，那姓张的既然叫"不良"，不良的人都是神憎鬼厌的，为什么还要保护他家的庄稼呢？那商人是百思不解。

冰雹来得快，去得也快。也不过就是那么一阵子，雨停了，风也不刮了，冰雹当然也下不了。商人走出茅屋。他向四野一看，不禁"啊呀"地叫了起来："奇怪，太奇怪了！"

商人看见了什么？原来，他看见，成片成片田里的庄稼，全给冰雹打得杆折叶落，还没熟透的玉米苞全都折断掉在田里，在泥水中泡浸着。只有茅屋旁边的一片玉米枝干挺立，玉米苞仍然挂在茎秆上，就连叶子也好好地长着，没有掉下一片。商人想：这大概就是张不良的庄稼了。

为什么会这么奇怪？商人太想弄明白这件怪事了。于是，他便背起包袱赶到前面的村庄里，打听打听这个张不良是个怎样的人。

冰雹一停下，风雨止了。村里的人都赶忙到自己的田里，去收拾被冰雹打坏了的庄稼。妇女、小孩全都下到田里，扶起被风吹折的庄稼苗的枝秆，捡拾玉米苞。田里可热闹了，而村子里却是悄然无声。

商人在村子里转了一圈，才找到一个老头子。这老头子正在村前张望着，时时皱皱眉头，估计是打量着这场冰雹损坏了多少庄稼、造成多大损失。

商人走到老头子面前，向他行礼，并问道："老人家，你们村里有叫张不良的人吗？"

"张不良？"老头子听了觉得奇怪。他想了想后便摇头表示："张不良？我没听说这个名字，村子里也没有这个人。你找这个人或许不是这个村子里的吧，你为什么找他？"

商人便把在茅屋里听到的话，告诉了老头子，并说："他既然叫不良，就是为人不良。这个人当然不是好人了，那为什么还要保护他的庄稼，不受损失呢？不信，你到田里看看。"

"这……"老头子更奇怪了："你说的是真的吗？"老头子不大相信商人的话。

商人说："这当然是真的，我亲眼看见的。"商人一把拉住老头子的手，一起走到茅屋边，还没有到达，远处就有人朝他们喊："老爷子，我们的庄稼都给冰雹打坏了,就只有张不量家的庄稼还长得好好的。"

老头子一听,立刻领悟了。他和商人一起走到田边,那正是张不量家的田。果然这片田里的庄稼不但没有刮到,反而挺立得好好的。老头子转身对商人说:"你是说这片田吗?这是张不量家的,这里没有张不良呀!"

"张不量?张不良?"商人嘴里反复念着,到底是不量还是不良?他实在弄不清楚,只是怔怔地望着老头子。

老头子知道商人没有弄清楚不量和不良的分别,便笑着说:"我们这个张不量的量字是重量的量,并不是你说的为人不良的良呀。"

商人还是不明白,又是重量,又是为人不良?怎么搞在一起了。这时,老头子拍拍商人的肩膀说:"你不知道张不量这个名字的由来,自然弄不清楚了。"

于是,老头子告诉商人:

张不量原来并不叫这个名字。至于他的真名字叫什么,很多人,尤其是青年都不知道,或者记不起了。

这个张不量家里很有钱,田也多,收获当然不少。我们这里每逢到了春夏之交、青黄不接时,很多人家都缺少粮食。他们又没有钱去买,怎么办呢?幸好张不量家的粮食多得吃不完。他为人十分慷慨,便把多余的粮食借给大家。既然是借,总得要归还的吧?这张不量倒好,你要多少他借给你多少,从不拒绝。到归还时,他也不用量斗来计算,就是说他从来不量的。借的时候不量,还的时候也不量,就是这样,村里的人都叫他"不量"了,他姓张,也就叫张不量。

商人听了老头子的话,才恍然大悟,不禁拍手叫好:"好一个张不量!"

(本故事改编自《张不量》)

# 十九、诺言的童话

私心的代价　　　　　　　　　　　　（《牛瘟》）
隐身术　　　　　　　　　　　　　　（《单道士》）
前世是"饿鬼"　　　　　　　　　　（《饿鬼》）
一念之差　　　　　　　　　　　　　（《河间生》）

## 私心的代价

天气实在是太热了,动一动就汗流浃背,连在蒙山上也是这样。

陈华封走出家门,索性躺在野外的大树下纳凉。正是热得昏头昏脑的时候,忽然看见有一个人风尘仆仆奔波而来,分明赶了很远的路。说也怪,大热天的,这人竟还头戴着一个围领。一见到有树荫,那人便三步并作两步跑来,扒开树底下的乱石坐下,不住地挥着扇子,只是那汗水像河水一样流个不停。

陈华封坐了起来,笑着说:"你呀,要是摘下围领,不扇扇子,也一样能纳凉。"客人连连摇头,说:"这万万使不得,脱下来容易,可再戴上去就难了。"说得陈华封丈二和尚摸不着头脑。

客人赶紧岔开话题。他谈吐不凡,颇有涵养,也很风趣,见识不少。说着说着,他便忍不住说:"这个时候我没别的什么愿望,只愿有一坛冰凉的佳酿美酒,又清凉又香甜,入口穿喉,盈胸过腹,如古人说的,'度下十二重楼',这暑气就可以消除掉一半了。"

陈华封与他聊得投机,不由得笑着说:"这个愿望实在是太容易实现了,我愿意为你效劳。"

他拉起了客人的手,热情地说:"我家离这里不是太远,请你略微绕道,上我家做客。"

客人欣然答应了。

到了陈华封家,陈华封从深深的石洞里取出了多年的收藏。石洞里温度低,酒取出来,冷得牙齿都打战。客人高兴极了,举手间,竟喝下了十盅,不知不觉已是黄昏,天上忽然淅淅沥沥下起雨来。

陈华封连忙点上了灯,灯光照得室内通明。这时,客人才摘下围领,与他攀谈起来。交谈中,陈华封发现客人脑后,不时漏出灯光来,不由得心生怀疑。没多久,客人已喝得酩酊大醉,倒在床上睡着了。陈华封提灯偷偷一看,只见客人耳朵后边有一个小洞。从小洞里看进去,可以看见有几层厚膜

间隔着,就像窗棂一样。在厚膜的外边,有层软软的皮似垂帘一样遮蔽着,洞里边似乎空空如也。陈华封很惊愕,他悄悄抽下一根头簪,拨开那厚膜窥看,突然有一只像小牛一样的怪物窜了出来,从他的手边飞了出去,破窗而逃。

陈华封吓坏了,手停在半空一动不敢动。

他正想转身走开,客人却已醒了,客人吃惊地说:"你一定偷看了我的隐秘!把牛瘟放了出来,这可是闯下大祸了,该怎么办?"

原来,这牛瘟是专门散播牛瘟的怪物,被他收在里面。

陈华封这才想起在大树底下,客人为何不肯轻易摘下围领。他吓坏了,连忙跪下来,叩拜并问原因。

客人叹了一口气,说:"今天已闹到这般田地,我还有什么可隐瞒的呢?不如老实告诉你好了。我是六畜的瘟神。刚才你所放出来的是散布牛瘟的怪物,它一出去,恐怕这百里之内,牛都要死光,连种也留不下来了。"

陈华封本就是以养牛为生的,听他这么一说,恐惧万分,又连连叩头跪拜,请他说出解救的办法。

客人只好说:"就是我本人都难辞其咎,罪不可恕,哪还有什么解救的办法呢?只有苦参散治牛瘟才最有效,你务必广泛地传播这个秘方,千万不要有私心杂念,否则,便完了。"

说完，客人起身，道谢告辞了。

客人临出门时，又抓了一把土，堆在壁上的神龛里边，说："治牛瘟时用一小盆这个土也一样有效。"

他向陈华封一拱手，便消失不见了。

过了没几天，牛果然生起病来，远远近近，都告起急来，牛瘟大发作了！

这时，陈华封见大家四处求药，却医治无方，眼看着牛一批又一批地倒下、死去。他心想，只有我一个人有治牛的药方，如果我垄断了这一专利，以后，只剩下我家有牛，这牛价便会大大飙升我便可以发达了，就可以成为"牛王"独霸一方了。

于是，他对药方守口如瓶，只把药方告诉了自己的亲弟弟。他弟弟用苦参散去治牛瘟，果然立竿见影，非常灵验。

见到弟弟一用就灵，陈华封自己也用起了苦参散。谁知道，一服药下去，没效；十服药下去，也一样无效。很快，他家几十头牛陆续死掉了。最后，除了几头老母牛外，他喂养的牛，全都死光了。而那几头老母牛，也病恹恹的，歪歪倒倒，恐怕也挨不了几天了。

这时，他才想起客人的话：千万不可以有私心杂念。不由得懊悔万分，不知怎么才好。

他赶紧把药方广告所有人。别人用了，果然都有效。可他自己用，还是一样无效——他无能为力了，他想，这一定是神仙对自己私心杂念的一次无情的惩罚。

他想起客人临走时抓到神龛上的那一把土，他想也未必有效，姑且一试。

于是，他到龛中撮上一小盒土，撒到喂老母牛的饲料当中。

谁知，这回立竿见影，病恹恹的老母牛一下子精神起来，什么病也没有了。

陈华封这才明白，自己过去用药不灵，是神灵惩罚他私心杂念太重了。

由于保住了老母牛，以后几年，不断有小牛犊降生，渐渐地，他家牛群又恢复到了见到客人之前的规模了，他家总算恢复了元气。

（本故事改编自《牛瘟》）

# 隐 身 术

有善变戏法的道士么？道士的本事，大家是知道的。他会卜凶吉不假，可主要是奉守道教经典规诫，而且熟悉各种斋醮祭祷仪式，一变上戏法，那不都成了假的么？那还叫什么道士呢？

却偏偏有这样的道士，而且，叫单道士。等等，善道士？就是善变戏法的道士么？

这就错了，他姓单，发音是"善"，而不是简单的"单"，是单道士而非善道士。

只是，他做道士的宗旨，还是离不开善。

话不扯远了。话说淄川，有一个世家子弟，叫胡公子。一说世家子弟，大家马上就会把他们与纨绔子弟联系在一起，无非是饱食终日、吊儿郎当、不务正业，专干吃喝嫖赌等不正当的勾当；名气一点也不好，家里有点权势，有点钱财，便可以胡作非为……

这胡公子，也八九不离十。

听闻单道士会变戏法，这胡公子兴趣就来了，想尽办法，要把单道士请到家中，奉为座上宾客。

想想看，客人中有一位善变戏法的道士，他胡公子就可以炫耀一番了。

这单道士倒也不拘礼节，说来就来，说去就去。这道士，本就是另一个世界中人。

这天，胡公子又请来了单道士。而胡家大宅里，此刻已高朋满座，有官宦弟子，也有富家公子，都是一些有身份的人。一时间，呼朋引类、觥筹交错、吆三喝四，要有多热闹就有多热闹。

那单道士也不在意，偶尔还与人搭讪上几句，而后，独自斟上一壶茶，细细地品味起来，很有仙风道骨。

只是片刻之间，他就不见了。分明刚刚还坐在那儿，怎么就不见了呢？大家四下里寻，哪儿还有道士影子？

嗨，他不是有隐身法，便就有遁身术，这本事大了去了。大家都啧啧

## 十九、诺言的童话

称奇。

又一回，胡公子又约了一帮狐朋狗友去春游，开始怕单道士不来，没想到，半路上却遇上了。胡公子一开口，他也没推托，一跳，就上了马车，与来人有说有笑，直奔春明景灿、花团锦簇的郊外。

可走着走着，这单道士又不见了。刚刚分明还在马车上，怎么刹那间就不见影了。

这下子，单道士能隐身的本事，更让所有人佩服得不得了。

这样的事情发生了好几次，胡公子终于动了心，这可是真本事呀！

单道士每每解释，我是临时有了急事才闪开的，只是你们没留意罢了。可怎么解释，胡公子都不信。

末了，胡公子只好摊牌了："我待你不薄，每每尊你为座上宾，你呢，也该有所回报才是，我不要你教我更多的法术，只要学一样，那就是怎么可以在众人面前隐身，不让人看得到，这就够了。"

单道士还是摇头。

胡公子知道他不吃硬的，便来软的，恳切地哀求道："别看我平日风风光光，要什么有什么，可自己身上，一点本领也没有，教人瞧不起。只要你教我会上这一招，我也不枉此生了。"

但胡公子怎么反复恳求，只差没跪下磕头了——真要他磕头，他也会磕的，可单道士还是不答应。

末了，单道士向天长叹一声，说："不是我不愿意把这个本事传授给你，我们毕竟已多年深交了。只是，我一直担心，一旦传给了你，就会败坏了我们的道术，会这行的，是不可以存有非分之想的。这样的道术，只能给道德崇高、为人正直的君子，才不会出问题。不然，给了一个心术不正的，看见别人的金银财宝，便隐身去窃取……"

胡公子连连摇头："我家财万贯，怎么会干这种下作的事呢……"

单道士忙说："这种事，胡公子还不至于去做，这我相信，可是，别的事，我可不敢保证了。"

"还有什么事？"

"你嗜名画为命，万一你看上一幅古字画，又动了心……"

"我会倾家荡产去买。"

"这我也相信。"

"那你还有什么可担心的呢？"

"也有用钱买不到的。"

"你说。"

"你风流成性,好追逐美女,这没错吧。"

"爱美之心,人皆有之,何错所在?"

"这就是了,假如胡公子遇上一位绝色的女子,又苦苦追求不到,却没法打消主意,你会怎么办?"

"这个……"

"要是你学了我这法术,会不会隐身进入她的闺房,你敢说不会吗?"

"这个……"胡公子语塞了。

"所以,这一条,你保证不了,我怎么敢把隐身术传给你呢?"

一番话,说得胡公子脸上一阵红一阵白,他想否认,却又否认不了……

说话间,单道士就不见了。他显然不愿意被胡公子纠缠不休。

这胡公子达不到目的,纨绔公子的本色便显示出来了,立即就恼羞成怒了。

平日,他颐指气使,想得到什么就会有什么,从来就没有被拒绝过,哪咽得下这一口气。

非要把这个自以为是的单道士狠狠整上一番才解气。

于是,他找来了仆人,暗中商量如何把这来无影去无踪的单道士狠揍一顿。

"抓不住他,怎么揍?"仆人疑惑道。

胡公子还是有几分聪明,认为:"他不是隐了身么?只是我们看不到罢了,可他那身形还在,走到哪,只要让他现出脚印,我们就能抓住他,往死里打……"两人一合计,便做了一个局。

胡公子想,你隐身,无非是左道旁门的邪术,但脚踩在地上,总得留下印痕。那好,平地看不出脚印,可我可以在麦场上撒满糠灰,脚一落上去,灰上边就会有脚印了,看你那里逃?脚印在哪,就打到哪,绝不会落空,你本事再大,也逃不出我的算计。你显摆什么?这回,非丢尽你的脸,打断你的腿不可!

单道士自然不知道这个局。

这天,胡公子又亲自去请单道士,而后,把单道士骗到了已经撒满糠灰的麦场上。

胡公子走在头里,单道士没跟上,不防后边有人扬起了长长的牛鞭,不分三七二十一就往他身上抽,一时间,痛彻心脾。

单道士赶紧隐了身,心想,只要后边追打的人看不见他,鞭子就不会落

## 十九、诺言的童话

到身上了。

可是，单道士人不见了，麦场上却出现了他的脚印，使牛鞭的人就追着脚印抽打，一下一下，全落在实处，单道士照旧逃不脱。

好在单道士也还机智，索性在脚印上绕来绕去，绕得几个回合，麦场上的脚印也就乱了，这一来，鞭子也打乱了，不是每下都落在实处，而后，什么也打不着了。

单道士也就此脱了身。他照旧去追胡公子。

胡公子刚回到胡家大宅，单道士随后也就赶到了。

胡公子装作什么也不知道，照老样子，显得很热情，迎接单道士："今天，我们来饱吃一顿，我让厨房里备了一席好菜。"说罢，便上了厨房吩咐去了。

他走开后，单道士对仆人说："平日，都是你们招待的我，今天，该我请你们了。"仆人们不解，问："为什么？"

单道士说："有人想加害于我，刚才路上，我差点吃了大亏，看来往后我再也不能待在这个地方，应该远走高飞了。"

他两手空空，用什么请客？大家好生奇怪。

可话声刚落，他的一只手便往另一只手的袖子里掏去，就像变戏法一样，片刻间，就拿出一瓶酒来。酒香可冲鼻子啦！再一会儿，他又拿出了一盘菜，更是香喷喷的。

接着,他更接连不断地从衣袖里拿出酒和菜来,放下一样,又再去拿,让仆人们看得眼花缭乱,没一会儿,桌子上便摆满了。

单道士很客气地说:"各位,请一一入席,算是我答谢你们这么些年对我的关照啦。"

仆人们也不客气。一个个喝得天旋地转,吃得连连打嗝,都弯不下腰了。末了,纷纷倒下去,睡到桌子底下去了。

这时,单道士又慢条斯理地把桌子上的酒瓶、茶碟一一又收回到袖子里了。

一位没喝醉的仆人跑到里面,给胡公子说了这一件事。胡公子这才又急急地走了出来。

他心中有鬼,却佯装清白,显得很是高兴地说:"我刚走开一会,没想到你又露了一手,让我错过了。你是不是再来一回,也让我开开眼界。"

单道士不动声色,只说:"好哇。"

说罢,他就在胡家大宅的一面墙上画了起来,是一面城墙,城墙当中,又画了一个城门,很是逼真。而后,他奋力地用手一推,城门顿时便打开了。里边还有人来来往往,熙熙攘攘的,颇为繁华呢。

## 十九、诺言的童话

他收拾一下搭在椅背上的衣服,再与随身的用品一道,全扔进了城门里。这才回过头来,简简单单地说了三个字:"我去矣!"就那么纵身一跃,跳进了城门里。城门立刻就又关上了。

单道士从此无影无踪了。他就以这种方式,宣布了与居心不良的胡公子决裂。

胡公子惊得出了一身冷汗。再去推城门,却已是画在墙上的几笔,怎么算是门呢?

从此,胡公子再也无缘见单道士了。

不过,过了好些年,他还是打听到了单道士的消息。

听说他去了青州,专门教小孩子在掌心上画一个黑黑的墨圈,一遇到人,便把掌心往那人抛去,无论向什么地方抛,抑或脸上,抑或衣服上,那圆圈都从手心飞脱而去,落在上面留下黑印,再也洗不去了。

胡公子闻讯,又吓出了一身冷汗。

他想但愿不会再遇上单道士了,不然,脸上给印下了一个大黑圈,活似犯人,这辈子怎么再见人呀!

他就这么提心吊胆过了一辈子,也算活该!

(本故事改编自《单道士》)

## 前世是"饿鬼"

山东,对!又是山东。有那么两个出名的人物。

先说第一个吧,人家叫他朱老头。年轻的时候,他带着妻子在市区里住,做点鸡零狗碎的小买卖,被人瞧不起。年纪大了,有了叶落归根的想法,便又回到了乡下。

那些开口便是"子乎者也"的文人,自然很鄙视他,把他当作茶余饭后闲聊、讥讽的对象。好在朱老头也不介意,人就一辈子,干吗非要出人头地呢?只要不愧对自己的就行。所以,他特别注重自己的操行,积德行善,常做好事。久而久之,大家才慢慢地对他敬重起来,见了他,也都很有礼貌地打招呼——这样一来,他也算是地方上一个有头有脸的人物了。

这天,他在街上走着,听到从一个店子传来吵吵嚷嚷的声音,他便走过去看。只见店老板怒气冲冲,对着一位衣衫破烂的人又是骂又是打、拳打脚踢,似乎都不解恨。

原来,那人在食品店里抢了东西,一口吞进肚子里了。

朱老头见那人被打得青一块、紫一块,怪可怜的,连忙制止了店老板,问:"他吃了多少钱的东西?我付!"

店老板收了钱,这才放那人走。

这样,便又引出了第二个人物了。

这个人物,也算是人物,甚至比朱老头还出名,谁都知道他叫"饿鬼"!其实,他有也名字,叫马永,只是这个人穷得叮当响,而且不思上进,经常耍无赖,像这样在店里不付钱抢东西吃的无赖举动,数都数不清了,所以,乡里人便开玩笑地叫他为"饿鬼",连他的大名也都忘了。

这位"饿鬼"三十多岁了,过了"而立之年"而未立,还一天比一天更加穷困潦倒,整天身上丝挂丝、缕挂缕,没几寸好布头。平日,他把两只手交叉起来,抱住双肩,在街上流荡,一看见有吃的,抢你没商量,真是个"饿鬼抢食"。所以,人人见了都用唾沫吐他,没把他当人看。

可这回,朱老头不仅代他付了钱,而且把他带回了家,让他洗个澡,换

十九、诺言的童话

上了一身干净衣服，于是，"饿鬼"也变得人模人样了。

末了，朱老头又送给了他几百吊钱，让他作为本钱，自己独立谋生，不要再去丢人现眼地"抢食"了。

"饿鬼"连连应诺，可一出了门，便把自己答应过朱老头的话，丢到爪哇国去了，压根儿就不想办法怎么去谋生，而是坐在家里吃现成的。他坐吃山空，那几百吊钱没多久便给他吃光了。

没钱了，怎么办，只好走老路，照旧两手交叉抱着肩头在街上游荡，看见有吃的就抢，身上的衣服也弄得又脏又臭。

这回，他的样子已不是"饿鬼抢食"而是"饿狗抢屎"，更是人见人憎了。

不过，他还有点羞耻之心，常常担心会遇上朱老头。所以，他不敢在家乡游荡，而是到了一个叫临邑的地方。

在外边"抢食"更难。到晚上，他便寄住在学宫里。学宫里空空荡荡，冬天的冷风嗖嗖地直往衣袖、衣领里钻，冻得他瑟瑟发抖。他索性爬上圣像，把孔子头上悬挂的玉串取了下来，又把孔子胸前的玉板也摘了，烧火取暖。这下子了惹大祸了，学官勃然大怒，要治他的罪。

他吓坏了，连连磕头，苦苦哀求，并且说，只要赦免了他，他便给学官搞一大笔钱来。

学官听了很高兴，便把他放了。可上哪儿搞一笔大钱呢？

"饿鬼"到处打听，得知一个秀才家里很有钱，于是，又拿出无赖的本事，上门去索取钱财。他故意说些不三不四的话，什么"为富不仁"呀，"愈有钱就愈吝啬"呀，气得那秀才一跳三丈高。这正应了"饿鬼"的意思，他趁机用刀子把自己割伤，弄成像是被秀才打的。然后，他一状告到了学官那里，这还了得！学官本就是管秀才的嘛。学官以秀才伤人的罪名，从这位秀才身上勒索了一笔巨款。

但这事做得实在是太"下三烂"了，所有的秀才都愤怒了，联名告到了县老太爷那里。县老太爷三下五除二，很快便查明了真相：原来是"饿鬼"诬告，成心讹诈，这还得了！

于是，重重地打了"饿鬼"四十大板，打得他鬼喊鬼叫，而后，让他戴上木枷，关到了牢里。他本就冻饿交加，如何经得起这番折腾，仅三天工夫，便一命呜呼了。

就在他咽气的这个晚上，朱老头做了一个梦，看到"饿鬼"头上戴着官帽，身上束着腰带，来到了他眼前，行了个大礼，说："我辜负了您的大恩大德，现在来报答吧。"

他刚消失，朱老头便被声新生婴儿的啼叫声给惊醒了。

原来，是夫人刚刚为他生下了一个小男孩。

朱老头心中明白，这孩子是"饿鬼"投胎来的，便给孩子取名为"马儿"——他还记得"饿鬼"大号叫马永。

马儿小的时候，不怎么聪明伶俐，却很能刻苦读书，很讨朱老头欢心。在朱老头精心培养下，马儿总算考上了秀才。

中了秀才后，还得去参加乡试，才能当举人。过了几年，马儿便去省城参加乡试，投宿在一个秀才常投宿的客店里。白天倒在床上，他看见墙壁上糊满了过去秀才参加乡试写的八股文，其中有一篇叫"犬之性"四句试题，心想，这题目一定很难，没准就考这个，于是，赶紧把这一篇记下来，一字不漏，反复背诵。

说来也巧，一进考场，他正好就撞上了这么个"犬之性"的试题，于是便边背边写，一字不误。考官都喜欢老八股，这一来，他竟得了一个优等，于是，吃上了朝廷的俸禄，这辈子也都没有再当"饿鬼"的顾虑了。

马儿到六十多岁，又补了临邑的训导。可活这么大岁数了，他却从来没有一个真正朋友。因为他改不了前世的习惯，只要谁袖子里能拿出了钱来，他就会像鸬鹚一样咯咯直笑；要不然，睫毛就像有一寸多长，把眼睛遮住，装出一副道貌岸然的样子，仿佛根本不认识你。

反正，只要有来告读书人的，他就认为是财神爷来叩门了，一如前世一样，学官可以从秀才身上诈出一笔巨款来。

几年下来，不知有多少读书人被他整得倾家荡产。大家都已经忍无可忍了，一点小小的权力，竟然如此"活用"，实在是太可怕了。只是又拿他没办法，他毕竟是管理读书人的训导。

终于，机会来了。

这一年，马儿都快古稀之年了。平日营养过剩，身子臃肿不堪，走起路来摇摇晃晃，加上耳朵又聋，眼睛又花，连胡子也白花花的了。可他仍想长生不老，到处求人去找能把胡子变黑的药——大概胡子一黑，便可以返老还童吧。这药，就叫"乌须药"。

得知他这一癖好，有一位平素天不怕地不怕、被视为"狂生"的秀才，便来到他那里，说："我有灵丹妙药，包你一服就灵。"

"我要！"马儿迫不及待了。

"遵命！遵命！"这位秀才退出，便去找来了一种名叫"茜根"的草药，碾成粉末，毕恭毕敬地送过来。

这马儿欣喜万分，马上便熬制成汤，连夜服了下去。说灵也灵，第二天，他的白胡子便变了颜色——大家一看，这胡子不是由白变黑，而是变红了，就像庙里塑的灵官的红胡子一样，直往上翘。人们捂住嘴，忍俊不禁。

马儿一照镜子,气得七窍生烟。这下子,自己成了什么鬼样子!他立刻下令:"给我把昨天送药的秀才拘捕起来!"

可是,哪里还能找得到那个秀才的半点影子?下属回来禀告,马儿气得胡子翘得更高了——红胡子翘了起来。

这件事,让他一肚子火郁结在心里面,一天比一天难受,几个月下来,竟给活活气死了。

前世是"饿鬼",后世当了官,却还是脱不了"饿鬼"的命!

(本故事改编自《饿鬼》)

## 一念之差

古人说:"近朱者赤,近墨者黑。"意思是说,和什么样的人交朋友,你就会变成什么样的人。比如说,你和正人君子交朋友,你就会变成一个品德高尚的好人。如果和你做朋友的人都是些猪朋狗友,那不用说,你也必定会成为一个道德品质低下的小人。

河北河间县有个书生,就因为交了个不正派的人做朋友,他自己也几乎成了一个令人厌恶的小人。

这里说的是河间县的一个书生。人们忘记了他原来的名字,只叫他河间生好了,意思就是河间的书生。

河间生家门前有一个晒谷场,每当收获季节,场子都用来打场晒麦子。去掉麦子的麦秆,就堆在场子旁边。

这一年,收成特别好,打的麦子多,麦秆子也特别多,一垛一垛的都堆成了座座麦秆山。

麦秆晒干后特别容易生火,农家生火做饭,都是用麦秆。河间生家的人也同样用麦秆生火做饭,不同的是,别人取麦秆是从外面取起,河间生家却是从麦秆堆中抽出来,抽的多了,麦秆堆里形成了一个麦秆洞。

这个麦秆洞,每天早上都有一个白胡子老头从洞里出来,傍晚又钻进洞里。河间生经常看见他,知道这个白胡子老头必定是个狐狸精,但他没有明说。见面多了,偶然也互相点点头算是打个招呼。

有一天傍晚,河间生从家里出来,正遇见白胡子老头从外面回来。白胡子老头很有礼貌地对河间生拱拱手,微笑着说:"我们是老相识了。不知道你肯不肯赏我一个面子,到我家坐一坐,喝杯酒?"

河间生平日只看见白胡子老头在麦秆洞里进进出出,但却不知道他的家在哪里,便问道:"到你家?你的家在哪里呀?"

白胡子老头指着麦秆洞说:"不远,就在里面,请吧。"

河间生奇怪地问:"就在里面?"他不相信麦秆洞里能够住人。再说自己是人,他是狐狸,人和狐狸怎么交朋友呀?他这么一想,脸上就不觉露出了

为难的样子。白胡子老头马上看出他的心思,便热情地说:"你放心,不碍事的。你尽管大摇大摆地跟我走进去,请吧!"老头拉着河间生的手,一起进入洞去。

也不知道怎么搞的,河间生跟着白胡子老头,真的毫无障碍地踏进了麦秆洞,里面却别有天地。洞里房屋层叠,画壁走廊,假山水池,穿插适宜。他们穿过花圃,进入中厅。厅堂铺设华丽,四周挂满字画,俨然书香人家。

河间生刚坐下,白胡子老头已经捧来一杯香茶。浓郁的茶香直冲鼻子。河间生啜了一口,不禁赞道:"好香的茶。"接着,白胡子老头摆上酒席,席上丰富的菜肴、清纯的老酒,引人食欲大动。河间生从来没有见过这样丰盛的晚宴。他想,真该好好享受一番。

白胡子老头频频劝酒,河间生却细斟慢饮。面对着美酒佳肴,不知为什么,河间生总感到有点心不安、不舒服,老是觉着浑浑噩噩、昏昏沉沉的。他不敢多逗留,便告辞出来。

河间生踏出麦秆洞,刚一伸腰,回头看时,除了麦秆洞里空空荡荡的,什么也没有了。

白胡子老头依然早上出来,傍晚回来,没有人知道他去了哪里。河间生好奇地问他,他总是捋捋白胡子得意地说:"老朋友请我去喝酒罢了。"

河间生很羡慕白胡子老头常去喝酒。便请求他:"你有这样好的老朋友,

## 十九、诺言的童话

为什么不带我去认识认识呢?"

白胡子老头摇摇头说:"不行。你不认识他们,他们也不认识你,再说,路远着呢。"

河间生说:"你不是说过,交朋友总是一回生两回熟的么?只要你肯带我去,路远一些又有什么关系呢?"

白胡子老头见河间生苦苦相求,他想了一想,只得答应说:"好吧,看在老邻居份上,我答应你,就今天夜间去吧!"

到了傍晚,河间生早就在晒谷场上等候。晚风吹来,凉飕飕的使人感到有些寒意。天一黑,白胡子老头回来了。他对河间生说:"上路后,你一定要紧闭眼睛,千万不要睁开,不然的话,就会去不成的。"

临上路,白胡子老头要河间生闭上眼睛,他挽着河间生的胳膊,喝声:"起!"河间生突然感到身子轻飘飘地,耳边的风声呼呼直响。他觉得有一股强大的风力,托着他离开地面在半空疾飞。他不敢睁开眼,只是紧紧抓住白胡子老头,随其飞行。这样过了大约煮一顿饭的工夫,突然,耳边的风声没有了,身子好像往下掉,而且越掉越快,他感到无奈,突然听见白胡子老头在耳边说:"行了!"

河间生急忙睁眼一看,他眼睛顿时发亮了。展现在他面前的是一座灯火辉煌、非常热闹的城市。

他们来到街上。大街上店铺林立,人流涌动,灯光闪烁,声音混杂。白胡子老头领着河间生走进一家酒馆,上到二楼,在楼正中的一张桌子坐下。河间生四处看去,每一张桌子都坐满了客人,客人中有男的、有女的、有喝酒的、有划拳的、有猜酒令的、有掷骰子比酒的、有高谈阔论的,也有低斟浅唱的,人生如潮,酒气蒙蒙。再看桌上,菜肴、果品、汤煲,杯盘交错、摆满桌子。

白胡子老头让河间生坐下之后,他端着个大盘子,走到各张桌子前,他不用说话,也不用别人同意便随便选取。这张桌子取肉,那张桌子取菜。只见他取,却不见有人拦阻,好像都没有看见似的。白胡子老头取来的菜肴,放在河间生面前,让河间生食用。河间生也不管白胡子老头为什么这样取来,他只管吃。

河间生吃着吃着,他发现靠西窗前的桌子旁,坐着一个穿红衣服的书生,他面前有一盘金黄色的橘子十分诱人,引得河间生心动,他便央求白胡子老头给他取来。

白胡子老头往西窗一看,看见那个穿红衣服的人后就摇摇头说:"不行,这是一个非常正直的正派君子,我可不敢靠近他,更不敢去取他的橘子。"

"正派君子?""正直的人?""不敢接近?"一连串的疑问使河间生突然发现自己的不对了。河间生想,正直的人,狐狸不敢靠近他;正派君子,狐狸更不敢去冒犯他。那么和狐狸交朋友的人,一定不是正直的人了。而我,我和偷人东西的狐狸交上了朋友,那我也必定是不正直的人了。

河间生这么一想,吓得出了一身冷汗。"不行!我不能够和狐狸交朋友!我一定要改正过来!"他想站起来,却一下子从楼上跌了下来。

楼下的食客,突然看见一个人从高空跌下来,以为遇到妖怪,惊呼起来。店员们连忙走过来,看清跌下来的是一个人,不是妖怪,便把他扶起来,幸好没有受伤。人们围拢过来,问他从哪里来,河间生想说是从二楼跌下来的。当他抬头一看,这间店里哪里有什么楼上楼下。他刚才坐的地方,不过是一根房梁罢了。

河间生把自己遭遇的情形,一一告诉了大家。他十分惭愧地说:"我因为贪心,想不劳而获,和狐狸精交上了朋友,自己也成了偷偷摸摸的人,差一点害了自己的一生,多可怕啊!"

众人见他说得诚实,勇于认错,又见他没有什么怪异的动作,便原谅了他。当知道他是从河北河间县来的,又纷纷凑钱给他作路费,让他回家。

## 十九、诺言的童话

河间生接过钱说:"我要那么多的钱干什么?"

有人说:"这是给你的路费,路上用的。"

河间生说:"路费?就算是路费也用不了那么多呀?"

听的人笑了,笑着问他:"你说不要这么多,你知道你现在在什么地方吗?"

河间生摇摇头。那人笑道:"好家伙,这里是山东的鱼台县,离你那个河北河间县有一千多里路呢。"

知错能改还是有救的,不是吗?

(本故事改编自《河间生》)

# 二十、应考的童话

| | |
|---|---|
| 嗅得出的文章好坏 | (《司文郎》) |
| 地府告鬼王 | (《考弊司》) |
| 张飞巡考 | (《于去恶》) |
| 考场恶作剧的狐狸 | (《王子安》) |

## 嗅得出的文章好坏

平阳这地方，有位叫王平子的秀才，因为要进京科场赶考，所以在报国寺租了一间住所住下。同时在寺中住下的还有杭州来的秀才，他比王先生先到，房间正好与王先生隔壁。

王先生按礼貌向他送上名片，可是那位先生并不搭理他。王先生碰了一鼻子灰，心里老大不高兴。后来朝夕相处，常常见面，那人也是很没礼貌，理也不理睬王先生。为此，王先生心里很是窝火，认为这位仁兄实在是狂得太没道理了，以后，王先生也干脆和他断了来往。

有一天，有一个少年书生到寺中来游玩。这位少年身穿白色的衣服，头戴白色的帽子。看上去身材也很高大。王先生走近前和他搭话，交谈间，这位少年谈吐诙谐风趣。王先生心中也十分喜欢他，两个人交谈甚欢。

王先生问他："这位朋友，你是哪里人呀？贵姓呀？"

那位少年答道："噢，我是山东登州人，姓宋。"

王先生于是备了酒菜，与宋先生一边饮酒，一边说说笑笑的。这时那位杭州人居然走进来大模大样地就坐了上座，一点也不客气。

杭州人忽然指指宋先生，问："你也来参加科举考试？"

宋先生答道："不是，像我这样笨的人，已经很久不参加这种选拔人才的考试了！"

杭州人又问："你是哪个省的人？"

宋先生又答："我是山东登州人。"

杭州人说："你不参加考试，也算你有自知之明。你们山东人，特别是登州人，从来没有考得上一个人的。"

宋先生笑笑说："北方人固然考得上的人很少，但考不上的，未必是我呀；南方人考得上的固然很多，但考上的也未必是你呀！"他说完拍着手掌，笑得前俯后仰的。王先生听了觉得很痛快，也开心地拍起手来，跟着哄堂大笑。

那杭州人很不高兴，气得脸上一块红一块青，两道眉毛都竖了起来。他把手一伸，摊开五根手指，说道："如果不服，马上当面出一道题目，考一考看，比一比谁的文采好！"

宋先生看也不看他一眼，笑笑说："这有什么不敢的！"于是走进房间里，拿出一本《论语》来，交给了王先生，说："你就随便翻一道题。"

王先生随手一翻，指着书中其中一道题，说："这题说的是孔子让家乡的孩子为他与朋友和宾客之间来来往往传话，以练习讲礼貌。"说罢就要起来拿纸拿笔。

宋先生一把拉住他说："就用口述吧，我已经做好了，点破这道题，这一章《论语》就是说：在朋友和客人来来往往的地方，可以看到一个一点礼貌也不懂的人。"

王先生一听，这不明摆着是讽刺杭州人吗！不由抱着肚子哈哈大笑起来。杭州人一听气得大叫："这不算是一篇文章，不过是你骂人的话，你怎么这样做呀！"

"怎么不算呀，《论语》也不算？什么文章才算？"宋先生争辩着说。

王先生连忙从中把两人劝住，"好好，这一道题不算，再来选一道好一些的题目。"于是又翻到另一道题目，"又是《论语》，殷朝纣王时，有微子、箕子、比干三位仁人。"

宋先生马上应声答道："三位先生走的是不同的道路，但他们的目标只有一个，那就是'仁'。君子讲的不过就是一个'仁'字，那又何必一定要三个人都相同呢！"

杭州人想不出更好的解答来，于是马上起身，说了一句："也算你有点小聪明吧。"说罢就走了。

此后，王先生更加尊重宋先生了。时时请宋先生到他的房间，两人倾心长谈，时常连日影西斜了也不知道。王先生还将自己所作的文章都拿出来，让宋先生看，请他指教。宋先生拿过他的文章就看，且看得很快，不一会儿就看了一百多篇了。看了以后，他对王先生说："你做文章很有心思，也下了功夫。这些做文章最基本的要求，你都做到了。你下笔做文章时，虽说没有志在必得，是在没有压力的心境下写的，不过，还是看得出你抱着一种希望能使自己的文章达到某种高度的目的，这无形中又给自己施加了压力。这样做出来的文章，还是不够洒脱，算不上好文章。"说着，他就取出他看过的文章，一一加以说明。

王先生听得心服口服，很是高兴，对宋先生更加敬重了，把他当作老师一样看待，并让厨师用带来的蔗糖做甜饺子，给宋先生当点心吃。宋先生吃了觉得好吃，就说："我从来没吃过这么好吃的饺子，下一回再请你做同样的甜饺子给我吃！"

此后，王先生和宋先生两人更要好了。宋先生三日五日一趟，跑到王先生这里来。每次来，王先生总让厨师做甜饺子给宋先生吃。

杭州人偶然再遇见他俩，虽然不说话，但态度也没有那么高傲了。有一日，他将他作的文章拿给宋先生看。宋先生一看，看到上面尽是些朋友们写的赞赏评语。宋先生用眼扫了一下，便放在桌上，一声不响。那杭州人怀疑他根本没有看，又一次要宋先生再看。宋先生说："我已经看过了！"

杭州人又以为他根本不理解这篇文章。宋先生说："这有什么难明白的，只是这篇文章根本就没有写好。"

杭州人心里不服，说："你只不过看看评语罢了，怎么知道文章好不好？"

宋先生就把这篇文章背诵给他听，就好像他昨天晚上就背熟了似的。而且还背一段，指一段的不足的地方。杭州人听了很不舒服，头上直冒汗，一声不哼，掉头就走了。

过了一阵，宋先生走了。杭州人又来找王先生，说："把你写的文章给我看看！"

王先生对他并无好感，就一口拒绝了。这杭州人就强行在王先生书桌上找出几篇，看到文章上有很多红笔圈点，忍不住讥笑说："哟，这么大的圈，真有甜饺子那么大！"

王先生听了，很是尴尬，脸也红了。

到了第二天，宋先生来了。王先生就把昨日的情况告诉他。宋先生听了，很生气。说道："我以为他会像孟获那样，向诸葛亮告罪说：'南疆人不敢再来冒犯了！'岂料这家伙竟胆敢又来惹是生非。我要给他一点颜色看看！"

于是王先生又劝解他："哎呀，你又何必呢！管他呢，他气量小，我们又怎能和他一样心胸狭隘呢！"宋先生听了王先生的劝解，觉得王先生为人很有修养，因此也很敬佩他。

到了考试那天，王先生从考场一回来，就把自己作的考试文章给宋先生看，宋先生认为做得不错。两人出去散步，一边走，一边倾谈着，不知不觉来到一座大庙的殿阁下。看见一位瞎了眼的和尚坐在大殿的走廊边，摆了一些药，在那里给人家看病。

宋先生见了，对王先生说："这是一位高人呀！最会看文章的好坏，你想做得好文章，就不能不去请他指点指点。"

于是，王先生马上就回到房间，把自己在考试时作的文章拿来。刚好碰上那个杭州人，杭州人听说有这么回事，也跟着王先生一齐来了。

王先生见了盲和尚很是恭敬，躬身行礼："请大师多多指教学生！"

盲和尚从来没有这样被人称呼过，心里愣了一下。他本以为这个年轻人是来求医的，正要问他哪里不舒服，谁知道他说的全是求教文章的事。于是和尚说："是谁这么多嘴呀？你也看见啦，我是个盲人，眼睛看不见，怎么可以看文章呀？"

王先生说："大师虽然眼睛看不见，但你可以听嘛，我读给你听好了。"

盲和尚说："哗！你们三篇文章，洋洋两千多字，我哪有耐心听你读呀！不如你把文章烧了，让我闻一闻，我用鼻子替代眼睛好了。"

王先生就依了盲和尚，将文章烧了。每烧一篇，盲和尚就耸耸鼻子去嗅，嗅了嗅就点点头说："这篇文章不错嘛！你刚刚初学那些名家的文法，虽然学得还不太好，但风格上也学得一二。一闻这味道，我的脾胃也觉得好些。"

王先生于是问道："照这样子，大师你认为我这篇文章可以中吗？"

和尚说："照这水平，应该可以中的。"

杭州人听了这话，不大相信。他先烧一篇名家的文章，想试探一下这盲和尚。和尚嗅了嗅，很高兴地说："真好呀！闻了这篇文章，我的心也感到很舒服，如果不是大名家归有光或者胡有信，谁有这么好的文笔功底呀！"

杭州人一听，大吃一惊，这和尚看来不简单。于是，他又把自己做的文章烧给和尚嗅。和尚一闻这味道，马上觉得奇怪，说："刚才这么好的文章，我还没有欣赏够，怎么又换了另一个人的来？这是谁的呀？"

杭州人连忙说："噢，这是我的一个朋友的文章，只有这一篇。现在烧的就是我的文章了。"

和尚把这文章烧成的灰，嗅了嗅，喉咙十分难受，连声咳了几声，大叫："不要再烧了，实在太难闻了，一点也不能吸进鼻子里。闻了就觉得反胃，再烧的话，我可要吐出来了。"杭州人觉得这太丢脸了，一声不吭地退了出来。

可是，过了几天，考场放榜了。偏偏是杭州人考取了，而王先生却没有考上。于是，宋先生就和王先生去找盲和尚，把这事告诉了他。盲和尚听了，叹了一声，说："我虽然眼睛瞎了，但鼻子并没有盲啊。可是那些考官却是连鼻子也盲了呀！"

过了一会，杭州人来了，他更加得意地说："瞎了眼的和尚，你是不是也吃了人家的甜饺子呀？你不是说他考得上吗？今天怎么样呀？"

和尚说："我说的不过是文章，并不想和你谈命运的事。你们试去将各

个考官的文章,各拿一篇来烧了给我闻一闻!我就知道你是哪一个考官的门生。"

杭州人和王先生分头去找,找得八九个考官的文章。杭州人存心要出和尚的洋相,说:"如果你猜错了,该怎样罚你?"

和尚气愤地说:"如果我输了,那你把我的眼睛挖去好了。"

于是,杭州人就逐篇逐篇地烧文章,每烧一篇,和尚都说不是。烧到第六篇时,和尚忽然忍不住朝着墙壁不停地呕吐起来,呕得连眼泪也冒了出来,放的屁也像雷那么响。

大家都不由得大笑起来。和尚抹了抹眼中的泪水,对杭州人说:"作这篇文章的人就是你的老师了。起先不知道,嗅的时候,鼻子用力太大,臭气实在太刺鼻了,肚子马上不舒服,全都变作臭屁打了出来。"

杭州人听了十分生气,掉头要走,还留下话说:"明天我们再见面时,你们就不要后悔!"

可是过了两三天,并没有再看见杭州人。去看他的房间,早已经搬走了,搬去的地方,果然是他老师的住处。

宋先生安慰王先生说:"我们读书人不应当老是埋怨别人不赏识自己,而应该严格要求自己。不怨人就可以使自己修养更好;能够严格要求自己,就会使自己学习得到进步。虽然现在你遭了些挫折,这固然是命运的捉弄,不可预料,只要冷静下来想一想,说实在话,你的文章也未能达到很高的水平。在这个基础上,你再加紧磨炼,这么大的天下,自然有眼睛不瞎、能欣赏你的人。"

听了这番话,王先生对宋先生更加尊敬了。听说明年又有一次乡试,他连家也不回了,干脆在这里住下,向学问好的宋先生请教。

宋先生说:"住在南京城之中,柴米都很贵,不过你也不必为生活费发愁。我在屋后地窖放了些银钱,你可以拿出来用。"说着就把那地方指给王先生看。

王先生对宋先生的好意表示感谢,说:"以前窦仪和范仲淹虽然贫穷,但能廉洁不贪。今天我也算能够自己养活自己,我怎能起这个贪念呢!"

有一天,趁着王先生睡着了,他的仆人和厨师偷偷地去把那地窖里的银钱偷了。王先生突然惊醒,听得屋后有异样的声音,就悄悄地走近去看,看到地上都撒满了金钱。他责问仆人和厨师:"这是怎么回事呀?"

仆人和厨师看见事情败露,吓得跪在地上,叩着头向王先生求饶,连声说:"我们再也不敢了!"

王先生正在严厉斥责他俩之际,看见其中有几个金酒杯。上面还好像刻着些字。他拿起来细细看,刻着的是他大伯父的名字。原来王先生的祖上曾经在南京城做过大官,当时就住在这座屋里,后来他突然病死,这些金子就留了下来。王先生能名正言顺地继承了这些金钱,心里自然高兴,称了一下总共有八百多两。

第二天,王先生就把这事告诉了宋先生,并把那只金酒杯上刻的字给宋先生看,说:"宋先生,这些金钱虽然写明是我祖上的,但是你收藏的。这样吧,我们两人分了吧!"宋先生坚决不肯要,王先生见他坚决推辞,也只好算了。于是他拿了一百两金子想送给那个瞎眼和尚。可是他到那庙里去,和尚早已不知去向了。

经过几个月努力攻读,又到了乡试的时间。宋先生说:"如果这回再不成功的话,莫非真是命中注定的不成?"

然而这场考试因为发生作弊事件,所有成绩全部作废。王先生自己还没有埋怨,宋先生却痛心得一边大哭一边说:"我这人因为被老天爷讨厌,因此一生很不得志,现在又连累了朋友。命呀,为什么这么不幸呀?命呀,为什么这么不幸呀!"

王先生劝他说:"天下所有事物都有它发生的道理。就好像先生你不想参加科举考试一样,这不能怪你的命不好。"

## 二十、应考的童话

宋先生这才抹着眼泪说:"有一句话,我一直想说,但没有说,只怕你听了会害怕。其实我不是一个活人,而是一个游魂野鬼。我活着时,还有点才气,也有些名堂,但总是在考场上屡屡不得志。于是假装发了狂,来到京都,希望能遇上知心朋友,欣赏我的文章。在甲申那年,竟遇了难,丧了性命,魂魄就这样年年飘来飘去。很庆幸能遇着你这样的知心朋友,对我这么尊重。因此我一直极力想帮你能考试成功,我自己没考上,也想借助朋友的成功,得到一些满足感。可是现在神圣的文章这样被糟蹋,还有谁能够对这种风气,装着没看见、没听见的?"

说到痛心得地方,连王先生也忍不住哭了。他有很关切地问宋先生:"那你为什么老是让魂魄得不到安定呢?"

宋先生答道:"去年玉皇大帝曾经下令,委任孔夫子和阎王爷考核所有遇难的鬼,如果考上了,就会被派到各部门任职。我本来被批准可以去投生再做人的,名字也已经被写上了。为什么没有去投生呢?为的就是要尝一尝金榜高中的满足感。这一回我真考上了,今天来,就是为了和你告别!"

王先生问他:"那你考上的是什么职务呀?"

宋先生说:"听说专管人间官禄的文昌府缺一名司文郎。我暂时叫梓潼帝君手下的人先替我报到注册。如果我真坐到这个位置上,我一定要将文化的不正之风纠正过来。"

到了第二天,宋先生高高兴兴地走来,对王先生说:"我的愿望实现了,孔夫子让我做一篇'性道论'。他看了很高兴,说是可以让我任司文郎这个职务。可是阎王爷审查我的功过簿时,嫌我的嘴巴老爱得罪人,不想要我。幸得孔夫子极力为我辩解,这才争取到这个职位。我当即叩头谢过孔夫子的恩德。他老人家把我叫到他的案头前,叮嘱我说:'我是爱你的才学,才为你极力争取,你一定要好好地做好本职工作,千万不要再犯以前的错误了。'可想而知,这阴间对人的道德行为,要比文章学问更加看重。你的修养可能还没有达到要求,所以你要多多做好事,一点也不要放松。"

王先生听了,有点不大服气,说:"如果真像你所说的,那么杭州人到底有些什么好品德呀?"

宋先生说:"这我就不大清楚了。不过,到了阴间后,一定赏罚分明,这是不会有错的。就说前些日子,那个盲和尚也是一只鬼,他是元朝时的大名家。因为他前生丢掉的书籍太多,所以要罚他做个盲人。他想做好事积些阴德,才替人家看病,想借此赎去前生不爱惜书籍的罪过,所以才到街市里摆摊行医。"

王先生就准备酒菜,替宋先生送行,宋先生谦让说:"不用了,这一年多来,我老是打扰你,真过意不去。也罢,在这即将分别的一刻间,你还是请我吃吃甜饺子,我就心满意足了!"

　　王先生因为即将与宋先生分别,难过得吃不下。宋先生也就不客气,自己一个人吃了,很快就吃了三碗。他摸摸肚皮,说:"吃饱了,这一顿吃了,足足可以饱三天。我是不会忘记王兄你的为人。以前给我吃的东西,都在屋后,大概都长出了蘑菇之类的菌类。你去摘了收藏起来,可以当作药用,以后让你的儿子吃了,可以补脑,增加聪明的。"

　　王先生无心听这些,问道:"那么,我们还有机会再见面吗?"

　　宋先生说:"既然要去梓潼府任职,就要尽职尽责了。恐怕要避嫌了,不可能多见面了。"

　　王先生又说:"那么我要是去梓潼祠拜祭,你能收到我的祭品么?"

　　宋先生说:"这都没多大意义,我们阴阳相隔九层天那么远。只要你能努力做到道德高尚,那么,阴间自有专管那方面信息的人员通报情况,我就可以得到你的消息了。"说完之后,宋先生向王先生告别,马上消失了。

　　王先生到屋后一看,果然那里长出许多紫菌。他就采了,收藏起来。就在旁边,出现了一座新的坟墓,而他煮给宋先生吃的甜饺子都一一放在墓前。

　　王先生回去以后,更加勤奋学习了。有一天夜里,他梦见宋先生坐着官轿,旁边还有各式的仪仗,对他说:"你呀,前生因为一点小小的争执,而

误杀了一个小婢。为此你必须付出代价,没有了官禄。现在好了,你的修行,已经足以弥补你的过失。不过你的命薄,即使做官还是做不长久。不如不做,还会好些。"

这一年,王先生乡试果然考中了。在第二年春天的大会考,又高中了。不过,王先生听宋先生的话,也就不做官了。后来他结婚生了两个儿子,果然其中一个生得很蠢笨。王先生就让他吃了那些紫菌,这儿子马上变得非常聪明了。

又过了些年头,王先生因为有点事,又到南京去了一趟。正好碰着杭州人也到了南京。这回杭州人变得很客气了,"哎呀!王先生呀,好久不见了,你还好吗?"大家亲切地交谈起来,杭州人很为以前的事深感愧疚。只可惜这时大家都头发斑白了。

(本故事改编自《司文郎》)

# 地府告鬼王

有一位很有名望的先生,因为身体不大好,在家中养病一些日子。

这天,他看到一位秀才走进了他的屋子,跪倒在他的床前,态度十分谦和,也十分有礼貌。只见他首先向先生行了礼,温和地对他说:"先生,您老躺在床上也不是办法,不如下来走动走动,我陪着你走,好吗?"于是上前搀扶着先生,一步一步行得很是小心,而且还一边走,一边和先生交谈,谈话的话题很广,天南地北的什么都谈。

这样,走了很远,还没有告别的意思。先生有点累了,不想走了,只得站住不走,对那位秀才拱拱手行了礼说:"我也要回去了,暂且分手吧,后会有期。"

秀才说:"先生,劳烦你再多走几步,我有一件事相求你。"

先生问:"你有何贵干呀?"

秀才说:"我们这些地府的读书人全都归考弊司管辖。这个主管人人都叫他是空肚鬼王。初次见面,照例都要割下一块大腿肉给他,因此想请你去说说情,是不是可以不割我的大腿肉?"

先生听了,大吃一惊,问道:"你犯了什么罪,怎么要用这么重的刑罚呀?"

秀才说:"并不需要有什么罪,这是惯例罢了。如果有钱送他,那就可以免。我因为穷没办法,看来逃不过他这一刀。"

先生说:"我平素与什么鬼王并没有来往,又不认识他,怎么能帮到你呀?"

秀才说:"先生你前一世是他的大伯父。我想,他肯给你面子,听你的。"

两人说着说着,不知不觉地走进了城门,来到一座官府前面。这官府的衙门虽然开得不怎么大,但里厅堂很是高大。堂下有两块石碑,分东西两侧竖着。上面有绿色漆字,写得很大,一边写着"孝悌忠信",一边写着"礼义廉耻"。俩人踏上台阶,一级一级地往前走。看到堂上挂着一块大匾,大字写

## 二十、应考的童话

着"考弊司"。

门楣两边的柱子,挂着一副对联,是雕刻在木板上的,同样是绿色漆字:

日校、日序、日庠,两字德行阴教化,
上士、中士、下士,一堂礼乐鬼门生。

先生就背着手,细细地读着这副对联。这时,从里面走出一名官员,头发卷毛,躬着背,活像是黄土堆考古挖出来的人,起码也有四五百年的样子。只见他模样奇丑,两鼻孔向上,嘴唇外翻,牙齿狗牙般地外露着。后面跟着一名秘书模样的文职人员。这人是老虎头、人的身体。跟班的有十几人,排列两旁,样子狰狞可怕,像是山里的妖怪。

秀才对先生说:"这就是我向你说的鬼王了。"

先生看了这样的阵势,心里早就害怕了,正想拔腿走回去,但鬼王已经看见先生了。鬼王马上从堂上走下来,对先生作了几个揖行礼,问道:"喔唷,先生,好久不见您老人家了,您老人家可好呀?"

先生见躲不过去,只好应付着,朝他还礼。记得秀才说过,自己前生曾经是鬼王的大伯父,也就客客气气地说:"还劳你惦记着,我还好!"

鬼王又问:"您老到这里来有什么事呀?"

· 449 ·

于是先生就把秀才的事讲了一下，说："秀才他穷，你就算给我几分薄面，能饶就饶了他吧！"

鬼王一听，脸色变得铁青，说："这事早有定好的规矩，就是我父亲讲情，我也不能答应，这规矩是绝不能破的。"

先生一看鬼王铁板一样的脸孔，一点也没有商量的余地，也就不敢再作声了，于是马上就告辞走了。鬼王立即起来送行，一直送出大门外才回去。

不过先生这时并没有回去，而是偷偷地又进了府里，看看这事情有什么变化。

先生又走回堂下，躲在柱子后面看着。只见秀才和另外几个人，都像犯人一样被反剪着手捆绑着。一个样子很凶恶的人拿着刀走过来，在他的大腿上割了一片大概有三根手指那么宽的肉。秀才痛得嗷嗷直叫，几乎昏厥过去。

先生从小就很有正义感，气愤得实在忍不住了，走出堂前大叫："天下哪有这么残忍的事，这成什么世界了！"

鬼王冷不防被吓了一跳，仔细一看，原来又是先生。他连忙命令暂停割肉，鞋也来不及穿好，趿着鞋就走下来迎接先生。

先生这时气冲冲的也不理他，头也不回地走出了大堂。他走出衙门，在大街上向路人们大声地控诉鬼王："乡亲父老们呀！你们这里的大官实在是太残暴了，简直不把人当人，像是对待牲畜那样任意宰割。这样残害老百姓，我就是要告到天帝去，也一定要告。"

可是路人们听了并不当一回事，都纷纷指着他嘲笑："真是个傻瓜，苍天之上去哪里找什么天帝，这家伙倒是和阎罗王挨得近，你不如告到阎王爷那里去，说不定还可以告倒他。"

先生一听，连忙打听去找阎王的路怎么走。这下路人们倒热心起来，为他指路，教他怎么怎么走。先生照着路人们指的路走去，果然看到了阎罗殿。

这阎罗殿气势十分威严，阴阴森森得很是吓人。于是先生在殿前击鼓鸣起冤来。那阎罗王听了外面鸣冤鼓响，便升堂坐殿。鬼卒把先生带到堂前跪下。

阎王便问话："跪在下面的报上名来，你有什么冤情，一一报来！"

于是先生便一一报上，一面叩头一边控诉鬼王的残暴。阎王听了他的控诉，立即派鬼卒提着绳索枷锁，去把那鬼王捉来受审。

那班鬼卒去了不久，鬼王和秀才都带到了。阎王审明实情，听说鬼王使用的手段竟这么惨无人道，对鬼王怒骂："你这混账，我看你在人世上能刻苦读书，暂让你干着这个职务，等遇着好人家，让你去那里投生。你竟敢这样胡作非为！现在我要罚你生生世世永不得翻身，穷苦终身。"

事后，先生向阎王叩头表示感谢，退下了殿堂。这时秀才从后面赶了上来，口口声声尽说些感激的话。他搀着先生的手，一直要把他送出街市去。

这时候，先生在家中已经身亡三天了，此刻苏醒过来，就把这三天的故事一一向家里人说了。

正直的人，死后三天复活了，你说神奇不？

（本故事改编自《考弊司》）

# 张飞巡考

北平府的陶圣俞，是个有学问的人。

顺治年间，他去参加乡里科举考试，就住在城郊外。平时他忙于读书应付考试，很少出门。偶然有一次他外出，看见有一个人背着书袋和行李，看他样子是在找房子住。于是陶先生上前去问了几句，那人就解下行李放在路边，和陶先生交谈起来。听他说话，谈吐不俗，斯斯文文的，看样子是个有学问的人。陶先生很是喜欢，就请他和自己住在一起。那客人自然很高兴，于是带着行李和陶先生住在一起。

那位客人做了自我介绍，他说："我也是北平人，姓于，字去恶。"因为他比陶先生稍稍大些，陶先生就称他为兄。

这位于先生不喜欢到处跑，常常一个人在房间里坐着。在他的书桌上也没有放些书本。如果陶先生不和他谈话，他就干脆躺在床上。陶先生觉得奇怪，于是翻了翻他的行李看看，除了毛笔和砚台之外，就好像没其他的东西了。他很不明白地问于先生："于兄呀，怎么你一本书也不带呀？"

于先生笑笑说："我们这些人读书，怎么可以口渴了才去挖井呀！"

有一天，他向陶先生借了一本书，回去就关上门抄书。他抄的可真快，一天可抄五十多张纸。不过也没看见他把这些抄的纸装订成册。陶先生从窗外偷看他，只见他每抄完一稿，就把它烧掉，然后把纸灰吞下肚子。

陶先生看了更觉得奇怪，就问于先生这是怎么回事。于先生说："噢，我这样就可以代替读书了。"马上他随口把烧了的文章，一字不差地背诵出来，而且背的很快，滚瓜烂熟。陶先生很佩服他有这本事，就问他："于兄，能不能把这本事也教教我！"

于先生摇摇头说："这不是正道的读书方法，恐怕不行吧。"

陶先生心里老大的不高兴，认为这个老兄也未免太小气了，这么一点本事也不肯教，说话上有点不满和责怪的意思。于先生只好解释说："老弟呀，你也太不了解我了，我呀……我真想把我的心挖出来，让你看看。如果马上说出来，只怕一时间你接受不了，我是怕把你吓着了。我呀，也不知该怎么办好！"

陶先生就说:"你不妨说说看。"

于先生只好照实说:"其实我不是人,是一个鬼。现在阴间里正举行录用官员留任的考试,天帝的旨意,在七月十四这一天开科选官,也就考帝官。十五那天,官员考生们进场,到月底就可以放榜了。"

陶先生问:"这考帝官是怎么回事?"

于先生说:"考帝官就是考核阴间的现任官员们,分为内帘官和外帘官。这是天帝的意思,无论你原来做的是什么官,管鸟的也好,甚至管王八的也好,一律都要通过考试再任用。如果文章做得好的,就可以被录取继续留任;当然考试通不过,那就别想再做官了。大概阴间所有的官,就和阳间的什么太守呀、县令呀差不多。在阳间那些一旦考中的做了官的人,从此也就不须再读什么书了。那些书只不过是被这些人少年时用作求取功名的敲门砖罢了。这门既然敲开了,这敲门砖也就再没有用了,他们就会把它扔掉。这样在官场上混上十几年,即使原本是个文学士的,胸中还能剩下几滴墨水啊!正因如此,阳间那些不学无术的人也一样可以得到提升,使得一些有真本领的英雄,根本没有舒展拳脚的地方。这些弊端就是因为少了这么一场官员的考核。"

陶先生听了觉得很有道理,心里深深佩服于先生。又过了一天,于先生从外面回来,脸上有些发愁的样子。他叹了一声说:"我生时家境贫困,以为死了以后就会好的，想不到在阴间还是那么倒霉。"

陶先生问他："到底什么事让你这么发愁呀？"

于先生回答说："专管官职的文昌府奉命为阴间都罗国封一个王，我们刚刚考过，那些游荡几十年的恶鬼都把卷子混杂塞进来，像我们老老实实读书的，还有什么指望呀！"

陶先生问："这帮什么恶鬼，都有些什么来头，仗的什么势呀？"

于先生说："唉！就是说了，你也不认识他们。或者说说其中一两个，你大概也会知道的。比如说管音乐的盲人师旷，管库房的守财奴和峤就是了。我也考虑过了，既然命中注定的，文章再好也没用。我想还是算了吧。"他满肚子委屈地说着，说完就收拾行李准备要走。陶先生劝慰他，极力挽留他，于先生这才肯留下来。

到了七月十五中元节的晚上，于先生对陶先生说："我又要去参加考试了。如果你遇上有什么不开心的时候，要我帮忙的，你就在野外向东烧三支香，叫三声'去恶快来！'我就会马上来的。"说罢，他就出门去了。

陶先生买了酒，又煮了鱼，就等着于先生回来。天刚蒙蒙亮，陶先生就按于先生说的办法，烧了三支香，连叫了三声"去恶快来！去恶快来！去恶快来！"

只一会，于先生很快来了，还带了一位少年来。陶先生问："这位是谁？"

于先生说："这位方子晋先生，是我的好朋友，正巧在考场碰着了，他也听说你的大名了，说要来和你交个朋友，这样，我就把他带来了。"

于是，陶先生和他们一道回到屋子里，点着了蜡烛，看清楚了，互相作揖行礼。这个方先生是位白面书生，生得十分英俊。陶先生见了，心里也十分欢喜。于是问道："方先生考试写的大作，一定很不错吧！"

于先生说："说起来好笑，考试出的七条题目，倒有一半是做过的。细细地看看主考的名字，竟然发现卷子里要用什么，就有什么。笔呀、墨呀，应有尽有，什么都不用带，你说他真是个奇人不是？"

陶先生一边扇着炉火热酒，一边问："到底出的什么题目，这一回你一定能高中了吧！"

于先生说："八股文和四书五经各出一题，不深，人人都会做。策论出的题目是'自古以来，邪僻这么多，使得今日的风气有这么多说不出的丑陋。不但十八层地狱也不足以惩罚，而是十八层地狱也装不下这些坏人。那么有什么法子可以解决呢？或者说是不是可以再适当增加一两层地狱呢？不过这样会违背了上天爱护众生之心，到底是增加还是不增加好呢，或者有什么更好的法子能使世上的风气清净？你们这些读书人不妨痛痛快快地说出来，不要隐瞒什么。'我答的尽管不算好，但也答得很痛快。我这样答道：'如果能把人人心中私欲的天魔消灭掉，考核每位官员的业绩，再行分级赏赐龙马和天衣，这样谁也不想再干坏事了'。另外两道题是《瑶台应制诗》和《西池桃花赋》，一共三道题，我想考场中再没有第二个人能做这么痛快的作答吧！"就拍起手来。

方先生笑笑说："你现在说的痛快，真是再也找不出第二个人了。不过，再过几天，如果能不痛哭，这样才能算是男子汉大丈夫！"

到了天亮时，方先生就告辞回去。陶先生挽留，要他也住下，他不肯。陶先生想他晚上还会来的，也就由他去了。可是过了三天，还不见方先生来。陶先生心里有点急了，就让于先生去找找他。于先生说："不用去找，子晋这人很讲情义，不是无情无义的人。"

太阳快要下山了，方先生果然回来了。他带回一卷书递给陶先生，说："这三天没来，主要是把以前做的旧作抄录一份，请你提提意见。"

陶先生接过文章就读了起来，十分喜爱，读一句赞一句，读了几篇，就把这些文章珍藏进书箱里。三人互相交谈着，直到深夜。这样方先生才肯留下过夜，他就同于先生一起睡。

从此，他就夜夜在这里和于先生睡，习以为常了。如果这一夜方先生不回来，陶先生就会不高兴。有一夜，方先生神色慌张地对陶先生说："地府里放了地榜啦，可是我们的于五哥又没有考上！"

于先生这时正在里房刚要睡，一听马上一骨碌爬起身来，怔怔地坐在那里，伤心得涕泪满面。陶先生和方先生都来劝解他，要他放宽心。方先生甚至激励他说："你要是这情况下，也不哭的话，才显得你是个男子汉大丈夫呀！"

于先生为了显示自己是个真男子，马上破涕为笑，这也真难为他了。方先生又卖了个关子说："你知道这回要来地府巡视的大巡察是谁？"于先生摇摇头，方先生说："就是那个猛张飞。是那些没考上的人说的，可能这次考试还会有所反复呢！"于先生一听，好像看到了还有一线希望，脸上露出了笑容。兴致勃勃地问："这到底怎么回事呀？"

方先生说："张飞是每三十年巡视阴间一次，每三十五年巡视阳间一次。这阴阳两界如果有什么不平的事，他老人家就会一一解决。"于先生一听兴奋得从床上跳了下来，拉着方先生就走。过了两个晚上才回来。

方先生拉着陶先生的手，对他说："你还不快快来祝贺我们的于五哥，猛张飞昨天夜里发了大火，把那地榜一怒之下砸个粉碎。榜上的名字只剩下三分之一，于是重新再阅试卷，已经录取了我们的于五哥。并被委任为交南巡海使的官职，早晚就会有马车来接他上任去的。"

陶先生听了，真是喜出望外，立即备了酒菜，要与两位兄弟痛饮。

喝了几杯酒后，于先生忽然问陶先生："你家里有没有空置的屋子？"

陶先生问他："你有什么用呀？"

于先生告诉他："子晋他无依无靠的，又舍不得离开你。我想向你借一间屋子让他住下，这样大家可以经常见面。"

陶先生很高兴地说："噢！原来是这样，我也这样想。既然是子晋住，即使没有多余的屋子，我们两人同睡一床也无妨呀。只是我家中还有老父亲，先得告诉他老人家。"

于先生说："我已经了解过了，伯父他老人家很慈祥，十分可靠。你离考试还有些日子，子晋如果等不得这么长时间，我看不如先回去，你看怎样？"

陶先生想一个人在外，怪孤单的，当然有个伴最好，就想留住方先生，等考完试一同回去。

第二天，太阳刚刚下山，真的有马车到门外，来接于先生上任。于先生和大家拱手告别，他对陶先生说："从此我们就这样分别了，我有一句话要和你说，但又怕给你的上进心泼上冷水。"

陶先生问："这话怎么说呢？"

于先生说："你的命运似乎很阻滞，可以说生的不是时候。你这一次去考试，只有一分的希望。后来张飞来巡视，发现问题，你才有初步有点希望，也不过是三分的把握。你还需经过三场考试，才有希望成功。"

陶先生说："既然你这么说，那我就不考了。"

于先生说："那可不是这样理解，命运虽然说是老天爷安排的，你就是要明明知道不可能，也要付出努力；明明前途是十分艰辛，你也要勇敢地向前进！"他又回过头对方先生悄悄地说："你可要记得了，千万不把耽误了。现在的一切都处于最佳状态。我就用马车先送你去，我自己骑马。"

方先生十分愿意，就和大家告别了。陶先生这时心里很乱，也不知道于先生所说的是什么意思。只是以为方先生先到他家去借住，也就对他说："那么你就先行到我家去，等我考试后，中与不中都立即就回来。"两人也就依依不舍地告别了。见方先生乘马车走，而于先生则是骑着马走了。只一眨眼的工夫，方、于两位先生都不见了，三个人就这样分别了。

等到不见了方先生，陶先生这才想起他一个字也没有留下。想起时，却已经来不及了。

二十、应考的童话

经过了三场的考试，陶先生果然都没有考中，他只好赶快回家了。他一进门就问："子晋他住下了吗？"他家里人都不明白他说什么，更不知道怎么回事。于是陶先生就把这件事详细地和父亲说。

陶父一听，想了想，就高兴地说："如果真是这样，那就没有错了，还真有一个客人来了。"

原来前些日子，他父亲在午睡时做了一个梦，梦见有一辆马车停在家门口，有一个很俊的年轻人下了车，直进了客厅，向着陶父揖手一拜。陶父不认得他，觉得很奇怪，就问："你是……"

年轻人很有礼貌地说："是我大哥答应了借一间房子给我住，因为他要考试，不能和他一起回来，我就先行回来了。"说完，年轻人说要再去拜见伯母大人。陶父正要表示谦让，说："你大老远来，路上辛苦了，先歇歇再说。"话还没说完，刚好就有一个老太婆来报告陶父："恭喜大老爷，夫人给你生了一个儿子。"陶父心里一高兴，这梦也就醒了。

他觉得这梦也做得太像是真的一样，心里也很感到奇怪。听了儿子这么一说，也真和梦里的情景相符合。于是他马上明白了，这个刚出生的小儿子，就是子晋来投生的了。陶先生和父亲都感到很高兴，于是就把这小儿子干脆起名叫"小晋"。

这个小晋刚生下来，老是爱在夜里哭。这下可把他妈给害苦了，睡也睡不安稳，老是半夜里就被他哭醒。陶先生说："他是子晋来投生的，让我看看，他看到我应该不会哭了。"

因为古时候的风俗迷信，认为婴儿不能和陌生人见面的。不然就会对婴儿不利的，所以就没让陶先生看。可是那孩子老是哭个不停，他妈也真拿他没办法，于是只好让陶先生进去看看。

陶先生一进去，就叫："子晋呀，你可不要这样老是哭，是我回来啦！"那孩子正哭闹得厉害，一听到陶先生的声音，哭声果然停了。眼睛盯着陶先生，眨也不眨，好像是要看个清楚。陶先生轻轻地摸了摸他的小脑袋，就走了出去。从此，这孩子就不再哭闹了。

过了几个月，反倒是陶先生不敢再去见他了，因为这孩子一见陶先生，就会弓着身子，伸开手非得要陶先生抱抱不可。陶先生一走开，他就大哭不停。而陶先生也十分疼爱这个小弟弟，老爱逗他玩。

到了小晋四岁了，就不愿意和母亲睡了，总是要和陶先生睡。陶先生要是有事外出，小晋就假装睡着了等着哥哥回来。陶先生常常在枕边教小晋读"毛诗"，小晋念得呢呢喃喃，似模似样的，一夜间就能念四十多行。如果拿方先生写过文章给他念，小晋也会很喜欢念，而且只念一遍就会背诵下来。陶先生试着用其他文章让他背，就不行了。

到了小晋八九岁的时候，生得越来越清秀了，简直与方先生长得一模一样。后来，陶先生又去考了两次试，都没有考上。顺治十四年，也就是丁酉年，北平发生了乡试舞弊案，很多考官都被杀了头。据传是全靠张飞在阳间巡视，这考场的秩序被狠狠地整顿了一下，严厉地打击了这种不正之风。

再一次的考试，陶先生也中了副榜，只算作是候补的录取生，可以到国子监里做个贡生。这样，陶先生对仕途完全心灰意冷了，于是躲在家里，一门心思教导他的弟弟小晋了。他常常对别人说："我这也是一种乐趣，给我一个翰林做，我也不肯换呢！"

蒲松龄写了这篇故事后，说："我每次到张飞庙，看到张飞的塑像，胡子拉碴的，好像听见他呼呼呼地在那里发怒，像活的一样。知道他一发起脾气来，骂声好像打雷似的。他骑着乌骓马，舞动八仗蛇矛，杀得真是痛快。人们都只以为他是个武夫，认为他如同周勃、灌婴一样的粗鲁。可是考场上的事情实在是太复杂了，唉！张大将军三十五年才到阳间巡视一次，让人等的时间实在是太长太长了呀！"

（本故事改编自《于去恶》）

## 考场恶作剧的狐狸

有一个叫王子安的人,平日里学问不错,诗词文赋、琴棋书画,样样都能来两下,是东昌当地的一大名士。可是奇怪,他一进考场便仿佛成了傻子,屡试不中。本来嘛,考的是老八股,一个风流名士又怎么能削足适履往里钻呢?

可考不上,没个功名,在社会上你再有名气,也一样叫人瞧不起。没法子,还得考!

这次他又硬着头皮按规矩进了考场。为了防止夹带、舞弊,所有人都得打着赤脚,提着篮子,那模样哪还有名士派头?纯粹像个乞丐了。这还算是好的,开考前点名,一不小心,便要受考官的呵斥,甚至还得让目不识丁的差役叱骂,那样子,更像个囚犯。

开考了,一人一个号舍,那是用木板隔开的单人考房。考房到处都是破洞,监考的差役从旁走过,便可以从上面的洞里看见考生的脑袋,而在板子

下边，则能看到考生的双脚。这时，考生一个个萎缩得像秋末冷得飞不动的蜜蜂一样了。

偶尔蹿过的狐狸，也会人模狗样地半坐着，专看考生们这般出洋相。甚至还会挤眉弄眼、搔首弄姿，让考生哭笑不得。

王子安碰见了几回，却又不敢呵斥它们走，反而只能忍受它们的戏弄，集中精力去应付那八股考卷。

这回，又有狐狸来了，他只当没看见。

殚精竭虑，终于应付完了考试。待出场时，人已经神思恍惚了，天昏地暗的，似乎世界末日到了一样，又像刚刚从笼子里放出来的病鸟，已没几口气了。

考完了，回到家，更可怕的是等候放榜的那些日子。

稍有点风吹草动，他立即就惶恐不安、长夜难挨；好不容易才入睡，又要做梦，梦里照旧在操心能不能被录取。这个时候，真是坐卧不安，就似被人提着线玩的木偶猴子一样……

王子安实在是受不了啦！这种活罪，他已经不知受了多少回了。

不过，他认定，功夫不负苦心人，考了这么多次，总归有希望吧。一咬牙，坚持到了放榜之际，报录的差役骑马跑来跑去，四处报讯，却偏偏报录的名单中没他王子安。一时间，他面如土色，仿佛死了一样，就像中了毒的苍蝇，即使让人拨来弄去也没个反应。

他想这可不行，这回不可以再有死相了，不如一醉方休，免得这么提心吊胆。于是，他弄来了一罐子老酒，一海碗一海碗往喉咙里倒，很快，便酩酊大醉了。

这边一醉，妻子赶紧把王子安扶进房里，让他在床上躺下。真是杯里乾坤大，壶中日月长，这人醉醺醺的，迷迷糊糊，天地一片混沌，忽地听到有人在喊："报喜的来了！"

王子安一惊，踉踉跄跄抢着起了身，得意地吩咐道："赏他十吊钱！"

妻子认为他喝醉了，在说醉话，便骗他，安慰他说："你还是安心睡觉吧，赏钱我们已经给过了。"

王子安又倒在床上，睡着了。

朦胧中，没过多久又有人进来了，只见来人说："你中进士了！"

王子安懵了，自言自语道："我还没进京赶考呢，怎么能及第呢？"

原来，秀才经过三年一考的乡试，才能中举人。王子安考的只是乡试。而中了举人后，还得参加三年一次在京举行的会试，录取后，再参加复试、

## 二十、应考的童话

殿试——连考三次，考中了，叫"及第"，才算中进士。

谁知，来人故作惊诧，说："嗨，你忘了吗？京城三次考试你全过了嘛。"

王子安恍恍惚惚觉得自己似乎是考过了三场，不由得欣喜若狂，赶紧又爬了起来，大叫："赏他十吊钱！"

妻子又像上回一样，安慰他："你还是安心睡觉吧，赏钱我们已经给过了。"

王子安又再倒在床上，睡着了。

昏昏沉沉之中，又过了好一阵，一个人急急忙忙跑了进来，称："你殿试让皇上点了翰林，现在，派来给你跟班的人已经到了。"

王子安醉眼蒙胧，果然看见有两个人拜倒在床下，对他行大礼。来人衣冠楚楚，很是整洁，分明是上面来的。

于是，王子安得意地高呼："来人呀，给跟班的赏酒赐饭！"

妻子只好如法炮制："你还是安心睡觉吧，酒饭我们已经赏过了。"

家里人都暗中窃笑，这人醉得实在是太厉害了。

躺在床上，王子安这回却睡不着了。辗转片刻，便想，既然点了翰林，总不能不走出大门，在乡亲面前炫耀炫耀、威风威风呀！于是，他便又大声喊了起来："跟班的上来……跟班的上来……"

谁知，这回叫了好几十声，竟然没有人回应。

好不容易，妻子过来了，笑着说："你还是先躺着等他们一会儿吧，待我们去找一找。"

王子安又再倒在了床上。

过了很久，王子安已等得不耐烦了，忽然，跟班的果然又来了。这下子，王子安来了翰林的派头，捶得床板砰砰响，还恨恨地直跺脚，大发脾气，骂道："你们这些愚钝的奴才，刚才跑哪去了？！"

跟班的也来火了，气冲冲地说："你这个无赖汉！刚才只不过是同你开开玩笑做做戏，你还真骂起来了呀？"

王子安立时怒发冲冠，猛地站了起来，扑了过去，把跟班的帽子一手打落在地，而自己也由于用力过猛，摔了一跤。

听到里边的声音，他的妻子走了进来，弯下腰把他扶起，嗔怪道："你怎么醉成了这样？"

王子安余愠未息，说："这跟班的太可恶了，我才惩罚他们一下，哪里是喝醉了呢？"

妻子听了,大笑不已,说:"家中只有我这一个老太婆,哪来的什么跟班伺候你这把穷骨头呢?"

在旁的儿女都笑得前仰后合。

直到这时,王子安才觉得酒力稍稍退去,大梦初醒一般,恍然悟到刚才什么中进士,点翰林的事,统统都是虚妄。

不过他分明记得,那打落跟班帽子的事,却是实实在在的呀。

于是,他低下头来四处寻找,在后门口果然找到了一顶像酒杯大小的帽子。大家也傻了,觉得不可思议。

王子安却释怀大笑了。可不,刚才一幕,把中进士、点翰林的喜悦全都尝遍了,倒也不赖,显然,这是考场里见过的狐狸在开玩笑。于是,他独自一人幽幽地笑了,说:"过去有人被鬼所嘲弄,没想到,我今天却被狐狸奚落了一番。"

别人听得似丈二和尚,摸不着头脑。也许,这其中的酸甜苦辣,只有他自己明白。

(本故事改编自《王子安》)

# 无意中留下的童话巨著（代后记）

著名文学大师、拉美"文学爆炸"的主帅之一——博尔赫斯，生前极力推崇中国文化。其作品屡屡提到《易经》与庄子、长城与迷宫、龙与花妖狐魅。他在其《探讨集》中提到一位他崇拜的大作家吉卜林，书中这样写道："他一生致力为某种政治理想而写作，但是他晚年不得不承认，作家作品的真正实质往往是作家自己不知道的。"他还援引了斯威夫特的例子，斯威夫特写《格列佛游记》时的意图是抨击人类社会的不公，却留下了一本儿童读物。柏拉图说过，诗人是神的抄写员，神仿佛是使一连串铁指环感应具有磁力的磁石，感应了诗人使他们背离原来的意愿和动机。博尔赫斯在另一篇文章中又重复道："斯威夫特想给人类写一则寓言，他写了《格列佛游记》，但结果却是一部儿童读物。这就是说，这本书流传下来，但却有悖于作者原来的意图。"

的确，大人国、小人国的故事，而今仍被儿童们喜欢着。但斯威夫特写这部游记的初衷，却是针砭时弊，讽刺当时的政府大员、宫廷人物，对人间的黑暗表示绝望。本来是为大人写的。所以，日本学者称，这是"儿童夺取了大人的书，很可能这就是最初的儿童文学"。

无独有偶，在东方，几乎就是在《格列佛游记》问世之际，也出现了一部《聊斋志异》。请注意，斯威夫特生于一六六七年，卒于一七四五年，而蒲松龄则生于一六四〇年，卒于一七一五年，时间上只差个二十来年。而在《聊斋志异》中，也有"小人国"（如《瞳人语》）类，也有"大人国"（如《鹰虎神》）类，但是，该书的根本宗旨，也同《格列佛游记》一样，是针砭时弊的孤愤之作，如讽刺皇帝的《促织》、鞭挞贪官的《梦狼》、控诉酷吏的《潞令》、谴责卖官鬻爵的《公孙夏》、揭露科场弊端的《司文郎》《考弊司》、反映世情龌龊的《罗刹海市》等，如蒲松龄在诗中所称："新闻总入鬼狐史，斗酒难消块磊愁。"

二者均借荒诞来揭露人间的乌天黑地。但是，正是这荒诞，进入了幻想的王国，引出了无数稀奇古怪的故事，甚至对未知世界的探寻，借动物或变形的人物演绎出众多生动、鲜活的生命。这一来，自然而然进入了儿童的视野，引起了他们的兴趣，于是，便在儿童中流传下来了。

所以，《聊斋志异》中众多的名篇，也就像《格列佛游记》一样，结果却成了儿童钟爱的读物。这一来，一部在中国儿童文学史中堪称巨著的古典童话，便这么诞生了，成了"最初的儿童文学"。

当然，《聊斋志异》中不仅仅有"大人国""小人国"，而且还有虚幻的世界、神仙与鬼狐的世界、精灵的世界，甚至是时空扭曲的世界……这一切的一切，无不是儿童迷恋的。有些内容所带的幻想性，迄今仍保留着巨大的魅力，依然在开发一代又一代儿童的想象力。

因此，从具有五百篇左右故事的《聊斋志异》中，选取近百篇适合儿童阅读，并将富于童话色彩的故事汇集在一起，编成一部全新的《蒲松龄童话》，无疑是一件很有远见、很有意义的大好事。

由于《聊斋志异》独特的艺术魅力，早在十八世纪，便有不少单篇如《画皮》《竹青》等被译成了日文，到十九世纪初，《种梨》《骂鸭》等被译成了英文，而后，陆续有上百篇被译成英文。十九世纪末，又先后被译成法文、俄文等，二十世纪，则有了德文、意大利文、西班牙文等几十种文字了。虽然没有全本，但大都收入在《中国故事》《中国民间故事》等当中。其中，德文译者马丁·布坎尔在《中国鬼神爱情故事选》的译序中称："在翻译《聊斋志异》的过程中，我被它的每一个独具特色的故事所吸引，我对那些鬼怪精灵更加熟悉了。在四百多个故事中，不论是流浪者、唱歌的青蛙、跳动的老鼠、大海的妖怪、硕大的飞鸟，或是炼金术士、预言家，以及奇景幻境，都无一不具有一种艺术的魅力，凝聚着无穷讽刺的意味。作品关于不公正的官府、多弊的考场，以及下层社会生活的描写，与现实生活是非常相似的。动物、植物、彩云、画中人、瞳人、各类精灵……它们都与人世有着多种多样的关系，同样享受着人世的快乐，同样承担着人世的苦难。其中，狐狸的故事最多，它们以各种姿态出现，但大多数是一个美丽的女子，主动接近男子，赢得他的爱，为他养育子女、管理家务，从而去争取现实的光明生活。"

博尔赫斯对中国的龙与狐魅印象那么深刻，同《聊斋志异》被译为西班牙文不无关系。当然，他还懂其他文字。他几乎视龙为中国雄性的象征而狐为雌性象征——可见《聊斋志异》在他心中有多大的影响。

所以，我们借用他的引述，说蒲松龄同样也是"一不小心"，无意中秉承了艺术创作中神的旨意，一下子拿出这么多童话，成了与贝洛同一时期、早安徒生几乎两个世纪的世界级的东方童话大师。

这么说，即便他当时并无写童话的意识，但是，童话本身就是来自口耳相传的民间文学，所以，他不知不觉完成了这么一个古典童话的辉煌壮举，在痛斥成人社会的虚伪、倾轧、尔虞我诈之际，向往一个纯真、无邪的童心的世界，为中国捧出一部辉煌童话巨著。

能成为一代一代的儿童的知音，蒲松龄在九泉之下当更为欣慰了。

北邙芳草年年绿，

碧血青磷恨不休。

这自然是他生前未必所能料到的。

末了，当说明，在本书改编期间，钟白伊、戴胜德、洪三泰均参与少数篇目的编写，但在编审过程中，由于种种原因，大都被删除，无论如何，他们对本书还是有所贡献的，特此致谢。

谭元亨

2022年1月8日